DE OVERLEVENDEN

Alex Schulman

De overlevenden

Vertaald door
Angélique de Kroon

2021
DE BEZIGE BIJ
AMSTERDAM

Deze uitgave is tot stand gekomen met financiële steun
van de Swedish Arts Council.

Eerste druk mei 2021
Tweede druk mei 2021
Derde druk juni 2021
Vierde druk juni 2021
Oorspronkelijke titel *Överlevarna*
Oorspronkelijke uitgever Albert Bonniers Förlag, Stockholm
Omslagontwerp Sara Acedo
Omslagillustratie Noel Hendrickson/Getty Images
Foto auteur Thron Ullberg
Vormgeving binnenwerk Perfect Service, Reeuwijk
Druk Wilco, Amersfoort
Bindwerk Abbringh, Groningen
ISBN 978 94 031 3241 9
NUR 302

debezigebij.nl

MIX
Papier van
verantwoorde herkomst
FSC® C004472
FSC
www.fsc.org

Bij de productie van dit boek is gebruikgemaakt van papier dat het keurmerk van de Forest Stewardship Council (FSC®) mag dragen.
Bij dit papier is het zeker dat de productie niet tot bosvernietiging heeft geleid.

Voor Calle en Niklas

DEEL 1

HET ZOMERHUISJE

Hoofdstuk 1

23.59 uur

Een politieauto werkt zich langzaam door de blauwe begroeiing, en komt het kleine tractorpad af dat naar het terrein leidt. Daar ligt het zomerhuisje, eenzaam op de landtong, in de nooit volledig donkere juninacht. Het is een eenvoudig houten huisje, met wat vreemde verhoudingen, iets hoger dan het zou moeten zijn. Het witte lijstwerk is afgebladderd en het rode hout aan de zuidkant is verbleekt door de zon. De dakpannen zijn met elkaar vergroeid, het dak lijkt op de huid van een prehistorisch dier. Het is windstil en een beetje fris nu en er zit condens aan de onderkant van de ruiten. Een enkel felgeel licht schijnt uit een van de bovenramen.

Daar beneden ligt het meer, glanzend en stil, omzoomd door berken tot aan de waterkant. En het saunahuisje waar de jongens op zomeravonden met hun vader in zaten, na afloop het water in strompelend over de scherpe stenen. In een rij liepen ze, met hun handen uitgestrekt balancerend, als een crucifix. 'Het is heerlijk!' riep papa wanneer hij het water in was gesprongen, en zijn roep galmde over het meer. Dan ontstond er een stilte die alleen bestond op deze plek die zo ver weg lag van al het andere, een stilte die Benjamin af en toe beangstigde, maar hem soms ook het gevoel gaf dat alles luisterde.

Verderop langs de oever staat een boothuis. Het hout is verrot en de constructie begint naar het water over te hellen. En daarboven ligt de schuur, met miljoenen termietengaten in de balken en sporen van zeventig jaar oude uitwerpselen van dieren op de betonnen vloer. Tussen de schuur en het huisje ligt het kleine grasveldje waarop de jongens voetbalden. Het loopt schuin af en degene die met zijn rug naar het meer staat, moet heuvelop spelen.

Dit is het toneel, zo ziet het eruit. Wat kleine gebouwtjes op een stuk gras met erachter het bos en ervoor het water. Een ontoegankelijke plek, nu nog net zo afgelegen als vroeger. Als je aan het uiteinde van de landtong stond en uitkeek, zou je nergens sporen van menselijk leven kunnen zien. Een zeldzame keer hoorden ze een auto passeren op de grindweg aan de overkant van het meer. Het verre geluid van een motor in een lage versnelling. Op droge zomerdagen konden ze de stofwolk zien die dan uit het bos opsteeg. Maar ze kwamen niemand tegen, ze waren alleen op deze plek die ze niet verlieten en waar niemand naartoe kwam. Op een keer zagen ze een jager. De jongens speelden in het bos en ineens was hij daar gewoon. Een in het groen geklede man met wit haar op twintig meter afstand. Hij gleed geruisloos tussen de dennenbomen door. Toen hij passeerde, keek hij uitdrukkingsloos naar de jongens en legde zijn wijsvinger op zijn mond en ging toen verder tussen de bomen en was verdwenen. Er was geen verklaring voor, en het was als een mysterieuze meteoriet die vlakbij kwam maar door het firmament passeerde zonder in te slaan. De jongens spraken er naderhand nooit over, en Benjamin vroeg zich soms af of het wel echt was gebeurd.

Het is twee uur na zonsondergang. De politiewagen rijdt voorzichtig het tractorpad af. De bestuurder van de auto kijkt gespannen over de motorkap om te zien waar hij overheen rijdt op zijn tocht de heuvel af. Hij buigt zich over het stuur en tuurt omhoog, maar krijgt de boomtoppen nog niet in het oog. De sparren die boven het huis uitsteken, zijn onvoorstelbaar. Toen de jongens klein waren, waren ze al enorm, maar nu... Ze torenen dertig, veertig meter de lucht in. De vader van de kinderen was altijd trots op de vruchtbaarheid van deze plek, alsof het zijn eigen verdienste was. Begin juni stopte hij radijsscheuten in de grond en al na een paar weken nam hij de jongens mee naar de moestuin om te laten zien hoe rode puntjes zich op een rij de grond uit drongen. Maar op de vruchtbaarheid rond het zomerhuisje valt niet te vertrouwen, her en der is de bodem helemaal dood. De appelboom die papa aan mama voor haar verjaardag gaf, staat nog steeds waar hij hem ooit geplant heeft, maar hij groeit niet en draagt geen vrucht. Op sommige stukken is de grond steenvrij, zwart en zwaar – op andere plaatsen is de rotsbodem dichtbij, vlak onder het gras. Papa die een hek voor de kippen ging plaatsen, en de palen de grond in sloeg. Soms gingen die zacht en dof door het zompige gras, soms galmde het tot vlak onder de grond en gaf papa een schreeuw, zijn handen trillend van de weerstand van het gesteente.

De politieagent stapt uit de auto. Zijn routineuze bewegingen als hij vlug het geluid zachter zet van het apparaatje op zijn schouder dat zijn eigenaardige gekwetter uitzendt. Hij is groot en de gebutste, matzwarte uitrusting die om zijn middel hangt, doet hem op de een of andere manier geaard lijken, de gewichten duwen hem naar de aardkorst.

De blauwe lichten over de hoge sparren.

Er is iets met die aanblik, de blauwe bergen boven het meer en de blauwe lichten van de politieauto. Je had het op een doek kunnen vastleggen.

De politieagent doet een paar stappen naar het huisje en

blijft staan. Plotseling in verwarring gebracht, slaat hij het tafereel gade. De drie mannen zitten naast elkaar op de stenen trap die naar de voordeur van het zomerhuisje leidt. Ze huilen en hebben hun armen om elkaar heen geslagen. Ze zijn gekleed in pak met stropdas en naast hen op het gras staat een urn. Hij krijgt oogcontact met een van de mannen, die overeind komt. De andere twee blijven zitten, nog steeds in elkaars armen. Ze zijn kletsnat en flink toegetakeld, en hij begrijpt waarom er een ambulance is opgeroepen.

'Mijn naam is Benjamin. Ik ben degene die gebeld heeft.'

De politieman tast zijn zakken af naar een notitieboekje.

Hij weet niet dat deze geschiedenis moeilijk op een stukje papier te vatten is. Dat hij nu aan het slot instapt van een verhaal dat meerdere decennia beslaat, en dat over drie broers gaat die ooit, lang geleden van deze plek werden weggerukt en nu gedwongen waren terug te keren. Dat alles hier met elkaar verbonden is, niets op zichzelf staat of apart uit te leggen valt. Het gewicht van alles wat zich nu voordoet is enorm, maar het meeste heeft natuurlijk al plaatsgevonden. Wat zich hier op de stenen trap afspeelt, de tranen van de drie broers, hun gezwollen gezichten en al het bloed, is slechts de buitenste ring in het water, degene die het verst verwijderd is van het inslagpunt.

Hoofdstuk 2

De zwemwedstrijd

Iedere avond stond Benjamin daar aan de waterkant met zijn emmer en schepnetje, vlak bij de kleine strandwal waar zijn vader en moeder zaten. Ze volgden de avondzon, verplaatsten tafels en stoeltjes een paar meter als ze in de schaduw belandden, en dat bleven ze doen – verschoven langzaam gedurende de avond. Onder de tafel zat Molly, de hond, die verwonderd toekeek hoe haar dak verdween, en vervolgens de equipage op haar reis langs de waterkant volgde. Nu waren zijn ouders bij het eindpunt aangekomen en keken ze hoe de zon langzaam achter de boomtoppen aan de andere kant van het meer zakte. Ze zaten altijd naast elkaar, schouder aan schouder, want beiden wilden ze over het water uitkijken. De witte plastic stoeltjes in het hoge gras geboord, een scheefstaand houten tafeltje waarop de beduimelde bierglazen in de avondzon schitterden. Een snijplankje met een stompje salami, mortadella en radijsjes. Een koeltas in het gras tussen hen in die de wodka koud moest houden. Elke keer dat papa een slok nam, zei hij kort 'hé' en hief zijn glas naar niets en dronk. Papa sneed de worst zo dat de tafel heen en weer schudde en het bier over de rand van het glas klotste. Een snelle irritatie kwam over mama – met een grimas hield ze haar glas omhoog totdat hij klaar was. Zijn vader had zoiets überhaupt niet door, maar Benjamin wel. Hij merkte alle verschuivingen op, stond altijd een stukje van hen af, zodat ze geen last van hem hadden, maar wel zo dichtbij dat hij hun gesprekken kon volgen en de stemming en hun gemoedstoestand in de gaten kon houden. Hij hoorde hun vriendelijke geroezemoes, het bestek tegen het serviesgoed, het geluid van iemand die een sigaret opstak; een stroom van klanken die erop wezen dat alles tussen hen in orde was.

Benjamin liep met zijn schepnetje langs de kustlijn en tuurde in het donkere water. Soms keek hij recht in de weerkaatsing van de zon en dan deden zijn ogen pijn alsof ze gebarsten waren. Hij balanceerde op de grote stenen, onderzocht de bodem op kikkervisjes, die vreemde diertjes, zwart en traag, rondzwemmende kleine kommatekens. Hij schepte er een paar op met het netje en voerde ze onmiddellijk in gevangenschap in de rode emmer. Dit was een traditie. Hij verzamelde kikkervisjes, met zijn ouders als achtergrond, en wanneer de zon onderging en zijn ouders opstonden om weer naar het huisje te gaan, gooide hij de visjes terug in het meer en wandelde hij met hen mee naar boven. En dan begon hij de avond daarop overnieuw. Een keer vergat hij de visjes in de emmer. Toen hij ze de volgende middag ontdekte, waren ze allemaal dood, weggevaagd door de hitte van de zon. De angst dat papa zou ontdekken wat hij uit de emmer in het water had gegooid. En hoewel Benjamin wist dat papa in het zomerhuisje was en lag te rusten, was het alsof hij diens blik in zijn nek voelde branden.

'Mama!'

Benjamin keek op naar het huisje en zag zijn broertje de helling afkomen. Je kon zijn rusteloosheid van hieruit bespeuren. Dit was geen plek voor ongeduldige mensen. Zeker niet deze zomer – toen ze een week eerder bij het zomerhuisje aankwamen, hadden zijn ouders besloten de hele vakantie geen tv te kijken. Dit werd plechtig aangekondigd aan de kinderen, en vooral Pierre had er veel moeite mee toen hun vader het snoer van de tv eruit trok en demonstratief de stekker boven op het apparaat legde, als een openbare executie waarbij het lichaam als waarschuwing bleef hangen, zodat iedereen in het gezin eraan herinnerd zou worden wat er gebeurde met de technologie die een bedreiging vormde voor het besluit van het gezin om hun zomers buitenshuis door te brengen.

Pierre had zijn stripboeken, die hij 's avonds op zijn buik in het gras langzaam mompelend hardop las. Maar uiteindelijk kreeg hij er genoeg van, en dan zocht hij zijn ouders altijd op. Benjamin wist dat papa en mama verschillend konden reageren. Soms mocht je in mama's armen kruipen en krabbelde ze je langzaam over je rug. Andere keren ontstond er irritatie en was het moment verloren.

'Ik heb niets te doen,' zei Pierre.

'Wil je geen kikkervisjes vangen met Benjamin?' vroeg mama.

'Nee,' antwoordde hij. Hij stond achter mama's stoel en kneep met zijn ogen naar de laagstaande zon.

'En Nils dan? Jullie kunnen toch wel iets verzinnen?' zei mama.

'Zoals wat?' vroeg Pierre.

Stilte. Daar zaten ze, papa en mama, op de een of andere manier machteloos, onderuitgezakt in hun plastic stoeltjes, verzwaard door de alcohol. Ze staarden over het meer. Het was alsof ze zaten na te denken over dingen om te zeggen, suggesties voor activiteiten, maar er kwam geen woord uit hen.

'Hé,' mompelde papa en gooide een glas schnaps achterover, en toen grijnsde hij en klapte drie keer hard in zijn handen. 'Oké,' riep hij. 'Ik wil al mijn jongens hier binnen twee minuten in badkleding zien!'

Benjamin keek op en deed een paar stappen omhoog vanaf de waterkant. Liet het schepnetje in het gras vallen.

'Jongens!' riep papa. 'Verzamelen!'

Nils lag met zijn walkman op naar muziek te luisteren in de hangmat die tussen de twee berken bij het huisje was opgehangen. Terwijl Benjamin aandachtig naar de familiegeluiden luisterde, zette Nils ze juist uit. Benjamin probeerde altijd dichter bij zijn ouders te komen, en Nils verwijderde zich van hen. Hij ging naar een andere kamer, en deed niet mee. Als de broers 's avonds gingen slapen, hoorden ze hun ouders soms ruziemaken door de dunne multiplex wand. Benjamin registreerde ieder woord, schatte in welke schade de discussie kon uitrichten. Soms schreeuwden ze elkaar ongelooflijke gemeenheden toe en zeiden ze zulke harde dingen dat het onmogelijk leek om die nog te repareren. Benjamin lag urenlang wakker en speelde de ruzie nogmaals voor zichzelf af. Maar Nils leek oprecht onbewogen. 'Gekkenhuis,' mompelde hij terwijl de ruzie in hevigheid toenam en draaide zich om en viel in slaap. Hij maakte zich er niet druk om, hield zich overdag afzijdig en maakte geen ophef, behalve tijdens de plotselinge woede-uitbarstingen die oplaaiden en weer verdwenen. 'Verdomme!' was uit de hangmat te horen terwijl Nils hysterisch met zijn handen zwaaide om van een wesp af te komen die dichtbij was gekomen. 'Stomme gestoorde rotbeesten,' brulde hij, en sloeg een paar keer in de lucht. Dan kalmeerde hij weer.

'Nils!' riep papa. 'Verzamelen op het strand!'

'Hij hoort het niet,' zei mama. 'Hij luistert naar muziek.'

Papa riep nog harder. Geen reactie vanuit de hangmat. Mama zuchtte, stond op en repte zich naar Nils en zwaaide demonstratief met haar armen voor zijn ogen. Nils zette zijn koptelefoon af. 'Papa wil dat jullie komen,' zei ze.

Verzamelen op het strand. Het was een gouden moment. Papa met die speciale blik in zijn ogen waar de broers zo van hielden, een fonkeling die dolle pret beloofde, en altijd dezelfde plechtigheid in zijn stem als hij een nieuwe wedstrijd ging voorstellen; doodserieus, met een glimlach die in zijn mondhoek verstopt zat. Plechtstatig en formeel, alsof er veel op het spel stond.

'De regels zijn simpel,' zei hij, terwijl hij boven de drie broers uittorende zoals ze daar met hun dunne beentjes in hun zwembroek stonden. 'Op mijn teken zullen mijn zoons in het water springen, daar om de boei heen zwemmen en dan weer naar de oever komen. En wie als eerste hier terug is, heeft gewonnen.'

De jongens stelden zich in een rijtje op.

'Heeft iedereen het begrepen?' vroeg hij. 'Dit is dus het moment waarop wordt uitgemaakt wie van de broers het snelst is.'

Benjamin sloeg zich op zijn dunne bovenbenen, wat hij atleten op televisie had zien doen vóór beslissende prestaties.

'Wacht,' zei papa en hij deed zijn horloge af. 'Ik zal de tijd opnemen.'

Papa drukte met zijn te grote duimen op de kleine knopjes van het digitale horloge en mompelde 'verdomme' in zichzelf toen hij er niet in slaagde de stopwatch aan te krijgen. Hij keek op.

'Op jullie plaatsen.'

Een duwtje tussen Benjamin en Pierre in een poging een gunstige startpositie te bemachtigen.

'Nee, ophouden daarmee,' zei papa. 'Dat doen we niet.'

'Anders vergeten we het gewoon allemaal,' zei mama, die nog steeds aan tafel zat en haar glas bijvulde.

De broers waren zeven, negen en dertien jaar oud en als ze

samen voetbalden of kaartten, kon het er tegenwoordig op uitlopen dat ze zo hevig ruziemaakten dat Benjamin voelde dat er iets tussen hen kapotging. De inzet werd nog verder verhoogd toen papa de broers het tegen elkaar liet opnemen, wanneer hij zo duidelijk aangaf dat hij wilde weten wie van zijn zoons ergens de beste in was.

'Op jullie plaatsen... Klaar... Af!'

Benjamin stoof naar het meer met zijn twee broers op zijn hielen. Het water in. Hij hoorde kreten achter zich, papa en mama vanaf de oever.

'Bravo!'

'Hup!'

Een paar vlugge stappen en de scherpe rotsbodem verdween onder hem. Het is junifris in de baai, en iets verderop de merkwaardige stromingen van nog kouder water, die kwamen en weer gingen, alsof het meer een levend wezen was dat hem op de proef wilde stellen met verschillende soorten kou. De witte boei van piepschuim lag stil in het spiegelgladde meer voor hen. De broers hadden die een paar uur eerder aangebracht toen ze netten uitzetten met hun vader. Maar Benjamin herinnerde zich niet dat ze hem zo ver weg hadden geplaatst. Ze zwommen in stilte om energie te besparen. Drie hoofden in het zwarte water, het geroep vanaf het strand steeds verder weg. Na een tijdje verdween de zon achter de bomen aan de overkant. Het werd schemerig en ze zwommen plotseling in een heel ander meer. Benjamin vond het water vreemd worden. Plotseling werd hij zich bewust van alles wat zich onder hem afspeelde, de wezens daar beneden die hen daar misschien niet wilden hebben. Hij dacht aan al die keren dat hij met zijn broers in de boot had gezeten terwijl papa vissen uit het net plukte en in de kuip gooide. En de broers bogen zich voorover om de scherpe hoektandjes van de snoek te bekijken, of de stekelige vinnen van de baars. Een van de vissen begon te flapperen en de jongens sprongen op en gilden, en papa, geschrokken van de plotselinge kreten, schreeuwde gespannen terug. En dan werd het weer rustig. Hij prevelde terwijl hij de netten binnenhaalde: 'Jullie kunnen niet bang zijn voor vissen.' Benjamin dacht dat deze wezens nu vlak naast of onder hem zwommen, verborgen door het donkere water. De witte boei, plotseling roze in de schemering, was nog ver weg.

Na een paar minuten zwemmen was de startpositie veranderd – Nils lag een flink stuk voor op Benjamin die Pierre achter zich had gelaten. Maar toen het plotseling donker werd en de kou in hun benen begon te steken, kwamen de broers weer naar elkaar toe. Al snel zwommen ze weer dicht bij elkaar. Ze dachten er misschien niet eens over na, en ze zouden het nooit toegeven, maar ze lieten elkaar daar niet in het water achter.

De hoofden zakten dichter naar het wateroppervlak. De armbewegingen werden korter. Eerst schuimde het water van de zwemslagen van de broers, maar nu was het meer rustig. Toen ze de boei bereikten, draaide Benjamin zich om en hij keek naar het zomerhuisje. Het lag als een rode legosteen daar in de verte. Nu pas besefte hij hoe ver de terugweg was.

De vermoeidheid kwam uit het niets opzetten. Door het melkzuur kon hij zijn armen niet meer opheffen. Hij schrok zo dat hij de bewegingen met zijn benen vergat; hij wist niet meer hoe het moest. Een kou vanuit zijn nek straalde door naar de achterkant van zijn hoofd. Hij hoorde zijn eigen ademhaling, hoe die korter en heviger werd, en een ijskoud besef vulde zijn borst: hij ging de hele weg terug naar het strand niet halen. Hij zag hoe Nils zijn hoofd achterover hield om geen water in zijn mond te krijgen.

'Nils,' zei Benjamin. Nils reageerde niet, zwom gewoon door met zijn ogen naar de lucht gericht. Benjamin slaagde erin zijn grote broer te bereiken. Ze ademden zwaar in elkaars gezicht. Hun ogen ontmoetten elkaar en Benjamin zag een angst in de blik van zijn broer die hij niet kende.

'Gaat het?' vroeg Benjamin.

'Ik weet niet...' hijgde hij. 'Ik weet niet of ik het red.'

Nils reikte naar de boei en hield hem met beide handen vast om erop te kunnen drijven, maar die kon zijn gewicht niet houden en zonk in de duisternis onder hem. Hij tuurde naar de oever.

'Het lukt niet,' mompelde Nils. 'Het is te ver.'

Benjamin haalde zich voor de geest wat hij op zwemles had geleerd, tijdens de lange uiteenzettingen van de zwemleraar over waterveiligheid.

'We moeten kalm blijven,' zei hij tegen Nils. 'Langere slagen maken. Langere ademteugen.'

Hij wierp een blik op Pierre.

'Hoe gaat het?' vroeg hij.

'Ik ben bang,' zei Pierre.

'Ik ook,' antwoordde Benjamin.

'Ik wil niet doodgaan!' riep Pierre. Zijn vochtige ogen net boven het wateroppervlak.

'Kom hier,' zei Benjamin. 'Kom dicht bij me.'

De drie broers zwommen naar elkaar toe in het water.

'We helpen elkaar,' zei Benjamin.

Ze zwommen naast elkaar in de richting van het huisje.

'Lange slagen,' zei Benjamin. 'We gaan samen lange slagen maken.'

Pierre was gestopt met huilen en zwom nu resoluut door. Na een tijdje vonden ze een gezamenlijk ritme, gezamenlijke slagen. Ze ademden uit en ademden in, lange ademteugen.

Benjamin keek naar Pierre en lachte.

'Je lippen zijn blauw.'

'De jouwe ook.'

Ze grijnsden even naar elkaar. En concentreerden zich weer. Het hoofd boven het wateroppervlak. Lange slagen.

Benjamin zag het zomerhuisje daar in de verte en het voetbalveldje met het ongelijke gras waarop hij elke dag met Pierre voetbalde. Aan de linkerkant de groentekelder en de bessenstruiken, waar ze 's middags naartoe gingen en frambozen en zwarte bessen plukten en dan terugkwamen met witte krassen op hun bruine benen. En achter dit alles torenden de sparren die donker werden in de schemering.

De broers naderden land.

Toen ze nog maar vijftien meter van de oever verwijderd waren, zette Nils vaart en begon woest te crawlen. Benjamin vervloekte zijn trage reactie en jaagde zijn broer achterna. Plotseling was het meer niet langer kalm, terwijl de strijd van de broers richting strand intensiveerde. Pierre bleef algauw hulpeloos achter. Nils was Benjamin een slag voor toen ze aan land kwamen, en ze renden zij aan zij de helling op. Benjamin greep Nils' arm om hem in te halen en die rukte zich los met een woede die Benjamin verraste. Ze bereikten het terras en keken om zich heen.

Benjamin deed een paar stappen richting het huisje en tuurde door een van de ruiten naar binnen. En daar, door het keukenraam, ving hij een glimp op van de gedaante van zijn vader. Zijn brede rug over het aanrecht gebogen.

'Ze zijn naar binnen gegaan,' zei Benjamin.

Nils stond met zijn handen op zijn knieën op adem te komen.

Pierre kwam hijgend de helling op. Zijn verwarde blik boven de afgeruimde tafel. Daar stonden ze ontredderd, de broers. Drie onrustige ademhalingen in de stilte.

Hoofdstuk 3

22.00 uur

Nils duwt de urn met volle kracht tegen zijn broer aan. Pierre is hier niet op voorbereid en hij belandt tegen zijn borstkas. Benjamin hoort meteen aan het geluid dat er iets kapotgaat in Pierre's lichaam. Zijn borstbeen of een rib is gebroken. Benjamin is altijd in staat geweest om drie stappen vooruit te zien. Hij kon conflicten tussen zijn familieleden voorspellen lang voordat ze daadwerkelijk plaatsvonden. Al bij de eerste irritatie, die zo subtiel was dat die nauwelijks bestond, wist hij hoe de onenigheid zou beginnen en hoe die zou eindigen. Maar dit is anders. Vanaf dit moment, waarop er iets in Pierre's borstkas kapotgaat, weet hij niets. Alles is vanaf nu onbekend terrein. Pierre ligt aan de waterkant en tast over zijn borst. Nils haast zich naar hem toe: 'Ben je in orde?'

Hij bukt zich om zijn broer overeind te helpen. Hij is bang.

Pierre schopt Nils tegen zijn kuiten zodat hij op het rotsachtige strand neervalt. Dan werpt hij zich op zijn grote broer. Ze rollen om en blijven klappen uitdelen, hameren met hun vuisten tegen elkaars gezicht, borst en schouders. De hele tijd is er communicatie. Benjamin ervaart het tafereel als onwerkelijk, bijna bedacht, het feit dat ze blijven praten terwijl ze elkaar proberen te vermoorden.

Benjamin raapt de urn op, die bij de strandwal is terechtgekomen. Het deksel is eraf gegaan, en een deel van de as is in het zand gelopen. De kleur van de botresten is grijs, neigend naar blauw, en het roept een korte reactie bij hem op als hij de urn oppakt en het deksel er weer op doet; zo had hij zich mama's as niet voorgesteld. Hij houdt de urn met beide handen vast en doet een paar passen naar achteren. Hij verstijft als hij geconfronteerd wordt met het gevecht van zijn broers. Als bevroren aan de zijlijn, zoals zo vaak tevoren. Hij ziet de onbeholpen slagen, hun onhandigheid. Op elke andere dag zou Pierre zijn broer volledig in elkaar slaan. Hij vecht al sinds hij een tiener was. Herinneringen aan hun schooltijd, als Benjamin over het plein liep en zag hoe kinderen zich verzamelden om naar een gevecht te kijken, en tussen de donsjacks door, kon hij zijn broer dan over iemand heen gebogen zien staan. Hij liep vlug verder, wilde nooit zien hoe zijn broer maar door bleef slaan, hoewel zijn tegenstander al niet meer bewoog, levenloos leek. Pierre is goed in vechten, maar hier aan de waterkant zijn de kansen gelijk, want hij heeft een rib gebroken en kan nauwelijks meer rechtop staan. De meeste klappen tussen de broers belanden in de lucht, missen doel of worden gepareerd met handen of armen. Maar sommige aanvallen zijn verwoestend. Pierre raakt Nils boven zijn ogen en Benjamin ziet hoe het bloed meteen langs zijn wang en hals naar beneden stroomt. Nils geeft Pierre een stoot met zijn elleboog en het klinkt alsof hij zijn neus breekt. Hij trekt hem aan zijn haar en als hij eindelijk loslaat, hangen er plukken van Pierre's haar tussen zijn vingers. Na een tijdje raken ze vermoeid. Even lijkt het erop alsof geen van beiden nog de kracht heeft om door te gaan. Ze zitten aan de oever op enkele meters afstand van elkaar en kijken elkaar aan. En dan beginnen ze overnieuw. Alles gaat traag en langgerekt. Ze willen elkaar vermoorden, maar lijken geen haast te hebben.

En ze blijven praten.

Nils wil zijn broer een trap geven, maar mist en verliest zijn evenwicht. Pierre doet een paar stappen achteruit en pakt een steen op van het strand die hij met volle kracht richting Nils gooit. De steen scheert rakelings langs hem, maar Pierre pakt er nog een op, gooit die en deze keer raakt hij Nils op zijn kin. Nog meer bloed. Benjamin trekt zich voorzichtig terug over de strandwal en houdt de urn zo stevig vast dat zijn vingers wit worden. Hij draait zich om en loopt langzaam naar het huisje. Hij gaat naar binnen, de keuken in, waar hij zijn mobiele telefoon vindt en belt 112.

'Mijn broers zijn in gevecht geraakt,' zegt hij. 'Ik ben bang dat ze elkaar zullen vermoorden.'

'Kunt u ingrijpen?' vraagt de vrouw aan de telefoon.

'Nee.'

'Waarom niet? Bent u gewond?'

'Nee, nee...'

'Waarom kunt u dan niet ingrijpen?'

Benjamin drukt de telefoon stevig tegen zijn oor. Waarom kan hij niet ingrijpen? Hij staart uit het raam. Overal ziet hij de decors uit zijn jeugd. Dit is het landschap waar alles ooit begon, en hier eindigde het ook. Hij kan niet ingrijpen omdat hij hier ooit vast is komen te zitten en zich sindsdien niet meer heeft kunnen bewegen. Hij is nog steeds negen jaar oud en daar beneden vechten volwassen mannen, de broers die verder leefden.

Hij ziet de contouren van de twee die elkaar proberen te doden. Dit is geen waardige finale, maar misschien wel een die te verwachten was. Hoe hadden ze anders gedacht dat dit zou eindigen? Wat dachten ze dat er zou gebeuren als ze uiteindelijk terugkeerden naar de plek waar ze hun hele leven van weggevlucht waren? De broers vechten nu in kniediep water. Benjamin ziet hoe Pierre Nils onderuithaalt zodat hij onder het wateroppervlak belandt. Hij blijft daar liggen, komt niet overeind en Pierre maakt geen aanstalten hem te helpen.

Een gedachte gaat door Benjamin heen: ze gaan dood, daar beneden. En hij laat de telefoon vallen en nu rent hij. Hij snelt naar buiten, de stenen trap af, het pad naar het meer zit in zijn spiergeheugen. Hij kan nog steeds elk obstakel ontwijken, zelfs bij deze hoge snelheid weet hij elke uitstekende wortel te vermijden, springt hij over elke scherpe steen. Hij rent door zijn jeugd heen. Hij passeert de plek waar zijn ouders altijd in de laatste avondzon zaten voordat die achter het meer onderging. Hij komt langs de muur van bos die naar het oosten oprijst en langs het boothuis. Hij blijft rennen. Wanneer heeft hij dit voor het laatst gedaan? Hij kan het zich niet herinneren. Hij heeft zijn volwassen leven voortdurend in pauzestand geleefd, als tussen haakjes, en wanneer hij nu zijn hartslag in zijn borst voelt, raakt hij vervuld van een vreemde euforie, over het feit dat hij het kan en dat hij de energie heeft, of misschien bovenal: dat hij het wil. Hij voelt de kracht van eindelijk ergens door gedreven worden. En hij springt over het walletje waar hij als kind kikkervisjes ving en werpt zich in het water. Hij grijpt zijn broers vast, en maakt zich klaar om ze uit elkaar te trekken, maar hij merkt meteen dat dat niet meer nodig is. Ze zijn nu opgehouden met vechten. En ze staan dicht bij elkaar in het water dat tot hun middel rijkt, enkele meters het meer in. Ze kijken elkaar aan. Hun donkere haar lijkt hetzelfde, hun ogen zijn ook identiek, dezelfde kastanjebruine kleur. Ze zeggen niets. Het wordt stil op het meer. Er is slechts het geluid van drie huilende broers.

Op de stenen treden bekijken ze elkaars verwondingen. Ze

betuigen geen spijt, omdat ze niet weten hoe ze dat moeten doen, omdat niemand het hun ooit heeft geleerd. Ze raken elkaars lichaam voorzichtig aan, betten wonden, drukken hun voorhoofden tegen elkaar. De drie broers houden elkaar vast.

Door de doffe, vochtige zomerstilte heen hoort Benjamin plotseling de motor van een auto in het bos boven hen. Hij richt zijn blik op de helling. Een politieauto werkt zich langzaam door de blauwe begroeiing, en komt het kleine tractorpad af dat naar het terrein leidt. Daar ligt het zomerhuisje, eenzaam op de landtong, in de nooit volledig donkere juninacht.

Hoofdstuk 4

De rookzuil

Papa en mama kwamen overeind na de lunch op het terras. Papa verzamelde de borden en stapelde ze op elkaar. Mama nam de witte wijn mee naar de keuken en zette de fles voorzichtig in de koelkast. Vervolgens tekenen van activiteit in het toilet, want de waterpomp sloeg een paar keer aan. Papa spoog hard in de gootsteen. Daarna stampten ze achter elkaar aan de trap op. Benjamin hoorde de slaapkamerdeur dichtslaan, en toen werd het stil.

Ze noemden het 'siësta' en het was helemaal niet vreemd, hadden ze aan de kinderen uitgelegd – in Spanje deden ze dit de hele tijd. Een dutje van een uur na de lunch, om weer fris en vrolijk aan de avond te beginnen. Voor Benjamin was het een lang uur van niets, gevolgd door het vreemde halfuur waarin papa en mama het terras op strompelden en zwijgend en licht ontvlambaar op de plastic stoelen zaten. Dan hield Benjamin zich in de regel op afstand. Liet ze in alle rust wakker worden. Maar al snel zocht hij zijn ouders op, en ook zijn broers kwamen van verschillende plaatsen op het terrein aanzetten, want het wilde wel eens gebeuren, na de siësta, dat mama de kinderen voorlas. Op een kleed in het gras als het mooi weer was, of op de keukenbank voor de kachel als het regende, zaten de kinderen dan stil te luisteren terwijl mama voorlas uit oude klassiekers, de boeken waarvan ze vond dat zij die moesten kennen. En dan was het alleen mama's stem. Er was niets anders, en ze ging met haar vrije hand door het haar van een kind, en hoe langer het moment duurde, hoe dichter de jongens bij hun moeder kwamen, en tegen het einde was het alsof ze waren samengevoegd. Je wist niet waar het ene kind ophield en het andere begon. Wanneer ze bij het einde van een hoofdstuk aankwam, sloeg ze het boek met een knal voor de neus van een van de kinderen dicht en iedereen gilde van verrukking.

Benjamin ging op de stenen trap zitten. De wachttijd die hij voor de boeg had, was lang. Hij keek naar zijn geschilferde zomerbenen, zag de muggenbeten op zijn schenen en rook de geur van zijn gebruinde huid en de zalf die papa op zijn voeten had gesmeerd tegen de brandnetelbulten. Zijn hart klopte sneller, ook al bewoog hij niet. Hij voelde geen verveling, maar iets anders, iets wat lastiger te verklaren was. Hij was verdrietig zonder echt te weten waarom. Hij keek uit over de windstille helling bij het meer, de zonovergoten, verbleekte weide. En hij voelde hoe alles om hem heen haperde. Het was alsof er een kaasstolp over de landtong was gezet. Hij volgde een wesp met zijn blik. Die cirkelde onrustig boven een kom roomsaus die op de eettafel was achtergelaten. De wesp bewoog zwaar en irrationeel en zat in de problemen, zo leek het. Het was alsof zijn vleugels steeds langzamer bewogen, met steeds grotere moeite, en toen kwam hij te dicht bij de saus en zat hij vast. Benjamin volgde de worsteling van het insect om los te komen, maar zijn bewegingen werden steeds trager tot ze uiteindelijk stopten. Hij luisterde naar het vogelgezang, plotseling vreemd. Het was alsof de vogels langzamer tjilpten, op halve snelheid. Toen vielen ze stil. Benjamin voelde de verschrikking door zich heen stromen. Was de tijd gestopt? Hij klapte vijf keer in zijn handen, zoals hij altijd deed om weer tot zichzelf te komen.

'Hallo!' riep hij voor zich uit. Hij stond op en klapte opnieuw, vijf keer, zo hard dat zijn handpalmen prikten.

'Wat doe je?'

Pierre stond een stukje verderop bij het meer en keek naar hem op.

'Niets,' antwoordde Benjamin.

'Zullen we gaan vissen?'

'Oké.'

Benjamin ging de gang in om zijn laarzen te halen. Toen liep hij de hoek van het zomerhuisje om en pakte de hengel die tegen de muur geleund stond.

'Ik weet waar we wormen kunnen vinden,' zei Pierre.

Ze liepen naar het stuk achter de schuur, waar de grond vochtig was, keerden twee graszoden om en plotseling glinsterde de aarde van de wormen. De broers trokken ze uit de grond en verzamelden ze in een potje. Daar bleven ze vervolgens vreedzaam in liggen, niet bekommerd over hun gevangenschap. Pierre schudde de pot en keerde hem om om de wormen wat tot leven te wekken, maar ze leken alles rustig te ondergaan. Ook de dood, want toen Benjamin ze aan de haak reeg bij het meer, boden ze geen weerstand, maar lieten zich zonder protest door het staal doorboren.

Ze hielden om de beurt de hengel vast. De dobber was rood met wit en was duidelijk zichtbaar tegen het zwarte water, behalve toen hij verdween in de streep zon op het meer. Langs de oever kwamen de gezusters Larsson, de drie kippen van de familie, samen maar ze waren elk met hun eigen ding bezig. Her en der willekeurig in de grond pikkend en zacht tokkend. Benjamin had zich altijd ongemakkelijk gevoeld als ze bij hem in de buurt kwamen, omdat er geen logica in hun gedrag zat. Hij raakte gespannen. Nu kon er van alles gebeuren, zoals wanneer een dronkaard op het plein je plotseling aansprak. Een van de kippen was bovendien blind, had zijn vader verteld, en kon daarom wild worden als ze zich bedreigd voelde. Benjamin staarde altijd in de blanco ogen van de kippen, maar kon nooit uitvinden welke ervan niets kon zien. Waren ze niet allemaal blind? Zo leek het als ze onrustig over het erf scharrelden. Papa had de kippen een paar zomers geleden aangeschaft, om eindelijk zijn levenslange droom te vervullen van vers gelegde eieren bij het ontbijt. Papa voerde ze, gooide ' s middags wat korrels droogvoer achter ze aan en riep 'tok-tok-tok'. 's Avonds liet hij ze in de schuur. Het geluid van wanneer hij met een pollepel tegen de onderkant van een pan sloeg, weergalmde over het hele terrein. Elke ochtend kreeg Pierre de opdracht om naar het kippenhok van de gezusters Larsson te gaan om de eieren te halen. Dan kwam hij over het graspad naar het huisje terugrennen met de schat in zijn handen en papa haastte zich dan de keuken in en zette een pan water op. Dit werd hun traditie, die van Pierre en papa, en het was ook een fijn moment voor Benjamin, want hij kalmeerde erdoor, het was licht en je kon er weer even rustig door ademhalen.

De kippen stopten met op de grond pikken en staarden met hun dode ogen naar de broers aan de waterkant. Benjamin haalde even naar hen uit en de gezusters Larsson kwamen onmiddellijk in beweging. Met lange passen stapten ze verder, naar het gras starend. Ze passeerden de jongens en waren verdwenen.

Toen de dobber begon te bewegen, was Pierre degene die de hengel vasthield. Eerst een kleine trilling, en vervolgens verdween de dobber volledig in het zwarte water.

'We hebben beet!' schreeuwde Pierre. 'Pak aan!' schreeuwde hij en gaf de hengel aan Benjamin.

Benjamin deed wat zijn vader hem had geleerd, hij trok de vis niet meteen aan land, maar haalde hem voorzichtig binnen. Benjamin trok de ene kant uit, de vis de andere, met een kracht die Benjamin verraste. Toen hij de contouren van het beest vlak onder het oppervlak kon zien en merkte hoe het woest worstelde om los te komen, riep hij: 'Snel, een emmer!'

Pierre keek verwonderd om zich heen.

'Een emmer?' vroeg hij.

'Nils!' riep Benjamin. 'We hebben een vis gevangen, kom hier met een emmer!'

Hij zag beweging in de hangmat. Nils snelde naar het huis en rende toen met een rode emmer in zijn hand naar het meer. Benjamin wilde niet te hard trekken uit angst dat de lijn zou breken, maar was gedwongen om druk uit te oefenen toen de vis op het midden van het meer afging. Nils deed meteen een stap het water in en liet de emmer in het meer zakken.

'Haal hem binnen!' schreeuwde hij.

De vis sloeg tegen het wateroppervlak en kwam weer dichter bij land. Nils ging een stap verder het water in en zijn korte broek werd nat. Hij schepte de vis op met de emmer.

'Ik heb hem!' riep hij.

Ze gingen rond de emmer staan en keken erin.

'Wat is het?' vroeg Pierre.

'Een baars,' antwoordde Nils. 'Maar je moet hem weer teruggooien.'

'Waarom?' vroeg Pierre verbaasd.

'Hij is te klein,' antwoordde hij. 'Die kun je niet eten.'

Benjamin keek in de emmer en zag hoe de vis tegen de zijkanten sloeg. Hij was kleiner dan hij had gedacht toen hij ermee in het water vocht. De kamvormige schubben glinsterden en de puntige rugvinnen stonden recht overeind.

'Weet je het zeker?' vroeg Benjamin.

Nils lachte.

'Papa lacht zich dood om jullie als je die laat zien.'

Pierre tilde de emmer op en liep resoluut naar het huisje. Benjamin volgde hem op de voet.

'Wat doe je? Je moet hem weer in het water terugzetten,' riep Nils. Hij rende achter hen aan toen ze niet antwoordden.

In de keuken had Pierre de emmer op de eettafel gezet. Hij stond naar de vis te kijken. Het rode plastic van de emmer werd weerspiegeld in zijn gezicht waardoor het leek alsof hij bloosde.

'Zullen we die levend bakken?' vroeg hij zachtjes.

Nils staarde verbluft naar zijn broer.

'Je bent verdomme niet goed wijs,' zei hij.

Hij draaide zich om en ging naar buiten. Benjamin hoorde hem mompelen toen hij langs het raam liep: 'Gekkenhuis'. Benjamin volgde hem met zijn blik en zag hoe hij in de hangmat ging liggen.

'We gaan hem levend bakken,' zei Pierre weer.

'Nee,' zei Benjamin. 'Dat kunnen we niet doen.'

Pierre ging op een stoel staan en pakte een van de koekenpannen die boven het aanrecht aan de muur hingen. Hij zette die op het gasfornuis en keek in verwarring gebracht naar de knoppen. Hij draaide aan een ervan en hoorde onmiddellijk een zacht gesis van het gas. Hij boog zich voorover en keek langs het branderrooster.

'Hoe krijg je vuur?' vroeg hij. Hij draaide de knop heen en weer, maar hoorde alleen het gas eruit komen en weer stoppen. Hij keerde zich naar Benjamin.

'Help me dan!'

'Je moet lucifers gebruiken,' antwoordde Benjamin.

‘Ga je me nog helpen of hoe zit dat?’

‘Pierre,’ zei Benjamin. ‘Je kunt geen levende vis bakken.’

‘Kappen, nou!’ zei Pierre. ‘Help me nu gewoon.’

En het gas stroomde de ruimte in. Boven sloeg een raam dicht, en zwaluwen die een nest in de nok van het dak hadden gebouwd schraapten aan het hout, alsof ze het huis krabden. En de middagzon scheen over de ruwe planken van de keukentafel en over het vergeelde kaartspel dat was blijven liggen na de spelletjes van hun ouders de avond ervoor. Zonlicht vanaf de zijkant op de twee broers verlichtte de dode vliegen die in kleine hoopjes op de vensterbank lagen, en Benjamin keek uit het raam en toen weer naar Pierre. Toen pakte hij de lucifers uit het bovenste kastje en stak ze aan tegen de brander, die onmiddellijk oplaaide in een rode vlam.

‘Hebben we ook boter of zoiets nodig?’ vroeg Pierre, terwijl hij de keuken rondkeek. Benjamin antwoordde niet. Pierre liep naar de koelkast en rommelde wat, maar vond niet wat hij zocht. Hij liep terug naar het fornuis. Er was een beetje rook toen het vuur de pan verwarmde. Pierre tilde de rode emmer op en goot de inhoud in de koekenpan. De vis tuimelde eruit en wierp zich bij het eerste contact met het ijzer de lucht in. Daarna had hij daar de kracht niet meer voor en bleef aan de pan plakken. De kieuwen gingen omhoog, zachte bewegingen van de staart. Hij deed nog een poging om los te komen, maar zijn schubben waren al begonnen te smelten en hij raakte langzaam aan het ijzer genageld.

De pan begon te roken. Benjamin volgde de gebeurtenissen sprakeloos. Pierre probeerde voorzichtig een spatel onder de vis te steken om hem om te keren. Hij porde en prikte en knipperde toen er rook in zijn ogen kwam. Eindelijk kreeg hij hem los. Een stuk vissenhuid bleef achter op de plek waar de vis had gelegen. De vis wierp zich nog eens in de lucht, draaide een halve slag en landde weer op dezelfde plek. Beide broers deden vlug een stap achteruit en staarden naar de pan.

'Hij leeft nog!' zei Benjamin. 'We moeten hem doodmaken!'

'Doe jij dat maar, ik durf het niet,' antwoordde Pierre.

'Waarom zou ik?' siste Benjamin.

Pierre gaf Benjamin een zet en probeerde hem naar de pan te duwen.

'Hou op!'

De vis draaide zich nog een keer om.

'Jij bent toch degene die dit gedaan heeft!' zei Benjamin.

Pierre stond doodstil en staarde met open mond naar de pan. Benjamin deed een paar stappen richting het fornuis, draaide aan de knop en zette het gas helemaal open. Hij liep achteruit en ging naast zijn broer staan. Door de rook heen waren zachte geluiden te horen. De vis sloeg met zijn staart tegen de pan. Het was alsof hij de maat sloeg tegen het ijzer terwijl de hitte heviger werd. Benjamin voelde dat zijn benen hem niet meer konden dragen en hield zich vast aan de leuning van een stoel. Plotseling een sissend geluid toen de vis uiteenviel en de ingewanden de pan in stroomden. De rook werd dikker en er was iets aan de ervaring dat Benjamin het idee gaf dat God erbij betrokken was. De rook werd door de zon verlicht terwijl die naar het plafond steeg. Hij dacht dat de rookzuil een kanaal vormde, een goddelijke sluis, en dat de vis daardoorheen naar de hemel opsteeg. En plotseling zag hij alles kristalhelder. Het was alsof alle gebeurtenissen op aarde geconcentreerd waren in deze koekenpan, en het gewicht van de planeet drukte het zwaarst daar boven het gasfornuis.

Toen was het voorbij.

Het werd stil.

Benjamin liep naar de pan en zette hem in de gootsteen. Hij goot er water op, het sissen werd vervangen door een ander soort sissen en toen werd het stil. Hij keek naar de kleine verkoolde vis die in de pan was achtergebleven. Hij schoof hem in de afvalbak en legde er wat papier overheen. Hij liep naar Pierre toe, die nog steeds roerloos een paar passen van het fornuis af stond.

'Dit was verkeerd, Pierre.'

Pierre keek ernstig op naar zijn broer.

'Wegwezen, dan regel ik alles hier wel,' zei Benjamin.

Pierre verdween naar buiten en Benjamin zag door het raam hoe hij er in een geweldige vaart vandoor ging naar de schuur. Benjamin waste de koekenpan af en schuurde hem onder heet water schoon om alle visschubben weg te krijgen.

Hij liep naar buiten en ging op de stenen trap zitten. Het licht was daar zo fel dat alles zwart werd. Hij hoorde onbestemde geluiden vanuit het huisje, iemand op de trap, en daar stond plotseling de hond, die was ontwaakt uit een middagdutje.

'Joehoe, joehoe,' fluisterde Benjamin en imiteerde zijn moeders lokroep voor de hond en hij klopte met zijn hand op zijn knie en Molly sprong in zijn armen en nestelde zich daar. Hij hield haar vast, misschien zou zijn hart minder snel kloppen als hij haar warme lijfje tegen zijn borst drukte. Hij stond op, nam het pad naar het meer en ging met Molly op een van de grote stenen zitten. Het was daar nog steeds als een zonsverduistering, en toen de kleuren terugkwamen, zag hij duidelijk wat hij al had vermoed: de wereld was veranderd. Hij zag de rimpelingen op het wateroppervlak nadat een school vissen er vlak onder om voedsel had gevochten. Hij zag de ringen op het water en merkte op dat ze niet naar buiten maar naar binnen bewogen. De ringen krompen naar het midden toe en verdwenen spoorloos in hun eigen rimpeling. Hij staarde in de verte en zag hetzelfde fenomeen opnieuw. De ringen aan het meer zochten hun eigen centrum op, alsof iemand een film achterstevoren afspeelde. Hij was verrast door de echo van een schreeuw over het meer. Hij keek over de baai uit en probeerde de bron te vinden. Toen schreeuwde hij. Hij realiseerde zich dat de tijd helemaal niet stil was blijven staan – hij ging achteruit.

Hij bedekte zijn ogen met zijn handpalmen.

'Joehoe, joehoe!'

Wie riep daar? Door zijn vingers keek hij op naar het schaduwrijke gazon en daar zag hij papa en mama zitten, pas wakker en nog wat versuft. Mama had de hond in Benjamins armen in het oog gekregen en riep haar opnieuw. En langzaam trok de wereld weer recht.

Hij zette Molly weer neer, en die snelde meteen op mama af. Benjamin rende achter haar aan over het graspad. Zijn ouders zaten naar het gras te staren. Mama haalde een pakje sigaretten tevoorschijn, legde het op tafel en reikte naar de hond.

'Dag jongen,' zei papa met lijzige stem.

'Hoi,' zei Benjamin.

Hij ging in het gras zitten. Stilte. Mama wierp een blik op hem.

'Kom me even op mijn rug krabbelen,' zei ze.

Benjamin ging achter haar staan, krabde zorgvuldig en mama sloot haar ogen en maakte een klein geluidje, zijn hand in haar shirt.

'Wacht,' zei ze, en maakte haar beha los zodat hij er beter bij kon. Hij voelde de afdruk van het elastiek in haar huid terwijl hij zijn vingers vanaf haar nek over haar schouderbladen liet gaan. En hij krabde precies zoals hij wist dat ze dat fijn vond, omdat hij niet wilde dat het moment zou eindigen. Mama keek ineens op naar Benjamin.

'Waarom huil je, lieverd?'

Benjamin antwoordde niet, bleef zijn moeder krabben.

'Wat is er aan de hand?'

'Niets,' antwoordde hij.

'Mannetje toch,' zei mama. 'Niet huilen.'

Toen zweeg ze en boog haar nek.

'Iets verder naar beneden.'

In zijn ooghoeken zag Benjamin de gezusters Larsson aan komen sluipen. Ze stelden zich in een rij op het gazon op en sloegen de gebeurtenissen gade. Hij voelde zijn hart bonzen. Hij dacht aan de vis, aan de rokende koekenpan, de visschubben die aan het ijzer bleven plakken. De kippen staarden hem aan. Ze wisten wat hij gedaan had en veroordeelden hem in stilte.

En hij krabde zijn moeder terwijl hij naar de kippen keek en durfde niet weg te kijken, durfde niet op te kijken. Hij durfde ook zijn blik niet naar de tafel te richten, want hij was bang dat de lunch daar nog zou staan, dat de maaltijd net was afgelopen en dat papa en mama binnenkort siësta zouden houden.

Hoofdstuk 5

20.00 uur

Benjamin staat bij het meer met een bosje gedroogde boterbloemen in zijn hand. Zijn broers staan naast hem. Nils draagt de urn. Die is zwaar en hij past voortdurend zijn grip aan, met een steeds verwonderdere uitdrukking op zijn gezicht, alsof het gewicht van mama hem verbaast.

'Moeten we ook iets zeggen?' vraagt Nils. 'Of wat doen we?'

'Ik weet het niet,' zegt Benjamin.

'Een soort ceremonie of zo?'

'We beginnen maar gewoon.'

'Wacht,' zegt Pierre. 'Ik moet pissen.'

Hij loopt weg, gaat bij het water staan en doet zijn rits naar beneden.

'Alsjeblieft,' zegt Nils. 'Kunnen we dit een beetje plechtig houden?'

'Zeker. Maar ik moet pissen.'

Benjamin kijkt naar Pierre's rug, hoort hoe zijn urine zich over de stenen van de oever verspreidt. Hij ziet dat Nils beter grip probeert te krijgen op de urn.

'Heb je hulp nodig? Moet ik hem even vasthouden?'

Nils schudt zijn hoofd.

Het meer is kalm en Benjamin ziet hoe het bos erin ondersteboven is gekeerd, en hij ziet twee luchten die allebei roze en geel glinsteren. De zon zakt in de verte naar beneden richting de kolossale sparren. Een eindje de baai in ligt een piepschuimboei in het kalme water.

'Kijk,' zegt Benjamin, en wijst naar de boei. 'Is die niet van ons?'

Nils krabt zachtjes aan een muggenbeet op zijn voorhoofd en kijkt naar de kleine stip in de verte.

'Krijg nou wat,' zegt hij. Hij houdt een hand omhoog tegen de zon, om beter te kunnen zien. 'De laatste dagen dat we hier waren. Zou het kunnen zijn dat we de dag voordat alles gebeurde het net hebben uitgezet? En daarna werd alles een chaos, en toen we naar huis gingen hadden we opeens zo'n ongelooflijke haast. Zou het kunnen zijn dat...'

Hij lacht.

'Zou het kunnen dat we vergeten zijn het net op te halen voordat we vertrokken?'

Benjamin kijkt naar de boei, een flink eind weg, maar toch dichtbij genoeg dat hij de vorm ervan kan ontwaren. Hij is aan de randen aangevreten, van die winter dat het boothuis door ratten werd geteisterd.

'Je bedoelt dat het daar de hele tijd is gebleven?' zegt Benjamin.

'Ja.'

Benjamin stelt zich het net voor. Op een diepte van vijf meter, een drijvend massagraf, waar de vissen zij aan zij hangen, in verschillende stadia van hun rottingsproces. Vissenschubben en graten, en ogen die de duisternis in staren. Alles zit vast tussen de dunne, met algen bedekte mazen. En de jaren gaan voorbij en daarboven gebeurt van alles, gezinnen pakken hun spullen en verdwijnen, en alles staat leeg, de seizoenen wisselen en decennia gaan voorbij. Alles verandert continu, maar op vijf meter diepte hangt het net er nog stilletjes, geduldig wachtend, en omhelst degene die dichtbij komt.

'Misschien moeten we het omhooghalen,' zegt Nils.

'Ja,' zegt Benjamin.

'Morgen een keer, wellicht, voordat we naar huis gaan.'

Pierre maakt een paar stappen verderop een scherp geluid, een opgewonden kreet, alsof hij er vlug iets tegenin wilde brengen maar de woorden er nog niet voor had gevonden, terwijl hij tegelijkertijd met zijn rug naar zijn broers gekeerd, met zijn hand bewegingen maakt om de laatste druppels kwijt te raken.

'Echt niet,' roept hij en doet zijn rits dicht. 'We doen het nu!'

'Maar nu zijn we deze ceremonie aan het houden,' zegt Nils.

'Maar die kan wachten,' zegt Pierre. 'De broers weer in de boot, op het meer. Een laatste tochtje, bij zonsondergang. Mama zou dat mooi hebben gevonden!'

'Nee, niet nu,' zegt Nils, maar Pierre is al de richting van het dijkje ingeslagen en springt van steen naar steen langs de oever. 'Denken jullie dat de boot er nog is?' roept hij. Benjamin en Nils wisselen een snelle blik uit. Nils lacht zijn vriendelijke glimlach. Ze volgen hun jongere broertje naar het boothuis.

Ja, de boot is er nog. Zorgvuldig op de grote blokken getrokken, de oude, witte polyester boot, precies zoals ze hem hadden achtergelaten. Er groeit mos over een gedeelte van het dek en de voorbanken, en het water dat zich in de achtersteven heeft verzameld, heeft zijn eigen ecosysteem van algen en slib gevormd, maar de boot is nog intact. De roeispanen zoals gewoonlijk opgeborgen op de vloer onder een dekzeil, en de broers nemen aan weerszijden van de boot hun positie in. Pierre is de projectleider van de expeditie, en roept 'nu' en dan trekken ze. De stenen ratelen onder de romp totdat hij in het zwarte water glijdt. Dan wordt het opnieuw doodstil op het meer.

Benjamin roeit en Pierre en Nils zitten in de achtersteven, waardoor de boot achteraan zwaar wordt en de boeg de lucht in wijst. Het is meteen weer zo vertrouwd. Benjamin kijkt naar zijn broers. Ze zijn gekleed in zwart pak met stropdas om mama te eren. Pierre draagt een zonnebril die Benjamin er groot en vreemd vrouwelijk uit vindt zien. Nils heeft zijn schoenen en sokken uitgetrokken en zijn broekspijpen opgerold om niet nat te worden. Ze praten niet, maar luisteren naar de zachte slagen en de druppels die zich over het wateroppervlak verspreiden terwijl Benjamin de roeispanen langs de zijden van de boot opheft. De schemering valt snel in, en de oever wordt melkachtig wit. Benjamin kijkt omhoog en ineens verschijnt daarboven de ruimte, ook al is de lucht nog blauw. Hij ziet het zomerhuisje boven het dijkje, de deur staat wijd open, alsof papa en mama zo naar buiten kunnen komen om naar het meer te lopen met hun mand vol drankjes en worst. Hij ziet het stukje gras dat is overwoekerd met wilde bloemen. Een koude bries waait over het meer.

'Ho,' roept Pierre. De boei komt dichterbij en de broers maken zich klaar, zoals ze altijd deden toen ze klein waren, en keren zich om in hun vaste posities. Benjamin vaart het laatste stukje achteruit en Nils buigt zich naar voren en vangt de boei.

'We kunnen ons maar beter voorbereiden op het zien van behoorlijk vreselijke dingen,' zegt Nils.

Dan begint hij het verschoten gele nylontouw binnen te halen, en verzamelt het in de boot. De eerste stukken gaan gemakkelijk, maar dan komt het gewicht van het net. Hij is niet voorbereid op weerstand, verliest zijn evenwicht en moet gaan zitten.

'Goeie genade,' mompelt hij. 'Pierre, help me eens met trekken.'

Pierre en Nils staan te wankelen op hun benen en ze zwoegen met zijn tweeën. Het net beweegt zich, langzaam komt het dichter bij het wateroppervlak.

'Ik zie de netstok!' roept Pierre. En Benjamin gaat staan en ziet de contouren van het net met heel zijn verborgen lading, als een duisternis die door een nog grotere duisternis reist. De broers trekken en maken grimassen wanneer het nylon in hun handen snijdt, en precies op het moment dat het net het wateroppervlak bereikt, breekt de lijn. De boot zwaait heen en weer, de broers houden zich aan de randen vast, kijken over de reling en zien hoe de kolos weer in de diepte verdwijnt.

Pierre lacht, en laat een gehuil horen over het meer. Nils kijkt zijn broer glimlachend aan. Hij barst in lachen uit, en Benjamin wordt ook aangestoken. Nu lachen ze alle drie. Benjamin keert de boot en begint terug naar land te roeien.

In de brief die de broers in mama's appartement vonden, schreef ze dat ze wilde dat haar as in het meer bij het zomerhuisje zou worden verstrooid. Ze schreef niet precies waar, maar ze zijn het erover eens dat ze de juiste plek hebben gevonden. Aan de waterkant op het puntje van de landtong zat ze overdag de ochtendkrant te lezen. En daar zat ze 's avonds ook, vlak voordat de zon onderging, wanneer het licht goudkleurig werd, te luisteren naar hoe de wind door de bomen ruiste. Hoe die van boomtoppen verder weg naar boomtop pen dichtbij dwaalde, verschillende soorten geruis, afhankelijk van welke soort boom die beroerde. En hoe hard het overdag ook waaide, er gebeurde altijd hetzelfde – vlak voordat de zon onderging, ging de wind liggen en het meer werd kalm. Nu stellen de broers zich daar in een rij op, precies op dat moment, aan de waterkant. Nils heeft de urn vast, en hij gaat voor zijn broers staan.

'Ik vraag me af of ik moet plassen,' zegt Pierre.

'Alweer?' zegt Nils.

'Ja?'

'Niet te geloven,' mompelt Nils.

'Ik wil het toch liever niet in m'n broek doen, hè?'

'Nee,' zegt Nils. 'Dat soort ongelukjes hebben we eerder meegemaakt.'

'Klopt,' zegt Pierre.

'Daarin win je het van ons,' zegt Nils en grijnst. 'De meeste natte broeken als kind.'

'Ik was van het leven aan het genieten, wilde van alles doen en het was zo saai om naar de wc te gaan.'

De drie broers lachen, dezelfde lach, waarbij het klinkt alsof iemand een krant verfrommelt.

'Een keer in de tweede plaste ik in mijn broek toen we aan het voetballen waren tijdens de pauze,' zegt Pierre. 'Slechts een paar druppels, maar toch zoveel dat het door mijn spijkerbroek heen te zien was. Een donkere vlek zo groot als een cent recht boven de gulp. Björn ontdekte dat vrij snel.'

'Ik herinner me Björn wel,' zegt Benjamin. 'Die was altijd goed in het vinden van iemands zwakke plek.'

'Precies. Hij kreeg de vlek in het oog en begon te wijzen en te roepen dat ik in mijn broek had geplast. Iedereen keek naar me. Maar ik zei dat ik op die plek door een bal was geraakt. Want het had net geregend en het veld was nat, en de bal ook, dus dat was een heel aannemelijke verklaring. Björn hield erover op en we speelden verder. Ik was best tevreden, want het was geen slechte leugen. Het was geniaal. Plaste in mijn broek, maar kwam ermee weg.'

Zijn broers lachen.

'Maar toen kwam er meer pis uit,' zegt Pierre. 'De vlek werd groter. En Björn kreeg er weer lucht van. Toen de pauze voorbij was en we allemaal naar binnen gingen, liep hij naast me en staarde naar me. Hij bleef naar mijn broek kijken. Toen we bij de klas aankwamen, gilde hij: 'De stapel op Pierre!'

'De stapel?' vraagt Benjamin.

'Ja. Ben je nog nooit gestapeld? Iemand roept een naam en dan moet iedereen in één grote stapel op hem of haar gaan liggen.'

'En, wat gebeurde er toen?' vraagt Benjamin.

'Iedereen sprong boven op me en ik lag helemaal onderop en kon me niet bewegen. Björn lag boven op me. We lagen met ons gezicht naar elkaar toe en ik herinner me dat hij naar me grijnsde. Toen stak hij zijn hand in mijn spijkerbroek. Ik probeerde me te verzetten, maar ik zat helemaal vast. Hij groef rond in mijn natte ondergoed en trok toen zijn hand eruit en rook eraan. Hij riep: 'Het is pis! Pierre heeft zichzelf ondergepist!'

'Waren er geen leraren in de buurt?' vraagt Benjamin.

'Ik weet het niet meer,' antwoordt Pierre. 'In elk geval was er niemand die iets deed.'

Pierre raapt een steen op van de waterkant en gooit die in het water.

'Ze lagen daar boven op me en iedereen begon te gillen dat ik in mijn broek gepist had.'

Benjamin merkt dat er rode vlekken in Pierre's nek zijn verschenen. Hij kent die vlekken nog wel; toen ze klein waren zag hij ze altijd als Pierre bang of boos was.

'Toen ik daar lag, kon ik de gang in kijken,' zegt Pierre. 'En in de deuropening zag ik jou staan kijken.'

Pierre draait zich om naar Nils, en houdt kalm zijn blik op hem gericht.

'Nee hoor,' zegt Nils. 'Nooit gebeurd.'

'Jawel,' zegt Pierre. 'Je zag me daar liggen. En je liep gewoon door.'

Nils schudt snel zijn hoofd, Benjamin herkent zijn nerveuze, verbeten glimlach.

'Je kunt zeggen wat je wilt,' zegt Pierre. 'Ik herinner het me kristalhelder, en ik zal het nooit vergeten. Ik dacht er toen niet verder over na. Het is pas de afgelopen jaren dat ik het niet heb kunnen vatten. Je was zoveel ouder. Het zou zo gemakkelijk voor je zijn geweest om naar binnen te gaan en er een einde aan te maken.'

Pierre kijkt Nils aan.

'Maar je liep gewoon weg,' zegt Pierre.

Nils kijkt naar de urn die hij in zijn armen draagt. Hij wrijft met zijn duim over het deksel, alsof hij er een vlek van wil verwijderen.

'Ik weet niet waar je het over hebt,' zegt hij.

'Misschien herinner je je het niet meer?' vraagt Pierre. 'Zo ging het zo vaak. Je zag niets, hoorde niets. Zodra dingen uit de hand liepen, riep je dat het een gekkenhuis was, en dan sloot je jezelf op in je kamer. Maar het gekkenhuis was er nog steeds aan de andere kant van de deur, ook al zag je het niet.'

'Zet je zonnebril af,' zegt Nils opeens scherp. 'Toon respect voor mama en doe normaal.'

'Ik doe verdomme wat ik zelf wil,' antwoordt Pierre.

Benjamin begint zich te concentreren. Hij voelt hoe het uit de hand begint te lopen. Hij merkt het aan hoe Nils' greep om de urn steviger wordt en hoe hij nu naar Pierre kijkt en zijn blik vasthoudt.

'Nu moet je eens goed luisteren, want ik zeg dit maar één keer,' zegt Nils. 'Ik wil geen woord meer horen over hoe slecht je behandeld werd toen we klein waren. Geen woord.'

'Je hebt me in de steek gelaten,' zegt Pierre.

Nils staart naar Pierre.

'Ik heb je in de steek gelaten,' zegt hij. Hij lacht. 'Jij bent degene met wie we medelijden moeten hebben? Ik kan me geen dag herinneren dat jij en Benjamin niet vervelend deden tegen mij toen we klein waren, en ervoor zorgden dat ik me waardeloos voelde. En nu ben jij degene met wie we medelijden moeten hebben?'

Pierre kijkt uit over het meer en schudt zijn hoofd zacht.

'Laten we nu hiermee beginnen, en dan mag je daarna gaan janken.'

Nils doet een stap naar Pierre toe, en gaat heel dicht op hem staan.

'Nu moet je het niet gaan bagatelliseren.'

Pierre reageert onmiddellijk en doet een zelfde stap naar voren. Benjamin loopt naar hen toe, in een halfslachtige poging om tussenbeide te komen. Nu staan ze alle drie dicht bij elkaar, in een agressie die hun volslagen vreemd is. Plots is er geen woede meer in de ogen, alleen verwarring. Ze kijken elkaar nerveus aan. Ze weten zelf niet waar ze mee bezig zijn.

'Laten we even kalmeren,' zegt Benjamin.

'Ik denk er niet over om te kalmeren,' zegt Nils. 'Jij denkt dat ik heb me heb teruggetrokken toen we kinderen waren. Nou, is het zo gek dat ik niet mee wilde doen als ik elke keer dat ik mijn gezicht liet zien lelijk of walgelijk werd genoemd. En jullie deden ook altijd dat met je ogen.'

'Waar heb je het over?' zegt Pierre. Hij blijft een tijdje zwijgzaam staan. Dan laat hij zijn ogen naar elkaar toe glijden en imiteert met een grijns het scheelkijken van Nils.

Nils duwt de urn met volle kracht naar zijn broer. Pierre is hier niet op voorbereid en hij belandt tegen zijn borstkas. Benjamin hoort onmiddellijk aan het geluid dat er iets in Pierre's lichaam kapotgaat.

Hoofdstuk 6

De koningen van de berken

Het avondeten op het terras vlak voordat iedereen van tafel ging. Mama pakte een sigaret en tilde lege schalen op om de aansteker te vinden. Papa keek onrustig naar zijn lege bord, niet volledig voldaan. Mama had de vetrand van haar hamschijf afgesneden en laten liggen en nu had papa zijn oog erop laten vallen. Hij bleef steelse blikken werpen naar waar die lag, de vetrand als een roetige vinger op het bord. Hij nam hem op vanuit zijn ooghoeken, in zichzelf overleggend.

'Die daar...' zei hij uiteindelijk en wees naar het overgebleven vet. Mama stak er vlug een vork in en hevelde het over op papa's bord.

'Dank je,' mompelde papa, en werkte het snel naar binnen. Mama zat hem op te nemen terwijl hij at. Lichte sporen van afkeer op haar gezicht, Benjamin was de enige die ze kon detecteren. Hij wist alles van de ergernis van zijn moeder over de grenzeloze eetlust van zijn vader. Ze had er een hekel aan als hij zijn blik over andermans bord liet dwalen, als hij na het avondeten de keuken in sloop voor een 'versnapering', of als hij 's middags doelloos in de koelkast stond te kijken op jacht naar iets om in zijn mond te stoppen. Bij tijd en wijle ontplofte mama en riep ze dat hij een veelvraat was. Meestal beantwoordde papa dit met een zwijgen. Hij deed de koelkastdeur vlug dicht en liep weg, maar het kwam wel eens voor dat hij met een zelfde woede reageerde: 'Laat me toch eten!'

Papa legde zijn bestek neer en sloeg met zijn vuist op tafel. 'Jongens!' Hij veegde zijn mond af met een prop keukenpapier. 'Ik wil jullie meenemen naar een plek die geen van jullie eerder heeft gezien. Wie gaat er mee?'

Benjamin en Pierre kwamen onmiddellijk overeind. Het zomerhuisje was het zomerhuisje en het zomerhuisje was de wereld. Die bestond uit de kleine gebouwtjes die aan alle kanten werden omringd door bos en water. Al het andere was onbekend terrein – de landtong als een lichtgevende, pulserende groene stip op een verder grijze wereldkaart. Papa die zei dat hij ze een nieuwe plek zou laten zien hield een belofte in om de bekende wereld groter te maken. Ze bereidden zich voor zoals voor een zware expeditie. Papa trok de hoge laarzen aan die tot aan zijn knieën reikten en droeg Benjamin en Pierre op om een pet op te zetten tegen de muggen.

'Ga je mee, Nils?' vroeg papa.

'Nee,' antwoordde Nils.

'Het is een geheime plek,' zei papa. 'Een plek waar kinderen rijk kunnen worden.'

'Nee,' zei Nils, terwijl hij naar het glas melk reikte en dronk van wat er op de bodem was achtergebleven. 'Ik heb geen zin.'

Ze liepen de helling af en de wei door. Papa strekte zijn hand uit en liet het hoge gras door zijn vingers glijden, plukte een strootje en stak het tussen zijn tanden. Hij gaf zelfverzekerd de richting aan. Benjamin en Pierre volgden in zijn kielzog. Af en toe keken ze langs papa's rug om te zien waar ze naartoe gingen. Ze liepen het bos in en het werd meteen donker.

'Ben je nog steeds bang voor het bos, Benjamin?' vroeg papa.

'Nee, niet echt,' antwoordde Benjamin.

'De eerste zomer hier, begon je altijd te huilen wanneer we het bos in gingen,' zei papa. 'Ik weet niet waarom. Dat wilde je niet zeggen.'

'Nee,' zei Benjamin. Hij kon het niet onder woorden brengen, maar van het beklemmende gevoel dat het bos hem gaf had hij lang last gehad, vooral nadat het geregend had, wanneer de bomen zwaar waren en de moerassen sponsachtig. De angst om erin vast te komen zitten, erin gezogen te worden en te verdwijnen.

'Eén ding weet ik van bossen,' zei papa. En dat is dat iedereen een bos heeft dat alleen van hen is, dat ze op hun duimpje kennen en waar ze veilig zijn. En een eigen bos hebben is het mooiste wat er is. Als je hier maar vaak genoeg doorheen loopt, zul je algauw elke steen erin kennen, elk verraderlijk pad, elke geknakte berk. En dan is het bos van jou, het behoort aan jou toe.'

Benjamin keek de donkere diepte in. Het voelde niet als van hem.

'Kom, laten we verder gaan,' zei papa. 'We zijn er bijna.'

Ze passeerden de dam die de stroom tussen het meer en de rivier beheerste – zo ver weg van het huisje waren Benjamin en Pierre niet eerder geweest. Alles was vanaf nu nieuw en onontdekt. Ze passeerden een moeras met grote stenen die uit het mos verrezen, liepen door het sparrenbos en plotseling verscheen er een open plek. Papa boog een sparrentakje opzij en liet hun voorgaan.

'Welkom op mijn geheime plek!'

Voor hen verrees een apart minibos van dicht opeengepakte jonge berken, smal, dun, dicht op elkaar, als roestige lantaarnpalen, en daarachter glinsterde het meer tussen de stammen.

'Nou, wat vinden jullie ervan?' zei papa.

'Mooi!' zei Benjamin. Hij wilde zijn teleurstelling niet tonen. Het waren maar bomen.

'Hoeveel zijn het er?' vroeg Pierre.

'Ik weet het niet,' antwoordde papa. 'Een paar honderd.'

'Zoveel,' zei Pierre.

'Wat een geluk hebben wij toch weer dat wij dit mogen meemaken,' zei papa, 'dat deze bomen zich nou net hier bevinden. Ze zijn erg zeldzaam. Er zijn berken genoeg in Zweden, ruwe berken, zuilberken, prieelberken, alle soorten. Maar dit zijn zilverberken, jongens.' Hij legde een hand tegen een van de boomstammen en keek omhoog. 'De voortreffelijkste berken van allemaal. De geur van de twijgjes van de zilverberk in de sauna, daar kan niets ter wereld tegenop.'

Benjamin liep ernaartoe en voelde aan een van de bomen. Hij pakte een takje vast en probeerde het van de boom af te breken, maar het wilde niet loslaten.

'Ik zal je laten zien hoe het moet,' zei papa. 'Trek nooit aan de twijg, maar breek hem af. En doe dat onderaan, want je hebt een stuk nodig om vast te houden zodat je niet te dicht bij de hete stenen komt als je het water opgiet.'

Benjamin keek toe terwijl papa twijgje na twijgje afbrak en zijn berkenboeket in zijn linkerhand verzamelde. Het zag er zo simpel uit.

'Sta daar niet te staren,' zei papa met een glimlach tegen de jongens.

'Help eens mee.'

Ze stonden naast elkaar, in een zorgeloze stilte. Papa staarde even het bos in en mompelde 'een koekoek' nadat een vogelgeluid te horen was, maar verder zwegen ze, in beslag genomen door hun karwei.

'Weten jullie waarom deze berken zilverberken worden genoemd?' vroeg papa.

'Nee.'

'Het is een merkwaardige naam, hè? Er is niets wat aan zilver doet denken. De bladeren zijn groen, de stam is grijs. Maar er wordt gezegd dat er 's nachts iets met ze gebeurt.'

Hij hurkte neer en keek omhoog naar de boomtoppen. 'Als de volle maan erop schijnt, veranderen ze van kleur. Als je goed kijkt, zie je dat de bladeren van zilver zijn.'

'Is dat waar?' vroeg Pierre.

'Ja.'

Pierre keek papa met grote ogen aan.

'Houd op,' zei Benjamin, zich naar zijn broer wendend. 'Het is duidelijk niet waar.'

Papa moest lachen en streek Pierre door zijn haar. 'Maar het is toch best een aardig verhaal?'

Ze bleven twijgjes afbreken en verzamelen terwijl de zon onderging achter de stammen. Pierre deed zijn pet af, sloeg muggen weg en krabde zich verwoed over zijn hele hoofd. Papa was het snelst klaar.

'Zo ongeveer,' zei papa, tevreden naar zijn bundel berkentwijgjes kijkend. 'Ik heb tien bundeltjes nodig die ik te drogen zal hangen op de veranda van de sauna. Voor als we hier een keer in de winter komen, als er geen bladeren aan de berkenbomen zitten. Je krijgt vijf kronen voor elk berkenbundeltje dat je maakt.'

Benjamin en Pierre gaven elkaar een fanatieke high five, al gefocust op hun missie, klaar om voor het geld te werken.

'Ik ga terug voor een glaasje met mama,' zei papa. 'Kom maar zodra jullie iets te laten zien hebben.'

En toen verdween hij weer naar het huisje. Benjamin begon

twijgjes af te breken en het eerste bundeltje berkentwijgjes te maken. Hij probeerde uit te rekenen hoeveel geld ze eigenlijk zouden kunnen verdienen. Tien bundeltjes zou vijftig kronen worden, gedeeld door twee. En toen zette hij het geld om in kauwgom, vijftig öre per stuk. Het zou hem vijftig stukjes kauwgom opleveren, en als hij er eentje per dag gebruikte, zou hij genoeg hebben voor de hele zomer. Hij had geleerd om er zuinig mee te doen. Op een avond had hij zijn gebruikte kauwgom op het nachtkastje gelegd toen hij ging slapen en toen hij wakker werd voelde hij een plotselinge drang om het weer in zijn mond te stoppen en merkte toen dat het zijn smaak had teruggekregen, dat het weer als nieuwe kauwgom was, min of meer. Het was alsof hij het systeem te slim af was. Die vondst veranderde alles: hij begon kauwgom te hergebruiken, één stukje kauwgom was ineens genoeg voor een aantal dagen. Maar toen werd hij nonchalant, en liet hij zijn kauwgom achter op plekken waar zijn moeder ze ontdekte, en toen verbood ze al dat soort acties.

Hij was klaar met zijn eerste takkenbosje en keek naar Pierre, die naast hem stond, met lege handen en een trillende onderlip.

'Ik kan het niet,' zei hij. 'Ik kan de twijgjes niet afbreken.'

'Dat geeft niet. Ik verzamel ze ook wel voor jou.'

'Maar...' zei Pierre. 'Krijg ik dan nog wel geld?'

'Ja. We delen het.'

Benjamin verzamelde nog tien twijgjes en gaf ze aan Pierre.

'Laten we nu gauw teruggaan om ze aan papa te laten zien.'

Ze renden de schemering in met de takkenbosjes in hun handen, zigzaggend tussen de sparren, langs de vijver en door de weide onder het huisje en daar aan de voet van de stenen trap konden ze papa en mama aan tafel zien zitten, als een klein oplichtend eilandje van aangestoken kaarsen in de avondschemering. Een nieuwe fles wijn op tafel. Papa had een stuk worst tevoorschijn gehaald. Ze legden de berkentwijgjes in papa's armen.

'Bravo!' zei papa.

'Zo hé, wat een prestatie,' zei mama.

Papa bekeek de bosjes nauwkeurig, alsof hij de kwaliteit ervan controleerde. Hij had vijfkronenstukken in een stapeltje op tafel gelegd. Een rilling ging door Benjamin heen toen hij de glinsterende berg zag. Papa pakte voor ieder een vijfkronenmuntje en overhandigde die plechtig aan de jongens.

'Ga je berkentwijgplukker worden als je groot bent?' vroeg mama.

'Misschien,' antwoordde Pierre.

'Misschien,' herhaalde mama lachend.

Mama strekte haar armen uit naar de jongens. 'Mijn schatten,' zei ze en ze kregen een knuffel. 'Jullie zijn zo lief zoals je dingen samen doet.' Haar koele wang tegen Benjamins warme wang. Ze rook naar muggenstift en sigaretten. Ze drukte de hoofden van de jongens tegen haar borst en streek met haar hand door hun haar. Toen ze hen weer losliet, waren ze versuft, alsof ze pas wakker waren geworden, en stonden daar een beetje beduusd, en keken naar mama's glimlach.

'Het eerste zomerbaantje van de kinderen,' zei papa en hij had plotseling tranen in zijn ogen. De aangestoken kaarsen glinsterden in zijn ogen. 'Wat mooi,' mompelde hij, op zoek naar zijn zakdoek in zijn zak. Mama reikte hem haar hand.

'En nu wegwezen, jongens!' riep papa, en de broers vlogen ervandoor. 'Ga maar meer halen,' brulde hij hun na, maar toen waren de jongens al halverwege de weide. Ze renden op vederlichte benen door de zomeravond. En het ging nu snel. Benjamin brak de twijgjes af en hij hoefde niet eens te kijken, hij overhandigde ze gewoon blindelings aan Pierre die klaarstond om ze aan te nemen en bij elkaar te binden. En toen ze twee nieuwe bundeltjes hadden gemaakt, renden ze terug langs dezelfde weg als waarlangs ze gekomen waren, gefocust op het kleine baken van licht in de tuin. Papa riep vanuit de verte. 'Het is hun weer gelukt!' Ze renden sneller en hun voeten roffelden over het onverharde pad naar de tuin. 'Het is de jongens weer gelukt!'

Papa nam de takkenbosjes in ontvangst, inspecteerde ze en keek toen op naar de kinderen. 'Jullie zijn de koningen van de berken.'

En toen renden ze weer weg. Het werd nu vlug donker, de weg door het bos werd lastiger te onderscheiden, takken die in de duisternis opgingen, troffen hen in hun gezicht. Toen ze aankwamen, zagen ze het meer achter de berken als een lichtgrijze streep.

'Zullen we steentjes gooien?' vroeg Pierre.

Ze liepen tussen de zilveren berken door naar het meer, grepen elke berk die ze passeerden vast, zodat de bomen tegen elkaar ritselden. Ze zochten langs het strand naar stenen die geschikt waren. Pierre gooide er een en rond de plek waar die neerkwam was gespartel te zien, vissen die zich vlak onder het wateroppervlak vlug lieten zien en weer in de diepte verdwenen.

'Hallo!' riep Pierre over het meer en de echo weerkaatste tegen de hoge sparren aan de overkant en toen weer terug.

'Hallo daar!' riep Benjamin, en Pierre grinnikte.

'De koningen van de berken!' riep Pierre zo hard als hij kon en het bos bevestigde het, riep terug dat het waar was.

Door een lichte mist konden ze niet meer naar de overkant

van het water kijken. Pierre schopte tegen de stenen en mepte naar een mug op zijn arm.

'Gaat het?' vroeg Benjamin.

'Ja,' antwoordde Pierre, en keek hem vragend aan.

Benjamin wist niet wat hij moest zeggen, hij wist zelf niet wat hij met die vraag bedoelde.

'Zullen we doorgaan met verzamelen?' zei Benjamin.

'Ja. Kun je weer voor mij plukken?'

'Natuurlijk.'

En al snel kwamen ze weer over de weide aanrennen, met de bundeltjes berkentwijgen boven hun hoofd zwaaiend. Papa zat alleen aan tafel.

'Waar is mama?'

'Die is even plassen,' antwoordde papa en Benjamin zocht met zijn ogen in de schaduw achter de seringenstruik, mama's wc als ze geen zin had om het huisje in te gaan, en daar zat ze gehurkt, met haar broek op haar enkels, over het meer uit te kijken.

'Eens kijken wat jullie deze keer hebben meegenomen,' zei papa en de jongens staken hun bundeltjes naar hem uit. 'Die zijn heel mooi,' zei hij en inspecteerde ze zorgvuldig. 'Morgen zal ik jullie leren hoe je een bundel moet binden, want dat is belangrijk, hij moet op de juiste manier worden geknoopt, want hij moet buiten hangen en bestand zijn tegen sterke herfstwinden.'

'En hoe gaat het hier?' vroeg mama, die tevoorschijn kwam uit het schemerige struikgewas.

'De kinderen hebben nog twee bundeltjes gemaakt,' zei papa.

'Is het waar?' zei mama en ging zitten. Ze reikte naar de wijnfles en schonk haar glas vol. Ze keek naar de bundeltjes berkentwijgen in papa's armen, pakte er een op en woog het in haar hand.

'Wat is dit?' vroeg ze.

Haar stem veranderde, de toon werd scherp.

'De bundeltjes worden steeds kleiner. Kijk maar naar deze.' Ze hield een van de bundeltjes omhoog naar de jongens. 'Deze is maar half zo groot als de eerste waar jullie mee aankwamen.'

'Echt?' zei Benjamin.

'Ontken het maar niet,' antwoordde mama. 'Jullie weten precies waar jullie mee bezig zijn, toch?'

'Wat bedoel je?' vroeg Benjamin.

'Jullie willen gewoon het geld hebben,' zei ze. 'Jullie willen valsspelen.'

'Please,' zei papa, die Engels als codetaal gebruikte als hij in het geheim met hun moeder wilde communiceren. 'Calm down.'

'Nee, ik denk er niet over om te kalmeren,' zei mama. 'Dit is verdomme al te erg!'

Ze keek naar de jongens.

'Gaat het jullie om het geld?' Ze pakte het stapeltje vijfkronenmuntjes, greep Pierre's hand en sloeg ze in zijn handpalm.

'Prima. Hier. Neem het allemaal maar.'

Ze stond op, pakte haar sigaretten en de aansteker.

'Ik ga naar bed.'

'Lieverd!' riep papa haar na toen ze het huis in verdween. 'Come back, please!'

Pierre legde vlug het geld terug op tafel. Papa bleef in zijn stoel zitten met zijn ogen op het tafelblad gericht. Het bundeltje twijgen lag op de grond aan de voeten van de broers.

'Het was niet de bedoeling om het kleiner te maken,' zei Benjamin.

'Ik weet het,' zei papa.

Hij stond op en blies kaars na kaars uit, en toen de duisternis over de tafel viel, ging hij wijdbeens bij het meer staan. Benjamin en Pierre bleven roerloos op dezelfde plek staan.

'Ik weet wat jullie kunnen doen om mama weer blij te maken.'

Papa wendde zich tot de kinderen, knielde naast hen neer. Hij fluisterde nu.

'Jullie kunnen bloemen voor haar plukken.'

Pierre en Benjamin gaven geen antwoord.

'Als jullie nou eens een bosje bloemen voor de slaapkamerdeur neerzetten. Dan zou ze zo blij zijn.'

'Maar het is nu behoorlijk donker geworden,' zei Benjamin.

'Het hoeft geen groot boeket te zijn. Een kleintje maar, voor mama. Kunnen jullie dat doen?'

'Ja,' mompelde Benjamin.

'Pluk maar boterbloemen. Daar houdt mama van. Dat zijn die kleine gele, weet je wel?'

Benjamin en Pierre bleven staan en zagen hoe papa met een vork eten van het ene bord op het andere schraapte en serviesgoed en glazen opstapelde om naar binnen te dragen. Hij keek op naar de kinderen, verwonderd dat ze daar nog steeds stonden.

'Maar lieve jongens, ga dan,' fluisterde hij.

Benjamin en Pierre liepen naar de wei. Er stonden overal boterbloemen. Ze schenen als zwakke lichtjes in de schemering. De zomeravond was koel, en het gras was vochtig geworden. Benjamin hurkte neer en plukte de boterbloemen, en dacht niet aan Pierre. Pas na een tijdje zag hij dat die op zijn knieën in het midden van de wei zat, met drie boterbloemen in zijn hand, geluidloos huilend. Benjamin sloeg zijn arm om hem heen, drukte zijn gezicht tegen zijn borst, en voelde het lichaam van zijn kleine broertje beven terwijl hij hem vasthield.

'Ga maar naar binnen en ga maar slapen,' fluisterde Benjamin. 'Ik maak het wel af.'

'Nee,' antwoordde Pierre. 'Mama wil bloemen van ons allebei.'

'Ik pluk wel voor ons allebei. We zeggen gewoon dat ze van jou en mij samen zijn.'

Pierre rende de helling op in het donker en Benjamin boog zich voorover naar het natte gras om in het donker te kunnen zien. Hij kwam heel dicht bij de grond en de aarde en de insecten, en voelde zijn adem tegen de oppervlakte. Hij keek op naar het zomerhuisje en zag hoe Pierre naar binnen verdween en hoe de lichten binnen brandden. Hij vond dat de twee ramen die op het meer uitkeken aan ogen deden denken. De stenen trap was een gebit, een kromme kaak en het huis grijnsde naar hem zoals hij daar zat. Toen keek hij op naar de enorme sparren, en stelde zich voor hoe hij er vanaf daar uit zou zien, vanuit het oogpunt van de boomtoppen. Het zomerhuisje van bovenaf gezien, het oude dak, de stenen boven op de groentekelder, de bessenstruiken in een symmetrie die beter zichtbaar was vanaf de sparrentoppen, het gras als een uitgerold tapijt tot aan het water, en een klein zwart stipje in de weide, hijzelf, die daar beneden iets onverklaarbaars deed. En daarachter, achter de vijver en de duizenden sparren, de enorme velden van grijs en onbekend gebied. En Benjamin begon te lopen, liet de boterbloemen de weg wijzen, kromgebogen richting de rand van de weide en werd toen het bos in gezogen, met zijn ogen op de grond gericht. Hij bleef maar plukken en dacht niet na over waar de bloemen hem naartoe brachten, en plotseling stond hij weer aan de voet van de enorme verzameling jonge berken op de landtong. De volle maan scheen tussen de stammen en er stak een bries op, de bomen begonnen te ritselen. Benjamin deed een stap achteruit en toen het hout ontvlamde, moest hij zijn ogen beschermen om niet verblind te raken. De vonkenregen sloeg neer op de donkere landtong, en het zilveren vuur verspreidde zich oncontroleerbaar door de bomen.

Hoofdstuk 7

18.00 uur

Benjamin kijkt naar Nils' naakte rug in de sauna. De verzameling moedervlekken is er nog altijd, als een hagelschot van bruine stippen dat tussen zijn schouderbladen terechtgekomen was. Nils' constante ongerustheid erover als kind. Hij smeerde ze voortdurend in met zalfjes en zonnebrandcrème. En mama's herhaaldelijke waarschuwingen om er niet aan te krabben. Als Nils aan het strand zat te lezen of op zijn buik aan het zonnen was, beslopen Pierre en Benjamin hem van achteren en krabden hem hard op zijn rug, en Nils werd woest en sloeg wild om zich heen.

Dit is de eerste keer dat hij zijn broers naakt ziet sinds hun jeugd. Pierre is helemaal gladgeschoren rond zijn penis. Nergens een haartje. Benjamin heeft het in pornofilms gezien, maar zo in het echte leven valt de haarloosheid echt op. Hij kijkt naar zijn eigen penis, een dood ding, een bruin stompje vlees dat in slaap is gevallen in het haar eromheen. Maar Pierre's penis ligt daar, pulserend op het saunabankje, een eigen leven leidend, een plakkerig klein bewustzijn. Misschien merkt Pierre dat Benjamin staart, want na een tijdje in de sauna trekt hij de handdoek om zijn middel.

'Ik wist niet dat je zoveel tatoeages had,' zegt Benjamin tegen Pierre. 'Sommige ervan heb ik niet eerder gezien.'

'Nee? Ik zat erover te denken om er een paar te verwijderen.'

'Welke dan?'

'Deze bijvoorbeeld.'

Hij wijst naar een getekende gebalde vuist met de tekst: SAVE THE PEOPLE OF BORNEO.

'Wat was er aan de hand met de bevolking van Borneo?' vraagt Benjamin.

'Niets,' zegt Pierre. 'Daarom vond ik het wel grappig.'

Benjamin moet lachen. Nils schudt glimlachend zijn hoofd en kijkt naar zijn voeten op het laagste bankje.

'Ik heb ooit toen ik dronken was de tatoeëerder gevraagd om een pijl richting mijn piemel te maken met de tekst: IT'S NOT GONNA SUCK ITSELF.

Alle broers lachen tegelijk, drie zachte gniffels die in elkaar grijpen. Nils werpt een blik op de thermometer aan de muur en mompelt: 'negentig graden.'

'Ik moet er even uit,' zegt Benjamin en gaat naar buiten. Hij gaat op de veranda van het saunahuisje staan. Aan de muur hangen zes gedroogde bosjes berkentwijgen op een rij. Benjamin leunt tegen de afgebladderde houten wand en kijkt omhoog naar het keurige rijtje. Hij strekt zijn hand uit naar het zesde bosje in het rijtje, dat iets kleiner is dan de andere, en laat zijn handpalm voorzichtig over de scherpe, gedroogde bladeren gaan.

Nils komt de sauna uit. 'Kom op, tijd voor een duik,' roept hij en rent de kleine veranda van de sauna af. Hij hinkt wanneer hij op iets scherps stapt en blijft dan aan de waterkant staan. En zoals hij daar staat te aarzelen, doet hij Benjamin denken aan hoe hij als kind was, die zomerdagen waarop papa steeds opgewondener vanaf hier naar hem schreeuwde, riep dat hij erin moest springen, dat het heerlijk was, waar wachtte hij nog op. En papa riep steeds doordringender, werd algauw wild van frustratie dat de jongen er niet gewoon in sprong, en uiteindelijk was Nils woedend en liep hij weg, zonder een duik te nemen. Pierre gooit de saunadeur open en strompelt vanuit de hitte naar de oever. Hij stapt het water in met zijn armen uitgestrekt en sist 'shit' wanneer hij uitglijdt over een steen en bijna valt. En dan duikt hij erin, en crawlt weg. Het ziet er volmaakt uit wanneer hij dat doet, langzame slagen recht het meer in. Benjamin loopt naar beneden, naar het strand en gaat naast Nils staan. Het water staat laag; ze moeten de dam zeer recentelijk hebben geopend. Tussen de vochtige rotsen ziet hij een kleine baars op zijn zij liggen in het natte grind. Die moet zijn achtergebleven nadat het water was gezakt. Hij bukt zich en tilt de vis aan een vin op.

'Kijk dan,' zegt hij.

Hij zet de vis voorzichtig terug in het water en ziet hoe die langzaam ronddraait en ondersteboven belandt. Daar ligt hij te deinen, met zijn witte buik op het wateroppervlak. Benjamin geeft de vis een klein zetje met zijn vinger en probeert hem rechtop te krijgen. De vis ligt een poosje op zijn zij, en hij ziet de kieuwen bewegen. De vis is niet dood, maar hij heeft de kracht niet om zichzelf overeind te houden en draait weer ondersteboven. Als kind was die er al, de angst voor vissen. Hij vond het leuk om te gaan vissen, maar vond het vreselijk om beet te hebben. Er was iets met dat onvoorspelbare gespartel wanneer een vis toehapte. Het besef dat er zich iets levends aan de andere kant van de lijn bevond, iets met een bewustzijn. En wanneer de vis aan de oppervlakte verscheen, en zo flapperde dat het water schuimde, vechtend voor zijn leven, voelde Benjamin iets dat op een existentiële walging leek. Papa hielp met het doden en schoonmaken van de vis. Altijd dezelfde gruwel wanneer papa de vis rechtop op het houten bankje zette en met een mes door zijn nek ging.

'Het zijn maar reflexen, jongens,' zei hij terwijl de vis onder zijn greep stuiptrekte, en daar maar mee bleef doorgaan. Papa moest harder duwen met het mes, dieper, terwijl hij voor de jongens opdreunde: 'Hij voelt niets. Hij is al dood.' Af en toe bleven de vissen zo lang stuiptrekken dat zelfs papa zich zorgen begon te maken. Zijn ogen schoten heen en weer en hij wist niet wat hij moest doen.

De abrupte afwisselingen tussen barbarij en finesse terwijl hij met de vissen bezig was. Hoe hij op brute wijze de ingewanden eruit rukte en in het meer gooide, en zijn handen vervolgens zo secuur en onder eerbiedige stilte van de kinderen de galblaas eruit peuterden die het vlees van de vis zou kunnen vergiftigen als die kapotging.

Benjamin zit gehurkt in het ondiepe water en geeft de vis weer een zetje. En dan nog een keer.

'Kom nou, visje,' fluistert hij. 'Ik zal voor je vechten.'

Nu blijft de vis rechtop, gevoelig voor de bewegingen van het water, maar het lukt hem. Hij blijft daar nog even rustig hangen, oriënteert zich in het meer en dan zwemt hij ineens weg en is verdwenen.

Benjamin kijkt naar zijn broer.

'Nou,' zegt hij. 'We moesten er maar eens aan geloven.'

'Ik denk het ook,' antwoordt Nils.

En dan zwemmen ze zijwaarts weg, als oude mannetjes. Wat gespetter met hun voeten en dan gaan ze weer staan. Ze staan met z'n drieën naast elkaar. Het water is warm genoeg dat ze er probleemloos een tijdje in kunnen doorbrengen zonder dat het onaangenaam wordt.

'Zullen we nog een rondje sauna doen?' zegt Nils.

'Absoluut,' zegt Pierre. 'Alleen even mijn darmen legen in het meer.'

'Gatver,' mompelt Nils en waadt terug naar het strand. Pierre lacht luid over het meer. 'Het was maar een grapje, kom op!'

Ze gaan weer opeengepakt in de sauna zitten en kijken door het kleine raampje naar het water.

'Was het niet hier ergens in de buurt dat we de tijdcapsule hebben begraven?' zegt Pierre.

Benjamin gaat staan en kijkt naar buiten.

'Ja, daar bij die boom, geloof ik.'

Hij herinnert zich de oude blikken broodtrommel die hun vader aan hen had gegeven, en die hij en Pierre met allerlei voorwerpen hadden gevuld en diep onder de grond hadden begraven. Het was een wetenschappelijk project dat tot doel had belangrijke informatie over hoe mensen in de twintigste eeuw leefden te bewaren voor het nageslacht.

'We moeten hem vinden,' zegt Pierre.

'Dat zal nog lastig worden,' antwoordt Benjamin.

'Hoezo? We hoeven hem alleen maar op te graven, toch?'

'Maar we weten toch niet precies waar we hem hebben begraven.'

'Ophouden,' zegt Pierre. 'Ik ga hem vinden!'

Hij stormt de sauna uit en de broers zien hem door het raampje naar het stukje grond ervoor gaan. Hij valt op zijn knieën bij de boom neer en begint verwoed met zijn handen te graven. Hij haalt wat aarde omhoog en gooit die opzij en probeert het opnieuw, maar het is vrij snel duidelijk dat het niet gaat lukken. Hij graaft maar komt nauwelijks onder de eerste laag aarde. Hij blijft een tijdje uit het veld geslagen op zijn knieën zitten. Dan staat hij op en schiet weg, naar de schuur.

'Wat doet hij nou?' vraagt Nils.

'Hij is gek,' antwoordt Benjamin.

Nils reikt naar de emmer en giet water over de stenen en

het aggregaat sist. Benjamin kijkt hoe waterparels op zijn borst worden gevormd.

'Hoe is het voor jou om hier weer te zijn?' vraagt Nils.

'Ik weet het niet,' antwoordt Benjamin. 'Het is alsof een deel van mij zegt dat ik thuis ben gekomen en een ander deel naar me schreeuwt dat ik hier weg moet.'

Nils lacht.

'Dat heb ik ook.'

'Het was vreemd om deze plek weer terug te zien,' zegt Benjamin. 'Ik ben er zo vaak geweest, in mijn hoofd. Door de gebeurtenissen heen getuimeld, keer op keer weer. En nu...'

Hij kijkt uit het raam.

'Het was gewoon vreemd,' zegt Benjamin.

'Benjamin,' zegt Nils. 'Het spijt me zo, van alles.' Ze kijken elkaar aan en slaan vlug hun ogen weer neer. Nils giet meer water op de stenen, die sst zeggen en tot stilte manen.

Pierre komt weer tevoorschijn, buiten voor het raam, met klompen aan zijn voeten en een schep. Hij kijkt naar binnen door het raampje van de sauna en gebaart met grote armbewegingen boven zijn hoofd. Hij steekt de schop zo hard in de grond dat zijn geschoren penis opspringt en weer terugvalt op zijn been. En dan begint hij te graven. Hij is bezweet en vastberaden, en bij elke trap met zijn voet tegen de schop stoot hij grommende klanken uit, die hij versterkt tot een luid gekreun.

'Die gaat hij nooit vinden,' mompelt Benjamin.

Het geluid van spade tegen metaal is tot in de sauna te horen. Benjamin en Nils leunen naar het raam om er zicht op te krijgen. Pierre werpt zich op de grond en begint met zijn handen te graven. Hij tilt iets uit het gat en Benjamin herkent het meteen. Hij zit onder de aarde, maar op sommige plaatsen glinstert het roestige metaal – het is de broodtrommel. Pierre gaat wijdbeens staan met de trommel boven zijn hoofd en schreeuwt woordeloos, als een wilde die vuur heeft ontdekt. Benjamin en Nils rennen de sauna uit. Pierre zet de trommel op het tafeltje op de veranda van de sauna, en ze verzamelen zich eromheen.

'Zijn jullie er klaar voor?' vraagt Pierre. 'Want nu gaan we een bezoekje brengen aan onszelf als kinderen.'

Hij opent de trommel. Bovenop ligt een exemplaar van de ochtendkrant. Over de gehele voorpagina: NAVO BOMBARDEERT SARAJEVO. Daaronder ligt een kleine envelop. Benjamin maakt hem open en denkt eerst dat hij leeg is, maar dan ziet hij dat er iets onderin ligt. Hij schudt de inhoud van de envelop uit op tafel, die ziet eruit als kleine halve maantjes van plastic. Benjamin kan eerst niet onderscheiden wat het is.

'Allemachtig,' zegt hij dan.

'Wat is het?' vraagt Nils.

Benjamin leunt voorover en port in het geelachtig witte hoopje dat voor hem ligt.

'Dat zijn onze nagels.'

'Wat?' vraagt Nils.

'We hebben toen onze nagels geknipt,' zegt hij. 'Weet je nog, Pierre?'

Pierre knikt en gaat aan tafel zitten. Pookt zachtjes in de kleine jongensnagels. We knipten die van jouw linkerhand en van mijn rechterhand. Tien nagels zodat de toekomst zou kunnen zien wie wij waren.'

Benjamin probeert de tien nagels in de juiste volgorde te plaatsen, met de twee brede duimnagels in het midden en de andere vier aan weerszijden. Hij legt zijn eigen hand vlak onder de kleine nagels, en ziet de contouren van zichzelf als kind.

Pierre pakt een tientje uit de trommel.

‘Kijk dit eens,’ zegt Pierre.

‘Dat had ik van mama gejat,’ zegt Benjamin.

‘Ik weet het nog,’ zegt Nils. ‘We keken door het raam naar binnen en zagen hoe mama je betrapte.

Benjamin ontmoet vlug de blik van zijn broers en legt het bankbiljet opzij. Onder in de doos ligt een bosje boterbloemen, perfect gedroogd en goed geconserveerd. De gele blaadjes glimmen in de laagstaande zon. Benjamin geeft het boeketje aan Pierre. Die houdt het voorzichtig vast en bekijkt het. Dan kijkt hij weg en bedekt zijn ogen met één hand.

‘Zullen we een nieuwe poging doen om dit boeketje aan mama te geven?’ zegt Benjamin.

Ze drogen zich haastig af, en trekken een pak aan over hun natte lijf. Ze lopen achter elkaar aan door de wei en komen bij het water aan.

Benjamin staat bij het meer met een bosje gedroogde boterbloemen in zijn hand. Zijn broers staan naast hem. Nils draagt de urn. Die is zwaar en hij verandert voortdurend van grip, met een steeds verwonderdere uitdrukking op zijn gezicht, alsof het gewicht van mama hem verrast.

Hoofdstuk 8

De groentekelder

'Zo ongelooflijk goor,' zei Nils terwijl hij langs zijn twee broers liep. 'Ik kan daar niet naar kijken.'

'Wat zijn jullie aan het doen?' vroeg papa, die naast hen zat en de krant las.

'We zijn onze nagels aan het knippen!' zei Pierre. 'We gaan ze verzamelen en in de tijdcapsule stoppen.'

'Waarom willen jullie nagels in de tijdcapsule doen?'

'Wat als mensen er over duizend jaar totaal anders uitzien? Dan kunnen ze zien hoe onze nagels eruitzagen.'

'Slim,' zei papa.

Het was vroeg in de ochtend, de zon stond laag en scheen uit een vreemde hoek. Er lag nog dauw op het gras. Vlokken opgezwollen ontbijtgranen in de door de zon verwarmde melk in de kommen. De wind was frisser dan gewoonlijk zo vroeg op de dag, en elke keer als er een harde windvlaag kwam, hield papa de ochtendkrant stevig vast en keek hij op om te zien wat er aan de hand was. Hij dronk koffie uit een beker die bruine kringen maakte elke keer dat hij die op de ochtendkrant neerzette. Af en toe stond hij op om een uitstapje naar de keuken te maken waar hij brede sneetjes roggebrood afsneed en er zoveel boter op deed dat je zijn tandafdrukken kon zien wanneer hij een hap nam. Benjamin en Pierre zaten in hun afgedragen pyjamaatjes geconcentreerd hun nagels te knippen die ze in een hoopje op de terrastafel verzamelden. Toen ze klaar waren, stopten ze ze in een envelop die ze in de metalen trommel deden die ze van papa hadden gekregen. Het eerste voorwerp was veiliggesteld.

'Papa, mogen we de krant van vandaag pakken en in de tijdcapsule stoppen?'

'Absoluut,' antwoordde papa. 'Zodra ik hem uit heb.'

Benjamin observeerde zijn vader. Hij at twee eieren en Benjamin hoopte dat hij klaar zou zijn voordat mama wakker werd, want zij had er een hekel aan om papa eieren te zien eten.

'Heb je misschien wat geld?' vroeg Benjamin. 'Ik wil er ook een bankbiljet in stoppen.'

'Kunnen jullie niet een van de vijfkronenmuntjes nemen die jullie gisteren hebben verdiend?'

'Het moet een bankbiljet zijn, zodat ik er een boodschap op kan schrijven.'

Papa tastte in zijn broekzakken, stond op en liep de gang in om zijn portemonnee te checken.

'Ik heb geen geld,' riep hij. 'Jullie moeten mama maar vragen wanneer ze wakker wordt.'

'Maar wat gaan we nu dan doen?' vroeg Pierre. Altijd rusteloos.

'Jullie kunnen toch andere dingen zoeken om in je trommel te stoppen,' zei papa.

'Er zijn geen andere dingen,' antwoordde Pierre.

'Ga dan wat met Molly spelen,' antwoordde papa.

Maar dat was nooit echt een optie voor Pierre, of voor wie dan ook in het gezin. Molly was niet speels. Ze was angstig, breekbaar en schrikachtig. De familie dacht de eerste zomer dat ze bij hen kwam dat dit wel over zou gaan. Ze had tijd nodig om te wennen, maar nu hadden ze wel begrepen dat ze waarschijnlijk gewoon zo was. Het was alsof ze bang was voor de wereld, nooit vrij wilde rondlopen, en liever gedragen wilde worden. Ze deinsde terug voor papa en hield zich van hem weg, ondanks zijn onhandige pogingen om genegenheid te tonen. Nils noch Pierre toonde veel belangstelling voor haar en misschien was er sprake van enige jaloezie bij de broers, in het besef dat het soms leek alsof mama meer affectie toonde naar de hond toe dan naar de broers. Mama's liefde voor Molly was sterk maar fluctuerend, en dat maakte haar nog angstiger. Mama wilde Molly vaak voor zich alleen en weigerde haar te delen, andere keren gedroeg ze zich onverschillig tegenover haar. Soms trof Benjamin Molly een beetje verloren aan, vergeten als gevolg van Pierre's en Nils' desinteresse, papa's berusting en de plotselinge onverschilligheid van mama.

Benjamin voelde een verwantschap met Molly. Ze trokken naar elkaar toe, en tijdens de lange uren 's middags als papa en mama siësta hielden, bouwden ze die zomer langzaamaan een band op. Benjamin maakte haar in het geheim de zijne. Ze liepen naar het meer en gooiden steentjes. Ze gingen samen wandelen in het bos en hielden elkaar gezelschap.

'Ga maar wat met Molly stoeien,' zei papa.

'Maar ze wil niet met ons stoeien,' zei Pierre.

'Tuurlijk wel,' zei papa. 'We moeten haar gewoon de tijd gunnen.'

Pierre sjokte weg naar de schuur waar hij zijn stripboeken had, en Benjamin ging naar de hond toe en tilde haar op. Hij liep de keuken in en ging aan de tafel bij het raam zitten met Molly op schoot. Buiten veranderde de werkelijkheid wanneer hij ernaar keek door de oude glazen ruit. Het groen begon te golven als hij zijn hoofd langzaam naar voren of naar achteren bewoog. Daar liep papa over het pad naar de oude schuur. Beneden aan de waterkant zag hij Nils' haardos op de plek op het strand waar hij altijd zat als hij in alle rust wilde lezen. En vlak boven Benjamin lag mama te slapen. Hij was bekend met elke stap van haar ontwaken, wist waar hij naar moest luisteren. De eerste zachte dreun van blote voeten die op de slaapkamervloer neerkwamen, en kort daarop het geluid dat klonk als een zweepslag wanneer ze het rolgordijn omhoogtrok en het tegen zijn houder sloeg. Een raam ging open en dan kwam de gouden regen naar beneden voor het keukenraam, wanneer ze de pot leegde die ze gebruikte wanneer ze geen zin had om 's nachts naar beneden te lopen om te plassen. Het geknars wanneer de deur van de slaapkamer werd geopend, de plotselinge, vlugge stappen op de trap, en dan was ze beneden in de keuken. Hij overwoog de risico's en de gevolgen, mocht iemand hem betrappen, maar: er waren zoveel signalen, en er was zoveel tijd om weg te komen. Hij stond op en sloop de gang in waar mama's tas aan een haakje hing. Hij vond haar portemonnee, gluurde het universum van een volwassene in, veel verschillende bankpassen in de kleine vakjes, bonnetjes en parkeerbonnen die over een rijk leven vertelden, aanwijzingen voor alle grootse dingen die ze meemaakte wanneer ze het gezin achterliet om naar haar werk te gaan. In het bankbiljettenvakje lagen briefjes van honderd kronen en van vijftig en van tien naast elkaar. Er bevond zich hierin een ongelooflijke hoeveelheid geld. Voorzichtig haalde hij er een tientje uit, dat hij met zijn duim en wijsvinger vasthield. Hij strekte zijn hand weer uit naar de tas om de portemonnee terug te leggen.

'Wat doe je daar?'

Mama stond halverwege de trap naar hem te kijken. Haar badjas open, de haren overeind en de afdruk van het kussen op haar wang. Hij kon het niet geloven, het was onmogelijk. Hoe kon ze daar ineens gewoon zijn, zonder enige waarschuwing? Het was alsof ze gisteravond nooit naar bed was gegaan, alsof ze de nacht op de trap had doorgebracht, daar in het donker zittend, in stilte wachtend op de dageraad, en op dit moment.

'Geef antwoord, Benjamin. Wat doe je daar?'

'Ik wilde een tientje van je lenen voor een tijdcapsule, maar je sliep en...'

Hij zweeg. Mama liep de trap af, tilde Molly uit Benjamins armen, zette haar voorzichtig op de grond en liet haar wegrennen waarna ze zich tot Benjamin richtte. Ze keek hem even zwijgend aan. Een vlugge grijns toonde haar tanden.

'Je steelt niet!' schreeuwde ze.

'Sorry, mama,' zei hij. 'Sorry.'

'Geef hier.'

Hij overhandigde haar het briefje.

'Laten we hier even gaan zitten.'

Ze ging op de bank in de gang zitten en Benjamin ging naast haar zitten. Twee gestaltes plotseling voor het raam, het waren zijn broers die het geschreeuw van zijn moeder hadden gehoord en kwamen kijken wat er aan de hand was. Ze drukten hun neus tegen de ruit en Benjamin ontmoette hun blikken. Hij keek door de deur naar buiten, in de hoop dat papa terug zou komen. Hij wist dat het gevaarlijk was als mama boos was en hem voor zichzelf had.

'Toen ik een jaar of tien was, of misschien was het negen...' zei mama.

Ze keek op, zocht met haar blik het plafond af en barstte in een kort lachen uit, alsof haar een grappig detail te binnen was geschoten van het verhaal dat ze net zou gaan vertellen. 'Ik was negen. Op een dag stal ik een kroon uit de jaszak van mijn vader. En vervolgens stapte ik op de fiets en reed in volle vaart naar de winkel waar ik van plan was een lolly te kopen. Maar toen ik ongeveer halverwege was, stopte ik – uit spijt. Wat heb ik gedaan, dacht ik. En ik stond daar lange tijd vertwijfeld. Toen fietste ik gauw terug en toen ik thuiskwam sloop ik naar de hal en stopte het muntstukje weer terug in zijn jaszak.'

In de stilte die volgde, keek Benjamin op naar zijn moeder. Het verhaal was afgelopen, dat was duidelijk, maar hij begreep het niet. Er zat geen les in, het was gewoon vaag, verwarrend. Wat bedoelde ze? Wilde ze dat hij het briefje weer in haar portemonnee stopte?

'Maar dit...' Ze hield het tientje naar hem omhoog. 'Geld stelen. Dat doe je gewoon niet.'

'Sorry.'

'Waarom deed je dat?'

'Omdat ik wist dat je me het geld niet zou geven.'

Ze keek hem aan.

'Ga maar in de groentekelder zitten en denk er maar eens een tijdje over na,' zei ze.

'De groentekelder?'

Dit was een nieuwe straf. Eerder was hij altijd naar de sauna gestuurd als die niet aan was. En daar moest hij dan helemaal in zijn eentje op het bovenste bankje gaan zitten en zijn fouten overdenken. Mama's opvoeding was streng en vol regels, en tegelijkertijd zonder regels. Mama was strikt, maar onduidelijk. Hij kreeg nooit te horen wanneer hij lang genoeg in de sauna had gezeten, wanneer hij weer naar buiten mocht komen. Dat moest hij zelf maar uitzoeken. Hierdoor liep hij vervolgens rond met een voortdurend schuldgevoel, misschien had hij de saunaruimte te vroeg verlaten. Maar de groentekelder was iets geheel anders. Hij haatte het om daar in de koude, donkere vochtigheid te zijn. De keren dat papa hem vroeg om een biertje voor hem te halen, zorgde hij ervoor dat zowel de buitendeur als de binnendeur volledig openbleef, en dan zette hij zich schrap, en nam een sprong, snel de duisternis in en dan weer naar buiten.

'Mogen de deuren openblijven?' vroeg hij.

'Ja, dat is goed,' antwoordde mama.

Hij stond onmiddellijk op en ging naar buiten. Pierre en Nils keken weg toen hij hen voor het huis passeerde. Hij bleef voor de groentekelder staan, pakte de kruk van de verrotte deur beet en keek omhoog naar de muur van bomen die erboven verrees. Hij draaide zich om en keek hoe mama hem in de gaten hield vanuit een van de stoelen op het terras. Ze pakte een sigaret en boog onder de tafel om hem uit de wind te kunnen aansteken. Hij liep het donker in. De kou sloeg hem tegemoet. De geur van aarde. Toen zijn ogen eenmaal aan de duisternis gewend waren geraakt, kon hij de contouren van de ruimte onderscheiden. Tegen een van de muren stond een sixpack bier en een pak karnemelk. Wat rommel van voorbije zomers, een plastic zak en een doos van een taart die ze lang geleden voor mama's verjaardag hadden gekocht. Midden in de groentekelder stond een leeg bierkrat, dat hij omkeerde om erop te kunnen zitten. Hij keek naar zijn blote voeten op de grindachtige vloer. Zag hoe hij kippenvel op zijn benen kreeg. Hij had er spijt van dat hij geen jas had aangetrokken, want hij zou het weldra koud gaan krijgen. Door de kleine deuropening kon hij op de zomer uitkijken. Hij zag de frambozenstruiken en een hoekje van het voetbalveldje, de achterkant van het saunagebouwtje waar de netten hingen. Hij zag de hond door het hoge gras aankomen, ze begaf zich dichter naar de deuropening, stopte bij de ingang en gluurde naar binnen.

'Kom dan Molly,' fluisterde Benjamin.

Ze deed een stap het donker in en probeerde met haar ogen Benjamin te vinden.

'Molly,' riep mama vanaf het terras. 'Kom hier.'

Molly keek naar mama en toen weer naar Benjamin.

'Joehoe, joehoe!' riep mama. 'Kom, dan gaan we wat eten.'

De hond rende weg en was verdwenen.

Benjamin zag hoe plotseling een harde windvlaag over het terrein joeg, door de boomtoppen bij het water ging en verder naar het huisje en toen die de kelder bereikte sloeg de deur met een knal dicht. Het werd zwart, Benjamin slaakte een gil en tastte met zijn handen voor zich uit, naar voren wankelend tot hij een muur voelde met zijn vingertoppen. Hij dacht dat als hij die gewoon volgde, hij algauw bij de deur uit zou komen. Hij tastte zijn weg langs het ruwe oppervlak, maar het was alsof hij steeds dieper de duisternis in ging, en hij kreeg het gevoel dat hij binnenkort zijn weg terug niet meer zou kunnen vinden. Eindelijk voelde hij de contouren van hout. Hij schopte wild voor zich uit en de deur vloog open. Hij had besloten niet te huilen, maar nu kon hij het niet meer inhouden. Hij wilde eruit, ook al wist hij dat zijn moeder hem gewoon terug zou sturen. En dan dat gevoel van dat hij zijn houvast verloor en werd opgeheven uit de werkelijkheid. Het overkwam hem steeds vaker, en hij kon nooit voorspellen wanneer. In de muziekles toen ze de drums bespeelden en de leraar zou laten zien hoe ze steeds zachter konden spelen op een cimbaal. Er was iets met dat geluid dat langzaam verdween, dat van hem wegvloeide, de dreiging dat de stilte op de een of andere manier het einde zou betekenen voor hem, en hij begon hard te gillen in de muziekles, werd wakker op een andere plek met de gezichten van zijn ouders vlak boven hem.

Hij keek door de opening naar buiten om zich ergens aan te verankeren, aan de dingen waarvan hij wist dat ze daarbuiten waren. En misschien kwam het door zijn gemoedstoestand, of de tranen, of misschien door de absolute duisternis daarbinnen en het absolute licht daarbuiten dat de kleuren veranderden, ze werden helderder, mooier. Alsof hij in een slecht verlichte bioscoop naar een oude film zat te kijken die boven de ingang van de kelder werd geprojecteerd. De grijze elektriciteitspaal werd voor zijn ogen wit. Het water werd donkerder, raafblauw. Het gazon straalde en brandde. En daar kwam papa terug van de schuur. Er was een glinstering om hem heen en hij was als een sprookjesfiguur, een lichtgevende gestalte die voorbijkwam. Papa kreeg de open kelderdeur in het oog.

'Verdorie, wat heb ik nou gezegd,' zei hij, terwijl hij naar de deur liep. 'Deze deur moet altijd gesloten blijven.'

'Nee, niet dichtdoen,' zei mama kalm vanuit haar stoel.

'Waarom niet?' vroeg papa.

'Benjamin is daarbinnen.'

'Wat bedoel je?'

Mama antwoordde niet. Benjamin zag hoe papa verbaasd de groentekelder in tuurde en toen weer naar mama keek.

'Wat doet hij daar?'

'Hij heeft geld van me gestolen. '

'Heeft hij geld gestolen?'

'Ja. Dus nu moet hij daar een poosje blijven zitten.'

Papa deed een stap naar de groentekelder toe en stond er nu vlak voor. Hij kneep zijn ogen halfdicht en probeerde naar binnen te kijken. Papa was maar drie meter van hem vandaan zonder hem te kunnen zien. Maar Benjamin zat daar op zijn krat en zag zijn vader in al diens kleuren en contouren, zag hem de hele deuropening verlichten, een enorme gestalte omringd door een prachtige gouden gloed. Papa deed zijn schipperspet af en krabde aan zijn hoofd, stond een tijdje in gedachten verzonken voor de deuropening. Hij keek even naar mama, en weer de duisternis in. Toen liep hij weg.

Benjamin weet niet hoelang hij daar zat. Eén uur? Twee? Hij zag hoe de zon daarbuiten bewoog, nieuwe schaduwen vormde, zag wolken komen en gaan. In de stilte en de duisternis zag hij alles en hoorde hij alles met een supergehoor. Hij hoorde de wind aan ramen rammelen, hoorde de waterpomp wanneer iemand de wc doorspoelde, en de zwaluwen tegen het hout schrapen, en toen mama eindelijk bij de kelderopening kwam en zei dat hij naar buiten mocht komen, deed het pijn aan zijn oren, het galmde van geluid.

Benjamin liep naar de schuur waar Pierre met zijn stripboeken op de grond zat. Pierre keek naar hem op.

'Hé,' zei hij. 'Dus je bent er weer uit? Zullen we de tijdcapsule afmaken?' Benjamin knikte.

De broers passeerden het terras, waar mama weer was neergestreken met haar krant.

'Die mag je houden,' zei mama, en wees zonder op te kijken naar het boeketje boterbloemen dat in een vuil drinkglas op tafel stond.

Benjamin nam de bloemetjes en de broodtrommel mee en ze liepen naar het meer. Ze knielden neer bij de sauna en groeven een gat voor de tijdcapsule. Papa had onlangs een boom vlak bij de sauna geplant, dus de grond was pas omgewoeld en gemakkelijk om doorheen te komen. Pierre hielp een poosje mee, maar werd het zat toen het te lang ging duren en hij ging steentjes gooien in het boothuis een eindje verderop. Benjamin wilde een diep gat graven, zodat de capsule niet per ongeluk eerder zou worden gevonden dan de bedoeling was.

Hij veegde het zweet van zijn voorhoofd en zag papa over het smalle pad naar hem toe komen. Benjamin deed alsof hij hem niet zag en bleef doorgraven. Hij voelde papa's aanwezigheid zoals hij daar naar zijn zoon stond te kijken.

'Hoe gaat het, jongen?'

Hij antwoordde niet, hakte met zijn kleine bloemenschepje en maakte het gat dieper.

'Ben je aan het graven?' vroeg papa.

'Ja.'

'Ik heb iets wat je in de tijdcapsule kunt stoppen.'

Benjamin keek op. Papa overhandigde hem het tientje.

'Maar dat is toch mama's geld?'

'We hoeven het niet tegen haar te zeggen.'

Papa ging op zijn hurken zitten en Benjamin opende de broodtrommel en stopte het tientje erin. Toen maakten ze het gat weer dicht.

Hoofdstuk 9

16.00 uur

Ze lopen achter elkaar aan door het bos, zware stappen door de open plekken waar ze als kind renden. Op het laatste steile stukje heuvelafwaarts houden ze hun pas wat in, houden zich vast aan de stammen om de controle over hun snelheid niet te verliezen en tuimelen dan tevoorschijn in de brandende zon op het pad dat het houten huisje met de schuur verbindt. Ze gaan aan het kleine tafeltje voor het zomerhuisje zitten. Pierre loopt weg en rommelt wat in de auto en komt terug met een paar blikjes bier.

'Het stinkt naar gehakt in de auto,' zegt hij. 'Wie heeft er in vredesnaam gehakt meegebracht?'

'Dat zijn de pierogi uit mama's vriezer die zijn ontdooid,' zegt Nils. Wil je er eentje?'

Pierre lacht, antwoordt niet maar slikt een hatelijke opmerking in. Het bier is warm en bruist en schuimt en de broers drinken het in stilte terwijl ze over het meer uitkijken. Benjamins telefoon gaat, een onbekend nummer, en hij drukt het meteen weg. Hij gaat nogmaals en Benjamin drukt het gesprek weer weg.

'Ga je niet opnemen?' vraagt Nils.

'Echt niet,' mompelt Benjamin.

Er komt een berichtje binnen. Benjamin leest het eerst zelf en vervolgens leest hij het aan zijn broers voor:

'Dag, mijn naam is Johan Dahlberg. Ik ben de patholoog die jullie moeder heeft opengemaakt. Bel maar even als jullie meer willen weten over de doodsoorzaak.'

'Nee, dank je,' zegt Pierre. 'Hoef ik niet te weten.'

'Kom op,' zegt Nils. 'Natuurlijk bellen we hem terug.'

Benjamin gooit zijn handen in de lucht ten teken dat het aan zijn broers is om te beslissen wat ze moeten doen.

'Bel hem,' zegt Nils.

Benjamin toetst het nummer in en plaatst zijn telefoon tussen de broers in op tafel. Hij zegt zijn naam en meteen klinkt aan de andere kant een bekend, galmend geluid van wanneer iemand de luidsprekerfunctie uitschakelt en opneemt en dan zegt een stem 'ah, mooi' – voldoening over het feit dat er nu contact is gelegd.

'Ja,' zegt de patholoog. 'Omdat de omstandigheden rond de dood van je moeder een enigszins, nou ja, wat zullen we zeggen...'

Benjamin hoort een zacht gerammel op de achtergrond, alsof de man tegelijkertijd een vaatwasser uitruimt. 'Er waren dingen die onduidelijk waren, zo te zeggen.'

'Ja, dat begrepen we al,' zegt Benjamin.

'Ja, precies,' zegt de patholoog afwezig en hij valt stil, Benjamin hoort hem door papieren bladeren. 'Een ogenblik,' zegt hij.

Openmaken. Hoe kun je dat in vredesnaam over iemand zeggen? Meteen ziet Benjamin ook het beeld van zijn moeder voor zich, opengemaakt. Daar ligt ze op een steriele metalen plaat op verdieping min drie van het ziekenhuis, in kou en eenzaamheid. Zijn moeders buik als een roos van huid en ergens verborgen tussen de viskeuze lichaamsinhoud bevindt zich het antwoord op het mysterie, dat op papier wordt gezet door de patholoog die over haar heen gebogen staat. Informatie die moet worden doorgegeven aan betrokken partijen, zoons die willen weten wat er is gebeurd, waarom alles zo vlug ging, hoe het überhaupt mogelijk was dat iemand die de ene dag nog een reis naar de Middellandse Zee aan het plannen was, de volgende dag een ongelooflijk pijnlijke dood stierf.

'Nou, wat ons verbaasde, was dat de ontwikkelingen zo vlug gingen. Daarom werd er vrij direct na het overlijden besloten dat we zouden gaan kijken wat er aan de hand was.'

'En wat hebben jullie gevonden?'

'Je moeder had eerder al een tumor in haar schildklier, daar was je bekend mee?'

'Ja,' zei Benjamin.

'Ze had ook een buikvliesontsteking. We hebben een perforatie in de maagwand gevonden, en het maagzuur is naar buiten gelekt, zo te zeggen, waardoor een steeds groter deel van de buik ontstoken is geraakt. Dit is helaas een zeer pijnlijke aandoening.'

De broers wisselen blikken uit rond de buitentafel. Ze waren erbij geweest, ze weten van die pijn. Ze hadden die in haar gezicht vertaald gezien tijdens de laatste uren van haar leven, gezien hoe die voor het eerst verscheen aan de frons tussen haar wenkbrauwen en aan haar gespannen, opeengeperste lippen. Vervolgens werd hij erger. Ze kreunde en jammerde, greep verplegend personeel vast en beet hun van alles toe. Ze drukte op de knop en verpleegsters verschenen in de deuropening. Toen ze zei dat ze buikpijn had, vroeg er een of ze een Rennie wilde.

'Een Rennie?' zei mama. 'Denk je soms dat ik last van zure oprispingen heb?' Ze staarde de verpleegster met open mond aan, en met een gloeiende minachting in haar ogen. 'Het brandt in mijn maag! Begrijp je dat dan niet? Het brandt als vuur!' Ook al was ze toen zo klein en hulpeloos, hij voelde het afgrijzen van haar stem te horen overslaan in falset, dat bekende schreeuwgeluid uit zijn jeugd, van wanneer ze een uitbarsting had.

Ze bleef urenlang schreeuwen.

Toen viel ze stil.

Nog steeds volledig bij bewustzijn, haar blik op de muur tegenover haar bed gericht, en nu zei ze geen woord meer. Haar zoons probeerden haar te bereiken, maakten gebaren voor haar gezicht en riepen haar naam. Maar ze wilde niet meer praten. Het was alsof ze weigerde, uit protest tegen haar pijn.

En toen gebeurde dat met haar gezicht. Ze moet een droge mond hebben gehad, haar bovenlip bleef vastzitten aan haar tandvlees en haar gezicht bevroor in een grimas. Haar voortanden vormden een grijns die Benjamin nu meerdere malen per dag voor zich zag. Die stilte was zo niets voor haar. Ze leefde in razernij, maar haar laatste twee uur was ze helemaal stil. Ze lag daar zwijgend in het bed in een hoek van de kamer en haar tanden straalden in het schemerige middaglicht. Een van de broers vroeg aan een arts of ze wakker was, of ze hen kon horen. Haar ogen waren toch open? Nee, daar hadden de doktoren niet echt een antwoord op.

Ten slotte sloot mama haar ogen. Er kwamen steeds meer mensen de kamer binnen – toen haar toestand verslechterde – en toen, nadat was vastgesteld dat er niets meer kon worden gedaan, bleven er steeds minder mensen in de kamer over. Ze verhoogden de dosis morfine, zodat ze in haar laatste uren niet zoveel pijn zou hebben, en misschien werd het einde gemakkelijker voor haar, maar niemand wist het, want de grimas bleef op haar gezicht zelfs toen ze naar de kapel werd gereden. Nu de patholoog vertelt over de pijn die mama gevoeld moet hebben, is het haar stille afscheid daar in het ziekenhuisbed dat Benjamin weer voor zich ziet. Ook nadat hij de patholoog bedankt had voor het telefoontje en had opgehangen en de broers zwijgzaam naar hun bierblikjes zitten te staren, duikt het beeld weer op in zijn hoofd. Die woordeloze grijns die weigert hem met rust te laten.

'Denk je dat de sauna klaar is?' vraagt Pierre aan Benjamin.

'Ik heb hem een uur geleden aangezet,' antwoordt Benjamin. Hij kijkt op zijn horloge. 'Hij zou nu warm moeten zijn.'

Nils overhandigt zijn telefoon aan Pierre.

'Ik heb wat foto's genomen die eigenlijk best mooi zijn geworden,' zegt Nils. 'Veeg maar naar rechts voor meer.'

Op de telefoon van Nils staat een foto van mama op haar sterfbed. Pierre kreunt en geeft de telefoon terug aan Nils.

'Waarom moeten we dat zien?' vraagt Pierre.

'Ik vind het wel mooi,' antwoordt hij. 'Je kunt zien dat ze rust heeft gevonden.'

'Rust?' zegt Pierre. 'Ze heeft pijn.'

'Nee, hier is ze dood,' zegt hij. 'Je voelt geen pijn als je dood bent.'

'Waarom zou je überhaupt zulke foto's nemen?' vraagt Pierre. 'Dat is toch pervers? Foto's maken van een overledene en ze laten zien. Je deed hetzelfde bij papa's overlijden. Ik wil geen foto's van mijn overleden ouders zien.'

'Er is niets lelijks aan de dood, misschien is het tijd dat je dat eens beseft.'

'Maar respecteer dan gewoon dat ik dat niet wil! Ik wil het niet zien, punt uit,' zegt Pierre. 'Een rouwende zoon wil geen foto's van zijn ouders zien van het moment van hun overlijden.'

'Rouwend...' mompelt Nils. Hij neemt een slokje bier.

'Wat?' zegt Pierre. 'Wat bedoel je?'

'Je lijkt echt in diepe rouw te zijn.'

'Houd toch je kop, we rouwen allemaal anders!'

Het wordt stil rond de tafel.

'Kun je dat niet gewoon accepteren?' zegt Pierre. 'Ik wil geen foto's zien van mama die dood is. Stop die shit weg.'

Nils antwoordt niet. Hij pakt zijn telefoon en kijkt ernaar, glimlachend en nerveus. Hij bladert doelloos tussen de verschillende apps, en langzaamaan bouwt zich bij hem het gevoel op dat hem onrecht is aangedaan. Pierre heeft het totaal niet door, maar Benjamin merkt het duidelijk op, het absolute onbehagen over te zijn terechtgewezen en voor schut gezet, wat resulteert in een gekrenktheid waar hij nu in stilte mee worstelt. Hij staat op van de tafel en loopt naar binnen.

'Pierre,' fluistert Benjamin.

'Dat was toch niet nodig?'

'Maar is hij niet goed bij zijn hoofd?' Ik wilde hem in het ziekenhuis al de waarheid vertellen toen hij foto's van haar begon te maken. Maar als hij me dwingt ernaar te kijken, word ik gek.'

'We moeten proberen dit uit te voeren, zodat mama haar laatste wens ingewilligd krijgt. Dan kunnen we geen ruzie met elkaar maken.'

Pierre antwoordt niet. Hij houdt het schaaltje chips dat Nils heeft neergezet schuin, maar er zit niets meer in. Hij staart een tijdje naar het tafelblad, staat dan op en loopt naar binnen. Benjamin kan zijn rug zien door het open keukenraam, hoort zijn krachtige stem.

'Het spijt me, ik was onnodig hard over die foto's.'

Nils zit aan de keukentafel en kijkt op.

'Geen probleem,' antwoordt hij. 'Het was het verkeerde moment om ze te laten zien.'

Pierre strekt zijn armen uit naar zijn broer en Nils komt overeind. Het klinkt als een applaus als ze elkaar op de rug slaan. Benjamin voelt zijn gezicht verstrakken en realiseert zich dat hij lacht. De omhelzing is kort, maar dat maakt niet uit, want hij heeft zonder twijfel plaatsgevonden. Benjamin zit een paar minuten lang op het terras met een gevoel van absolute voldoening, zoals wanneer je een net ontwart na een nacht van harde wind en een rijke vangst, en het ziet er eerst hopeloos uit, misschien moet het wel in zijn geheel worden weggegooid? Maar dan draai je één maas in een onverwachte richting, en zonder dat je ook maar kracht hoeft te zetten, maakt het een ruisend geluid en het ontwart automatisch, vloeit uit je hand en ordent zich keurig op de haken aan de muur.

Pierre en Nils verschijnen op de stenen trap. Pierre houdt drie blikjes bier omhoog.

'Tijd voor een broertjessauna!'

En ze lopen het smalle pad af naar het meer. Ze staan achter elkaar op de kleine veranda van de sauna en trekken hun kleren uit. Langzaam en enigszins onwillig, geven de broers zich bloot. Benjamin ziet de identieke brandplekken op de schenen van zijn broers, van die keer dat ze met een gummetje over elkaars huid wreven, totdat ze het uitgilden en het naar verschroeid haar en vlees rook en papa hen betrapte en de gummetjes uit hun handen sloeg. Hij ziet Pierre's voetschimmel, de rode vlammetjes tussen zijn tenen. Hij ziet Nils' naakte rug in de sauna. De verzameling moedervlekken is er nog altijd, als een hagelschot van bruine stippen dat tussen zijn schouderbladen terechtgekomen was.

Hoofdstuk 10

De spookhand

Met rode vingers en veel gegil hadden Pierre en Benjamin elkaar met een vliegenmepper op de hand geslagen, maar algauw waren ze tot stilte gemaand en door papa en mama uit de keuken verbannen. Het moest rustig zijn daarbinnen, want er werden belangrijke zaken besproken rond de keukentafel. Benjamin en Pierre waren op de trap gaan zitten met goed zicht op de beduimelde papieren, strookjes en formulieren op tafel. Papa pakte een vel papier op, bekeek het nauwkeurig en legde het dan weer op dezelfde plek terug. Nils zat aan het korte uiteinde van de tafel en zette zijn handtekening op een document. Mama legde het vlug opzij en voorzag hem van een nieuw exemplaar. Papa en mama hadden dit al een tijdlang gedaan, hadden bij Nils gezeten en strategieën uitgedacht, op ernstige toon gemompeld en papieren met elkaar uitgewisseld. Vandaag was de laatste aanmeldingsdag voor de middelbare school en nu moest het gebeuren. Nu moesten alle papieren opgestuurd worden, zodat de oudste zoon de academische wereld in geleid kon worden. Nils' inspanningen op school hadden hem jarenlang een bijzondere positie bij papa en mama opgeleverd. Hij was de grote hoop van het gezin, degene die iets zou bereiken. Zo was het altijd geweest. Zijn schoolprestaties waren zo uitmuntend in de eerste dat hij de tweede over mocht slaan, en rechtstreeks naar de derde ging.

Elke keer dat hij thuiskwam van school had hij iets in zijn rugzak om te tonen, de een of andere triomf. Opstellen die zijn ouders direct aan elkaar voorlazen, of schoolopdrachten die geanalyseerd en besproken werden. Als Nils thuiskwam met het resultaat van een belangrijke toets, riep mama altijd het gezin bij elkaar en opende de bruine envelop pas als iedereen aanwezig was. Ze pakte haar leesbril erbij en interpreteerde het testresultaat in geconcentreerde stilte en Nils stond ernaast te wachten met zijn nerveuze houding, een hand in de zij en de andere hand op zijn been geplaatst. Als mama uiteindelijk de grootte van Nils' succes inzag, schudde ze haar hoofd en keek over haar bril heen naar hem op met een glimlach: 'Je bent niet goed wijs,' zei ze. En dan altijd hetzelfde liedje wanneer ze de toets naar Benjamin en Pierre omhooghield en zei: 'Kijk en leer!'

Het regende buiten. Er waren geen lichten aan, behalve de keukenlamp die geel scheen boven Nils' toekomst die op de keukentafel lag. Benjamin en Pierre zaten in de schemerige duisternis van de trap, en volgden zwijgend de gebeurtenissen, luisterend naar de allesbepalende gesprekken.

'Weet je zeker dat je Duits kiest?' vroeg mama, terwijl ze op een formulier keek.

'Ja, ik denk het wel,' antwoordde Nils.

'Ja,' zei mama. 'Het is alleen zo jammer van het Frans. Ik denk dat je die taal geweldig zou vinden, hij is zo verfijnd en mooi.'

'Ik zat erover te denken om te kijken of je ook een taal aan het lesplan kunt toevoegen, zodat ik zowel Frans als Duits kan leren. Ik wil gewoon eerst aan school en het huiswerk wennen.' De trotse ouders wisselden een blik met elkaar uit. Benjamin keek naar Pierre, zag dat hij langzaam zijn middelvinger opstak in de richting van Nils. Benjamin grinnikte en deed hetzelfde.

'Fuck you,' fluisterde Pierre.

'Fuck you,' fluisterde Benjamin.

'Fuck you forever,' fluisterde Pierre.

Benjamin gaf Pierre een por in zijn zij.

'O nee,' zei Benjamin, terwijl hij naar zijn middelvinger keek.

'Wat?' vroeg Pierre.

'Zie je het dan niet? De spookhand.'

Pierre zag hoe Benjamins hand veranderde – plotseling spreidden zijn vingers zich zodat ze eruitzagen als de kromme takken van een dode boom – en hoe die naar hem toe draaide.

Pierre vloog op en rende de trap af en Benjamin snelde erachteraan. Hij joeg zijn broer door de keuken achterna, kreeg hem te pakken en duwde hem tegen de grond.

'De spookhand!' schreeuwde hij. 'Ik ben het niet! Iemand anders heeft de controle over mijn hand!'

Benjamin draaide Pierre op zijn rug en drukte met zijn knieën diens armen tegen de grond en kietelde hem toen over zijn buik en borst en onder zijn oksels.

'Hou op!' gilde Pierre terwijl hij probeerde los te komen.

'Hoe kan ik ophouden? Ik ben het niet!'

Benjamin kietelde hem harder en Pierre kreeg geen lucht. Zijn gezicht vertrok in een blije grijns en hoewel Benjamin de protesten vanaf de keukentafel hoorde, Nils' gebrul en de ontstelde geluiden van papa, ging hij door, want Pierre's bruisende lach bevatte licht en zuurstof. Pierre lachte geluidloos en draaide zijn gezicht naar rechts en naar links en weer naar rechts en toen begon hij te huilen. Benjamin liet hem los.

'Wat is er?' vroeg hij. 'Deed het pijn?'

Pierre antwoordde niet. Hij draaide zich op zijn zij en begroef zijn gezicht in zijn handen. Benjamin kwam overeind en zag een plasje urine glinsteren op de houten vloer, en hij zag de donkere vlek boven de rits van Pierre's spijkerbroek. Molly was als eerste bij het poeltje, wierp er een snelle blik op en liep weer weg.

'Mama...' zei Benjamin en knikte naar het plasje.

'O jee,' zei mama terwijl ze opstond.

Ze pakte een vaatdoek die ze in de plas liet vallen, liep er toen mee naar de gootsteen en wrong hem uit. Toen ze erin kneep, liep de urine langs haar vingers, maar het deed haar niets. Ze was niet onder de indruk van lichaamsvloeistoffen, was dat nooit geweest. Ze kon oprecht van streek zijn als papa vergat de wc-bril omhoog te doen en er druppels op achterliet, en dan ging ze echt tekeer. Maar ze deed in zo'n geval totaal geen moeite om het af te vegen, ging gewoon zitten en liet de plas door de achterkant van haar been absorberen. Mama liep nog een keer heen en weer met de vaatdoek en Benjamin ging naar Pierre toe die huilend op de grond lag.

'Het geeft niets,' zei Benjamin. Hij legde een hand op Pierre's rug. 'Dat overkomt mij ook de hele tijd.'

'Nee, niet waar,' zei Pierre tussen zijn tranen door.

'Ja, wel hoor,' zei hij. 'Wacht!'

Benjamin deed alsof hij zichzelf controleerde en keek naar het plafond. Pierre keek op vanachter zijn handen.

'Nu heb ík in mijn broek geplast,' zei Benjamin.

Pierre lachte door zijn tranen heen. Mama wrong het laatste beetje uit in de gootsteen. 'Ga je maar omkleden,' zei ze tegen Pierre. Mama pakte haar krant en een pakje sigaretten en ging naar de woonkamer. Papa beëindigde de ceremonie aan de keukentafel en stopte de dikke stapel papier in een envelop. Hij liet zijn slappe, dierlijke tong uit zijn mond hangen, haalde vervolgens de rij postzegels erlangs en plakte die op de envelop. Enorme hoeveelheden postzegels. Hij overhandigde de brief aan Nils.

'Dit is een grote dag,' zei papa. Zijn stem brak. 'Mijn grote jongen,' zei hij. Hij omhelsde zijn zoon. Nils deed een onhandige poging om mee te doen aan de omhelzing. Zijn slaap tegen die van papa, de armen levenloos, als buisjes van vlees om papa's middel.

'Nu moet je gaan,' zei papa en Nils rende de trap op om zich om te kleden.

Benjamin ging op de stenen trap zitten, keek naar de heuvel en het weggetje waarlangs Nils spoedig zou verdwijnen. Het tractorpad was de enige manier om binnen te komen. En het was de enige weg naar buiten. Het was alsof die dunne darm van grind het zomerhuisje met de werkelijkheid verbond. En als die dichtgroeide, zou deze plaats gek worden, dan zou die zijn verstand verliezen. Het kwam voor dat Benjamin daar gewoon zat en naar het pad staarde, vooral om zich ervan te verzekeren dat het er nog was. Papa ging een paar maal per zomer met de zeis op pad en maaide het gras weg dat tussen de bandensporen groeide, om de doorgang vrij te houden. De kinderen vergezelden hem altijd. Ze moesten achter hem gaan staan en als ze te dichtbij kwamen, gaf hij een doordringende schreeuw en wees naar het blad van de zeis. 'Deze snijdt een been af zonder dat je het zelfs maar voelt.' Wanneer de andere kinderen moe werden en afdropen, volgde Benjamin zijn vader altijd de hele weg naar boven, en stond achter hem toe te kijken. Wanneer ze klaar waren, keken ze uit over wat ze zojuist hadden verricht. 'Zo zou het eruit moeten zien,' zei papa. 'Als een poesje van lang gras.' Hij lachte en streek Benjamin door zijn haar en ze liepen het pad weer af.

Benjamin richtte zijn blik op de brommer van Nils, die voor de groentekelder geparkeerd stond. Zijn oudere broer was nog geen vijftien jaar oud, maar had het vertrouwen van zijn vader en moeder; ze wisten dat hij voorzichtig reed. Benjamin had het zelf nooit mogen proberen, maar toen Nils de brommer had gekregen, mocht hij een keer naast het apparaat gaan staan en gas geven bij het stationair draaien en hij voelde de kracht en het drong tot hem door waartoe het voertuig eigenlijk in staat was. Het vormde een uitweg, naar de andere kant. Nils had nu totaal nieuwe mogelijkheden om te ontsnappen. De jongen die zich altijd uit de voeten maakte, beschikte ineens over de middelen om sneller dan ooit te verdwijnen, en nog verder weg. En Benjamin stond naast de brommer, met zijn rechterhand gas te geven terwijl Nils nauwlettend toekeek. Benjamin begreep dat de bromfiets alles zou veranderen, hij zou hem definitief aan zijn lot overlaten, en hij bleef gas geven, zodat de motor brulde, om zijn eigen wanhoop te overstemmen.

Nils verdween elke ochtend naar de stad, waar hij een vakantiebaantje had gekregen bij een kruidenierswinkel, maar hij kwam ook 's avonds terug met smaken uit de stad. Als zijn dienst erop zat, veegde Nils het gangpad van de losse snoeppotten schoon en in plaats van het snoep dat klanten op de grond hadden laten vallen weg te gooien, verzamelde hij het in een zak en gaf het aan Benjamin en Pierre. Zij gooiden de inhoud op de keukentafel, verwijderden haren en stof uit de stapel, veegden vuil en zand eraf en verwijderden de snoepjes die het meest te verduren hadden gehad, de vertrapte schuimbananen met de schoenafdrukken erop en de chocoladetumtums die platgedrukt waren als vijfkronenmuntjes. En dan renden ze met de buit naar het strand, zodat ze die in alle rust op konden eten. Het werd een traditie, Nils kwam thuis met vuil snoepgoed en Benjamin en Pierre gingen bij het meer zitten en keken over het water uit en propten zich vol. Soms knarsten hun tanden als ze een zandkorrel in hun mond kregen en ze sputterden en spogen het snoep uit over de rotsen en grinnikten.

Pierre had zich omgekleed en ging met Benjamin op de stenen trap zitten om Nils te zien vertrekken. Nils maakte zich klaar om weg te gaan. Hij zette een te grote helm op en drukte op het zadel om te zien of de banden voldoende lucht hadden. Hij stopte de envelop in een plastic zak en bevestigde die aan de bagagedrager en papa controleerde of hij goed vastzat. Toen ging hij de wijde wereld in. Eerst moest hij naar een brievenbus om zijn toekomst veilig te stellen, en dan aan het werk. Benjamin zag hem de heuvel op verdwijnen, luisterend naar het motorgeluid dat uiteindelijk door de wind werd overstemd. Hij wist hoe Nils zich moest voelen, want hij was nu onderweg, op weg naar de andere kant van de grindweg, en hij was daar zelf geweest, de keren dat hij met zijn ouders mee mocht om boodschappen te doen. Het was als een magnetisch veld, de strook grind als een wormgat naar een andere dimensie. Je reisde snel en raakte zo'n beetje de controle kwijt, totdat je uiteindelijk aan de andere kant werd uitgespuugd, op het asfalt, helemaal intact, op een plek die leek op een samenleving, en waar aan weerszijden van de weg huizen stonden. Soms, als hij alleen was, dacht hij aan de andere kant van de grindweg en dat daar het leven begon.

Papa ging naast Benjamin en Pierre zitten.

'Nou, jongens,' zei hij, uitkijkend over de tuin.

'Wat een waardeloos rotweer.'

Molly sloop de trap op en kroop in Benjamins armen. Papa greep haar snel vast, hield haar gevangen door haar tegen zijn lichaam te drukken en klopte haar zacht op haar hoofd. Papa had besloten haar angsten te bedwingen en zijn liefde aan haar op te dringen. Een paar keer per dag achtervolgde hij haar om zijn affectie te tonen.

'Knuffel jij haar ook eens een beetje?' zei hij tegen Pierre. Pierre aaide met zijn hand over Molly's hoofd, en Benjamin zag de angst van haar afstromen. Ze lag stijf, bang en alert, klaar om ervandoor te gaan zodra ze de kans kreeg.

'Wat gaan we vandaag eens doen, met zulk hondenweer?' zei papa.

'Ik weet het niet,' antwoordde Benjamin.

'Waarom gaan jullie niet op avontuur in het bos?'

Pierre en Benjamin gaven geen antwoord.

'Jullie zouden Molly mee kunnen nemen,' zei papa.

'Ze wil nooit ergens mee naartoe,' zei Pierre.

'Jawel. Benjamin kan op haar letten.'

Toen papa zijn grip op Molly liet gaan, deed ze onmiddellijk een ontsnappingspoging. Papa vloekte, zag de hond het huis in verdwijnen en hoorde haar janken. Vanuit het donker daarbinnen, door de sluier van sigarettenrook in de woonkamer, was mama's stem te horen, verdraaid en kinderlijk, terwijl ze haar riep: 'Joehoe-joehoe.' En Molly begaf zich de mist in.

Pierre en Benjamin trokken hun regenjassen en laarzen aan en gingen naar buiten. Ze volgden de hoogspanningslijn die vanuit het huis recht omhoog tussen de sparren liep en Benjamin dacht dat zolang de zwarte draad in de lucht in het gezichtsveld bleef, hij de weg terug zou weten. Het regende zachtjes en het bos was zwaar. Ze sprongen tussen de gladde stenen. Ze liepen verder dan gewoonlijk, achter het overwoekerde pad dat naar de dam leidde, en kwamen langs de grote rotsblokken die in het enorme moeras verspreid lagen. Bleven verder doorlopen waar het bos dichter werd.

'Moet je dat zien,' zei Pierre, en wees naar een kleine heuvel.

Tussen de hoge bomen verrees een transformatorhuisje. Een klein gebouwtje omringd door rijen palen, zwarte speren met een witte punt, als vuurpijlen die naar de hemel gericht waren. Ervoor stonden twee grotere constructies, torenachtige pilaren, als stalen spinnenwebben aan weerszijden van het huisje, die hun zwarte draden in drie verschillende richtingen door het bos zonden.

'Wat is dat?' vroeg Pierre.

'Dat is waar alle elektriciteit vandaan komt,' antwoordde Benjamin. Hij deed een paar stappen richting het gebouwtje. 'Laten we een kijkje nemen.'

Een hoog veiligheidshek omringde het gebouwtje en het bijbehorende terrein. Er zaten gele borden met rode bliksemschichten op. Benjamin keek op, zag de elektriciteitsdraden, zwarte lijnen die de lage, grijze lucht in perfecte velden verdeelden. Hij keek naar het huisje, de vlekkerige gevel, de voegen waren losgeraakt en lagen in kleine hoopjes aan de voet van het gebouwtje. Twee kleine ramen aan de achterkant, waardoor het net een woonhuis leek. Toen ze bij de voorkant aankwamen, zagen ze dat de deur van het gebouwtje wijd open stond.

'Is die opengewaaid?' vroeg Pierre.

'Zo ziet het er niet uit,' zei Benjamin. 'De deur is opengebroken.'

'Waarom zou iemand er inbreken?'

'Ik weet het niet.'

Benjamin en Pierre stonden naast elkaar bij het hek, met

hun vingers door het traliewerk en probeerden door de open deur het huisje in te kijken, maar konden niets zien. Ze hoorden alleen het geluid van elektriciteit van binnenuit, een zwak gezoem dat niet leek op iets wat Benjamin ooit eerder had gehoord. Het was bijna mysterieus, alsof hij maar een klein deel van het geluid waarnam, alsof hier frequenties waren die hij niet kon horen. En hij dacht dat het misschien zo was dat elektriciteit eigenlijk veel luider klinkt, als een rusteloze en aanhoudende krijs, en voor dieren in het bos is het geluid ondraaglijk, maar met zijn menselijk oor kon hij alleen een laag gezoem waarnemen, alsof de elektriciteit erop wilde wijzen dat die er was, en wilde waarschuwen: kom niet dichterbij.

Ze gingen verder het bos in. Ze plukten bosbessen en drukten ze fijn tegen hun gezicht, en deden alsof het bloed was en dat ze zwaargewond waren. Ze gooiden stenen naar een dode boomstam en elke keer dat ze die raakten, weergalmde hij hol en eigenaardig door het bos. Ze prikten met een takje in een mierenhoop en zagen hoe de hele heuvel begon te krioelen van leven. Ze waadden door een moeras dat zo diep was dat het bijna over hun laarzen stroomde. Het water drukte het rubber tegen hun smalle benen. Ze vonden uitwerpselen van dieren en deden wat hun vader altijd deed, ze prikten erin met een stokje en keken grimmig op om te zien waar het dier gebleven was. Ze gingen steeds verder het bos in en toen Benjamin naar boven keek, om zich opnieuw te oriënteren, waren de elektriciteitskabels weg. Hij zag ze nergens. Hij draaide zich om en draaide zich nogmaals om. Uit alle windrichtingen een identiek beeld. Precies hetzelfde heuvelachtige bos, dezelfde zware dennen, onder dezelfde regenlucht. Plotseling raakte hij in paniek.

'Kom!' riep hij naar Pierre. 'We moeten teruggaan.'

Hij rende met Pierre vlak achter zich aan en hoorde zijn eigen ademhaling. Takken kraakten onder zijn voeten. Hij zocht onder het rennen naar aanknopingspunten in het terrein. Hij bleef staan, draaide zich om, langzaam overtuigd: hij was de verkeerde kant op gerend. En hij keerde om, rende even snel in een andere richting, Pierre volgde. Hij belandde met zijn voet in een moeras en zijn laars raakte gevuld met water. Zijn been werd zwaar, zijn stappen zompig, maar hij bleef rennen, met zijn ogen zoekend naar de hoogspanningskabels die hen naar huis konden leiden. Hij stopte buiten adem met zijn handen op zijn knieën. Pierre haalde hem in, ze stonden met hun voorhoofd tegen elkaar en kwamen even op adem. Pierre keek op en Benjamin zag dat hij rood aangelopen was, en dat er rode vlekken in zijn hals verschenen.

'Weten we niet meer waar we zijn?' vroeg Pierre.

'Jawel,' zei Benjamin.

'Hoe komen we dan thuis?'

Benjamin dacht terug aan toen hij met zijn vader in het bos wandelde en zijn vader had gezegd dat als hij ooit zou verdwalen, hij in de richting van de zon moest lopen. 'Dan kom je uiteindelijk altijd bij het meer uit. Hij keek omhoog en probeerde een punt te vinden, iets dat oplichtte in de grijze lucht, maar alles was melkachtig en vormeloos.

Ze liepen langzaam, Benjamin merkte dat het bos steeds groter en hoger werd, of dat ze zelf kleiner werden, alsof ze er langzaam in wegzonken. Als het moeras nog vijf centimeter steeg, zouden ze verdrinken. Ze gingen op een grote steen zitten. Het begon donker maar ook lichter te worden – de schemering zette in toen de bewolking uiteendreef en de sparrentoppen de laatste zon van de dag opvingen. Pierre begon te huilen en Benjamin werd boos op hem.

'Waarom huil je nou?'

'We zullen nooit meer thuiskomen.'

'Hou op!' siste hij. 'Hou daarmee op.'

Benjamin dacht dat papa en mama zich uiteindelijk wel zouden afvragen waar de kinderen naartoe waren gegaan en in het bos zouden gaan zoeken. Maar de tijd verstreek, en het werd donker. Ze zaten daar al een hele tijd, het voelde als twee uur, misschien drie, toen Benjamin plotseling ver weg in het bos een geluid hoorde. Een helder gebrom dat hij onmiddellijk herkende, het geluid dat hij anders associeerde met wanhoop en eenzaamheid, maar dat nu hoop wekte – het was de brommer van Nils. Hij realiseerde zich dat zijn grote broer op weg naar huis was vanaf zijn werk, dat hij daar voortsnelde over de grindweg boven het zomerhuisje.

'Rennen!' riep Benjamin naar Pierre.

En ze renden in de richting van het motorgeluid, hoorden Nils hard gas geven, en de motor gillen toen hij terugschakelde op een stukje heuvelafwaarts, en ze renden over de heuvels en hobbels, door het struikgewas en tussen de bomen door en plotseling vielen de dingen op hun plaats om Benjamin heen. Hij zag de met water gevulde graafmachinesporen waar ze een paar uur eerder tussen hadden gebalanceerd, de stapel hout en de schuinstaande sparren, en vervolgens de verouderde elektriciteitsmasten met de zwarte strepen van elektriciteit erboven die door het bos liepen. Ze renden het tractorpad af en zagen het zomerhuisje tussen de boomstammen opdoemen. De brommer van Nils was nog warm op het terras. Beneden bij het meer zag Benjamin papa en mama voor de sauna zitten. Brandende kaarsen en flessen op tafel. Nils stond in de woonkamer een tas van de winkel uit te pakken. Hij had een flesje cola gekocht, waar de condensdruppels nog op zaten, en kaasflips, die hij in een kom had gedaan. Hij gooide een zakje naar Benjamin toen hij hem in het oog kreeg.

'Beschadigd snoep,' riep Benjamin naar Pierre.

Pierre kwam de woonkamer binnen.

'Moeten we niet naar papa en mama gaan om te vertellen wat er gebeurd is?' vroeg Pierre.

'Nee, waarom?'

'We waren toch verdwaald. Superlang.'

'Maar nu zijn we weer terug,' antwoordde Benjamin. 'Wil je wat snoep?'

Nils deed een paar stappen naar het raam en keek naar het meer. Hij verzekerde zich ervan dat papa en mama daar beneden zaten, en toen liep hij naar de tv. Zonder te aarzelen stak hij de stekker in het stopcontact en zette hem aan. Benjamin keek stomverbaasd toe hoe Nils een fauteuil naar de tv trok zodat hij het gedempte geluid kon horen, en ging zitten met zijn kaasflips op schoot. Nils deed de meest ondenkbare dingen met een vanzelfsprekendheid die Benjamin gewoon niet kon vatten. Pierre en Benjamin gingen op het tapijt achter Nils zitten en schudden het zakje snoep uit tussen hen in.

'Hoe is het met de envelop afgelopen?' vroeg Benjamin. 'Heb je hem op de post gedaan?'

'Ja,' antwoordde Nils.

'Goed zeg,' zei Benjamin.

Benjamin kauwde op een rode raceauto, die eerst tussen zijn tanden en vervolgens aan zijn gehemelte vast kwam te zitten. Zijn tong deed pijn toen hij hem opzij duwde.

'Echt belangrijk dat je de envelop verstuurd hebt,' zei Benjamin.

Nils keek Benjamin aan en draaide zich weer om naar de tv.

'Nu kan het hele gezin opgelucht ademhalen,' zei Benjamin.

'Ja,' antwoordde Nils. 'Want het is immers niet erg waarschijnlijk dat jullie ooit op enige school aangenomen worden, stelletje idioten.'

Benjamin en Pierre keken naar Nils' nek en namen zijn kromme houding in zich op zoals hij daar voorovergebogen naar de tv zat. Benjamin stond stilletjes op. Hij kende de zwakke plekken van zijn grote broer, en wist wat de zwakste was. Nils had dun haar rond zijn kruin. Op een stukje zo groot als een doosje snustabak kon je de witte huid van zijn schedel door de dunne lokken onderscheiden. Mama deed er altijd zonnebrandcrème op zodat hij niet zou verbranden, maar gebruikte vaak te veel, zodat hij rondliep met een laagje vet boven op zijn hoofd. Benjamin en Pierre plaagden hem soms om de kale plek, maar alleen als ze wisten dat mama het niet hoorde. Benjamin sloop naar voren en verzamelde voorzichtig het plukje schaars haar boven op Nils' hoofd door met zijn vinger een cirkelbeweging over het getroffen gebied te maken. Nils schrok op en draaide zich om.

'Hou op, verdomme!' schreeuwde hij.

'Je bent zo goed op school, hè mannetje?' zei Benjamin.

Benjamin liep giechelend terug en ging weer zitten. Ze wachtten een tijdje en toen stond Pierre op, sloop naar voren en deed hetzelfde. Nils sloeg wild met zijn vuist naar achteren, maar miste. Hij kwam overeind, stond daar met zijn kommetje met kaasflips in zijn hand en toen begonnen zijn ogen een beetje te loensen, zoals altijd 's avonds wanneer hij moe was, en zijn broers zagen het meteen en imiteerden hem door ook scheel te gaan kijken.

'Ik zweer het, ik maak jullie dood,' zei Nils en ging weer zitten.

Benjamin, die de ruzies van zijn ouders al zag aankomen

lang voordat ze zelf doorhadden wat zich ging voltrekken, was blind voor wat hemzelf stond te gebeuren. Hij sloop nog een keer naar voren met zijn vinger opgestoken, terwijl Pierre zijn gegiechel probeerde te onderdrukken door zijn mond te bedekken. Benjamins vinger had Nils' hoofd nog niet geraakt of Nils draaide zich vliegensvlug om en sloeg opnieuw, een harde klap die Benjamin op zijn schouder trof. Nils had zich met zo'n kracht omgedraaid dat het schaaltje van zijn schoot was gevallen en de kaasflips zich over de vloer hadden verspreid.

'Verdomme!' schreeuwde Nils, de verwoesting overziend.

Benjamin begreep dat hun mogelijkheden om de situatie te beheersen voorbij waren. Hij deed een paar stappen naar de keuken, maar Nils haalde hem snel in en greep hem vast. Nils was zowel groter als sterker en duwde hem tegen de grond. Hij hield beide handen van Benjamin met zijn linkerhand vast en sloeg hem toen met zijn rechtervuist tegen zijn slaap. Benjamins oren suisden en heel even verloor hij het bewustzijn. Hij kwam weer bij op het moment dat Nils een tweede klap uitdeelde, en toen nog een, en nog een; de gebalde vuist hamerde tegen Benjamins hoofd. Benjamin zag niets meer, hoorde alleen de gedempte geluiden tegen zijn hoofd en Pierre's wanhopige stem op de achtergrond: 'Stop! Stop met slaan!'

De klappen hielden op. Hij voelde dat Nils zijn greep verslapte. Hij lag daar, en zag hoe Nils uit het raam keek en vervolgens de trap op rende. Na een paar seconden ging de voordeur open en papa en mama kwamen binnen, met flessen, borden en glazen van het strand. Benjamin probeerde op te staan, omdat hij niet wilde dat ze hem daar zagen liggen, dat ze erachter kwamen wat er was gebeurd.

'Nils heeft Benjamin tegen zijn hoofd geslagen,' riep Pierre.

Mama stond in de deuropening en keek naar Benjamin.

'Wat hebben jullie nou weer met Nils gedaan?' vroeg ze.

'Nils was tv aan het kijken,' zei Benjamin.

'Waar heb je het in vredesnaam over?' zei mama. 'Wat voor jongen verklikt zijn broers?'

Benjamin voelde voorzichtig met zijn vingers over zijn gezicht om te controleren of hij ergens bloedde.

'Wat hebben jullie met hem gedaan? Wat voor gemene dingen hebben jullie nou weer tegen hem gezegd?' vroeg mama. Toen ze geen antwoord kreeg, deed ze een stap de kamer in en gilde: 'Geef antwoord! Jullie moeten zeggen wat jullie met Nils hebben gedaan!'

Ze wendde zich naar Pierre.

'Wat is er gebeurd?' vroeg ze.

'We speelden in het bos en toen raakten we verdwaald.'

'Nee, dat is niet waar,' zei Benjamin.

'Ja, we waren urenlang verdwaald en ik moest huilen.'

Mama keek naar haar zoons, haar halfopen mond, haar verbijstering en afkeer. 'Akelige kinderen,' zei ze en draaide zich om en liep de gang in. Benjamin hoorde haar zware stappen op de trap. Hij zat nog steeds op de grond, en luisterde hoe ze de deur van Nils' kamer opende, en weer sloot en toen het gedempte gemurmel van Nils' leugens. Hij kwam voorzichtig overeind. Pierre ging bij de berg snoep op de vloer van de woonkamer zitten. Hij verwijderde een tienöremuntje dat in het zakje was terechtgekomen, koos een frambozenwinegum uit die er onbeschadigd uitzag en stopte die in zijn mond. Benjamin wierp zich op hem en keerde hem op zijn rug.

'Nee, niet de spookhand,' schreeuwde Pierre. Benjamin zette Pierre's handen vast met zijn knieën en kietelde hem over zijn borst, buik en onder zijn armen. Pierre lachte, en probeerde zich los te maken. Hij probeerde te schreeuwen dat Benjamin moest stoppen, maar kon niets uitbrengen met zijn in een grimas vertrokken rode gezicht. Na een paar seconden kwam er een verontruste uitdrukking op zijn gezicht. 'Nou echt ophouden, Benjamin. Ik ga in mijn broek plassen.' Benjamin drukte zijn knieën steviger naar beneden, en kietelde Pierre harder en toen hield Pierre op met lachen. Hij probeerde zich los te wringen, hij rukte en draaide met zijn hele lichaam, maar Benjamin was te zwaar boven op hem. Hij wist een hand los te krijgen en sloeg Benjamin tegen zijn borst en gezicht. Zijn wanhopige blik, toen hij maar bleef slaan zonder los te komen, en vervolgens kwamen de tranen, toen de poel van urine zich onder hem vormde.

Hoofdstuk 11

14.00 uur

Hij slaat de laatste bocht om, en algauw tekent het rode houten huisje zich af tussen de bomen. Hij ziet het overgroeide terrein, kijkt op over de sparren die het zomerhuisje zo klein laten lijken. Het hoge gras ratelt onder de auto. Hij rijdt helemaal tot aan de groentekelder en zet de motor af. De broers blijven nog even in de auto zitten en kijken naar buiten.

Ze zijn terug.

Ze openen de portieren, werken zichzelf uit de auto met airco en stappen rechtstreeks de zomer in. De geluiden van het zomerhuisje slaan hun tegemoet, het bekende vleugelgezwiep van de zwaluwen die af en aan vliegen, geduldige hommels en gestreste wespen. Overal insecten, op elke bloem zit er een. En over het hele terrein laat de wind van zich horen, grijpt de boomtoppen, suist door de sparren en waaiert boven de auto die knettert en kraakt na de lange reis.

'Zullen we maar gaan?' vraagt Benjamin.

'Zullen we niet eerst het huisje in gaan?' zegt Pierre. 'Om te zien of alles in orde is?'

'Nee,' zegt Benjamin. 'Ik wil het nu meteen doen.'

Nils noch Pierre reageert, maar ze zetten hun tassen neer en doen een paar stappen richting Benjamin, en zij aan zij lopen ze vervolgens alle drie langs de kleine strook tussen het huisje en de schuur en glippen het bos in.

Dit is het bos van Benjamin.

Het zit binnen in hem, hij heeft het al die jaren bij zich gedragen. Hij kent elke steen, elke lastige doorgang, elke omgevallen berk. De afstanden zijn kleiner dan hij zich herinnert, en door het moeras dat vroeger zo eng en oneindig was ben je nu in zeven stappen heen. De mysterieuze rotsblokken zijn nu volkomen gewoon. Maar de sparren zijn nog steeds onvoorstelbaar. Als hij opkijkt naar de boomtoppen wordt hij draaierig, het voelt alsof hij er in duizelingwekkende vaart doorheen zal vallen.

'Lopen we goed?' vraagt Pierre.

'Ja,' antwoordt Benjamin. 'Blijf gewoon rechtdoor gaan. Daar achter de heuvel.'

Benjamin loopt achteraan en ziet de nekken van zijn broers terwijl ze omlaag kijken om te zien waar ze hun voeten neerzetten. Ze lopen nu langzamer, zoals wanneer je een groot dier nadert, voorzichtige stappen door het droge bos. Hij had de hoop gehad dat alles weg zou zijn, dat de hekken zouden zijn verwijderd, het gebouwtje met de grond gelijk was gemaakt, dat er kreupelhout en struiken waren verrezen waar ooit de fundering van het gebouwtje stond. Maar dat is natuurlijk niet het geval. Het transformatorhuisje staat daar nog tussen de dennen, het hek is er en de palen. Het is alsof het daar altijd is geweest en er altijd zal blijven. De broers blijven op een kleine afstand staan.

'We hoeven er niet dichter naartoe te gaan,' zegt Pierre.

'Jawel,' zegt Benjamin.

Benjamin loopt nu voorop en zijn broers volgen. De ruiten zijn kapot. Onkruid groeit tussen de stenen van de voorgevel. De zwarte kabels die zich voorheen van de hoge palen uitstrekten en de wereld van stroom voorzagen, zijn weggehaald.

'Het is niet meer in gebruik,' zegt Benjamin.

'Ja, daar lijkt het op,' zegt Nils. 'Het is al zo oud. Het voldoet vast niet meer aan de moderne eisen.' Benjamin kijkt op naar het gebouwtje.

'Herinneren jullie je het geluid nog?' vraagt hij.

De broers antwoorden niet, staren alleen maar naar de gevel van het huisje.

'Dat trieste zoemen van de elektriciteit. Herinneren jullie je dat niet?'

'Jawel,' mompelt Nils.

Benjamin kijkt naar zijn broers, die zich schoorvoetend naar het hoge hek bewegen. Hij tuurt de donkere opening in. De deur staat wagenwijd open. Het kapotte slot hangt nog steeds als een gebroken ledemaat naar beneden.

'Dat er iemand heeft ingebroken,' zegt Benjamin. 'Ik snap niet waarom. Er bevond zich toch niets waardevols in?'

'Koper,' zegt Nils. 'Er is bijna niets wat elektriciteit zo goed geleidt als koper. En koper is veel geld waard.'

Benjamin volgt het hek met zijn ogen, ziet hoe het het gebouwtje omringt, en daarginds is de ijzeren poort, de ingang, en hij ziet de contouren van zichzelf als kind, de kleine jongen die zich losmaakte van zijn broers en naar de opening liep. Hij legt zijn voorhoofd tegen het traliewerk. Hij hoort de zware ademhaling van zijn broers. Ze staan nu naast elkaar.

'Wat is er gebeurd?' vraagt Benjamin.

Nils en Pierre kijken naar hun handen die door de mazen zijn gestoken. Hij kan aan hun houding zien dat ze hier niet willen zijn. Maar ze hebben geen keus.

'Mijn hele leven lang heb ik mezelf de schuld gegeven,' zegt Benjamin. 'Maar ik had ook twee broers bij me.'

'We waren kinderen,' zegt Pierre.

‘Ja,’ antwoordt Benjamin. ‘En we waren broers. Weten jullie nog wat papa altijd zei? Hij zei dat we blij moesten zijn dat we broers waren, want de band tussen broers is de sterkste die er is.’

Benjamin wendt zijn blik niet naar Pierre en Nils, maar blijft gewoon strak de donkere deuropening in staren.

Uit zijn ooghoeken ziet hij hoe Pierre zijn zakken aftast, en een sigaret tevoorschijn haalt die hij in de bescherming van zijn tot kom gevormde hand aansteekt.

‘Ik denk voortdurend aan die dag,’ zegt Nils.

De zon staat nu laag aan de hemel; de schaduwen van de sparren creëren zwarte vlekken op de lichtend groene bosbessenstruiken rond het huis.

‘Toen ik die middag thuiskwam.’ Nils moet ineens lachen. ‘Ik ging in de hangmat liggen en naar muziek luisteren. Ik dacht als ik doe wat ik altijd doe, zal het zijn alsof er niets is gebeurd. Ik wist dat je dood was, want ik zag het gebeuren. Ik stond hier en heb alles gezien. En ik dacht dat ik bezorgdheid of angst zou voelen. En misschien was dat ook zo. Maar weet je wat het sterkste gevoel was?’

Benjamin antwoordt niet, kijkt Nils zwijgend aan.

‘Opluchting,’ zegt Nils.

‘Allemachtig,’ zegt Pierre. ‘Nu moet je ophouden.’ Hij ziet een steen en trapt ertegenaan.

‘Als we erover moeten praten, zullen we er ook over praten, hè?’ zegt Nils en wendt zich weer tot Benjamin. ‘Het spijt me voor wat ik heb gedaan. Ik was in shock, maar dat is geen excuus. En ik haat mezelf erom. Maar ben je vergeten hoe het was? Ben je vergeten hoe jij en Pierre mij kwelden? Ik heb nog steeds al mijn dagboeken. Ik lees er af en toe in. Ik wenste je elke dag dood. En uiteindelijk gebeurde dat dan ook.’

Benjamin kijkt naar Nils. Het lichte loensen van zijn ogen. Het litteken tussen zijn slaap en zijn oog dat hij opliep toen hij als kind tegen de rand van een zwembad viel. Zijn gladde, kinderlijke huid en de diepbruine ogen die zo mooi oplichten als ze de zon vangen. Benjamin voelt een plotseling verlangen naar zijn broer. Hij wil Nils dicht bij zich voelen, hij wil dat Nils hem vasthoudt, zodat hij niet naar de boomtoppen tuimelt en de lucht in valt. Hij legt een hand op de schouder van zijn grote broer, voelt hoe mager hij is, bemerkt zijn wervels door zijn T-shirt. Het voelt wat ongemakkelijk en ongewoon, maar hij laat zijn hand liggen, en Nils legt zijn hand erbovenop, hij klopt er onwennig op. Ze kijken elkaar aan en knikken. Zijn vriendelijke glimlach.

Ze lopen achter elkaar aan door het bos, zware stappen door de open plekken waar ze als kind renden. Ze houden hun pas wat in op het laatste steile stukje heuvelafwaarts, houden zich vast aan de stammen om de controle over hun snelheid niet te verliezen en tuimelen dan tevoorschijn in de brandende zon.

Hoofdstuk 12

De lichtboog

Het was midzomeravond.

Hij herinnerde zich de gezette dames die koffie en broodjes verkochten achter de tafels met smalle pootjes. Hij herinnerde zich de oude man met de ratelende tombola, die net deed alsof hij het deksel dichtsloeg als er een kindervinger te dicht in de buurt kwam, en de kleintjes die joelden en zich uit de voeten maakten en dan weer dichterbij kwamen. Een kraampje met lootjes, vijf kronen per lot. Hij herinnerde zich dat hij de eerste prijs had gewonnen, een chocoladetaart, en voelde de gesmolten chocolade daar onder het papier rondzwemmen. Hij herinnerde zich de picknickkleden met de koffievlekken waar de gezinnen in een ongemakkelijke houding op zaten, hun thermosfles openend. Hij herinnerde zich dat de midzomerpaal door vrouwen was versierd, maar door mannen werd opgericht. Grote pret toen hij eindelijk overeind stond. Her en der applaus dat in de wind verdween. Het was winderiger dan normaal en het luidsprekersysteem zwaaide heen en weer, het accordeongeluid klonk ver weg en onheilspellend. Hij herinnerde zich dat Molly onrustig werd toen de wind de boomtoppen in zijn greep nam en het bladerdak boven de weide uitschudde. En hij herinnerde zich hoe ze een beetje afzijdig van de andere bezoekers zaten, zoals altijd wanneer het gezin op een plek was met andere mensen. Ze namen deel, maar deden toch niet echt mee. De broers ongewassen maar netjes gekleed. Mama had geprobeerd Pierre's haren te temmen met speeksel. Papa deelde langzaam een paar bankbiljetten uit aan de broers die ervandoor gingen om frisdrank te kopen. Geen van de jongens wilde eigenlijk rond de meiboom dansen. Mama stond vanuit de kring naar hen te wenken, en ze dansten de kikkerdans, maar glipten al snel een voor een weg, terug naar het kleed, en mama bleef alleen over, met Molly in haar armen, heen en weer wiegend op bomfalleralla, het refrein van het liedje over de muzikanten, en na een tijdje kwam ze terug, uitgeput maar vol energie, een kreet in falset terwijl ze ging zitten.

'Nou, wat zeggen jullie ervan, zullen we weer verdergaan?'

Papa kwam meteen overeind.

'Ja, laten we gaan!'

Elk jaar ging het gezin volgens traditie op midzomeravond naar de E-weg om te lunchen bij een wegrestaurant. Het was de enige keer in de hele zomer dat ze in een restaurant aten. Altijd hetzelfde wegrestaurant, en altijd was er verder niemand midden op de midzomerdag, wanneer alle andere mensen thuis met hun familie aan de haring zaten. Papa en mama namen plaats aan de tafel die ze altijd uitkozen, die bij het raam, met uitzicht op de snelweg.

'Hebben jullie ook een worstplankje?' vroeg papa aan de ober.

'Nee, helaas.'

'Hebben jullie wel een gerecht met salami erin?'

'Salami? Ja, op sommige pizza's hebben we salami.'

'Mag ik die salami dan op een bordje?'

De ober keek papa vragend aan. 'Tja...' zei hij. 'Ik denk dat dat wel kan.'

'Mooi. Dan hebben we nu een worstplankje. Hebben jullie ook ijskoude wodka?'

'Absoluut,' antwoordde de ober.

Na een poosje kwam hij terug met twee waterglazen met onderin een bodempje wodka, waar papa en mama van nipten. Papa trok een gezicht.

'Kamertemperatuur,' zei hij, zwaaiend naar de ober.

'Kunnen we een schaaltje met ijsblokjes krijgen?'

'Was het niet koud genoeg?' vroeg de ober.

'Jawel. We willen het gewoon wat kouder.'

Papa en mama wisselden een glimlach uit toen hij weer verdween. Ervaren drinkers die bereid waren de onhandigheid van amateurs door de vingers te zien. De ijsblokjes rinkelden toen ze ze in het glas gooiden, en ze hieven hun glazen naar elkaar en dronken.

Het was een lunch die geleidelijk aan stil viel. De gesprekken werden trager, papa en mama aten langzaam, ze bestelden meer te drinken. Papa zocht nerveus de blik van de ober. Ze praatten niet meer met elkaar, alleen een snelle 'hé' wanneer ze nog een glas wodka dronken. Papa raakte vaak wat apathisch als hij dronk, moeilijk bereikbaar maar ongevaarlijk, maar deze keer was het anders. Benjamin merkte het aan een irritatie die normaal niet bij papa aanwezig was. Hij riep luid 'hallo' door het restaurant toen de ober hem niet zag zwaaien. Benjamin blies bellen met zijn rietje in zijn frisdrank, en papa zei tegen hem dat hij daarmee op moest houden. Na een tijdje deed Benjamin het opnieuw, en toen pakte papa het rietje van hem af en probeerde het te verscheuren. Maar dat lukte niet, het plastic was taai, onverwoestbaar, en papa deed nog een poging, waarbij hij zijn tanden ontblootte. Toen hij ontdekte dat het rietje nog helemaal intact was, gooide hij het op de vloer. Mama keek op van Molly die op haar schoot zat, merkte de turbulentie op en keek weer naar beneden. Benjamin zat roerloos en durfde niet naar zijn vader te kijken. Hij begreep het niet. Hij realiseerde zich dat íets anders was dan normaal. Vanaf nu moest hij op zijn hoede zijn.

Naderhand stapten ze in de auto. Benjamin was hierin altijd extra alert, want het was alsof het grootste drama zich altijd in de auto afspeelde, wanneer het gezin in zo'n kleine ruimte zat opgesloten. Hier vonden de heftigste ruzies plaats tussen papa en mama, wanneer papa begon te slingeren terwijl hij probeerde de radio af te stellen, of wanneer mama de afslag miste op de snelweg en papa vertwijfeld schreeuwde en keek hoe de afrit achter hen verdween.

'Is autorijden wel verstandig?' mompelde mama terwijl papa de parkeerplaats uit draaide.

'Ja, ja,' antwoordde papa.

Benjamin zat in het midden achterin, dat was zijn plaats, omdat hij daar het toezicht kon houden op de weg, op zijn ouders en op zijn broers die aan weerszijden van hem zaten. Toen papa de provinciale weg op reed, nam hij de bocht te scherp en de auto raakte een bosje aan de kant van de weg, takken ratelden hard over de voorruit.

'Hé zeg!' riep mama.

'Ja, ja,' antwoordde papa.

Hij gaf hard gas en liet de auto te lang in de lage versnelling en toen hij eindelijk opschakelde, slingerde de auto. De jongenshoofden hobbelden van links naar rechts achterin. Benjamin hield papa's ogen in de gaten, zag hoe hij knipperde terwijl de auto van de ene naar de andere kant gleed. Hij durfde niets te zeggen, kon alleen stil blijven zitten en zich concentreren, alsof hij zelf de auto bestuurde. Door het zijraam zag hij dat de auto de greppel naderde. Pierre zat onbekommerd een stripboek te lezen dat hij op de vloer had gevonden. Maar Nils drukte zijn hoofd tegen de ruit en volgde de gevaarlijke bewegingen van de auto heen en weer over de rijbaan nauwlettend. De provinciale weg werd smaller en ging over in een onverharde weg en aan weerszijden van de auto verrezen bomen. Papa reed hard door het bos, en ze waren nu dichtbij, terwijl ze de steile heuvel beklommen vlak voordat ze het tractorpad in zouden slaan en naar het zomerhuisje zouden afdalen. Benjamin had het gevoel dat ze het misschien toch nog zouden gaan redden.

In de laatste bocht verloor papa de controle over het stuur in het losse grind. De auto verloor grip en gleed weg, met geblokkeerde banden. Papa probeerde het slippen te pareren en de auto kwam aan de andere kant van de weg op de rand van de greppel terecht. Benjamin werd naar voren geslingerd en belandde boven op de versnellingsbak, zijn broers kwamen op de grond terecht. Papa keek verward om zich heen. Mama had bij het begin van de scherpe bocht Molly tegen haar borst gedrukt en ze checkte snel of ze niet gewond was. Toen draaide ze zich om.

'Is iedereen in orde?'

De jongens ontvouwden zich weer en gingen op hun plaats zitten. De auto stond schuin en de drie broers werden naar rechts geduwd. Papa startte de motor opnieuw.

'Wat doe je?' vroeg mama.

'We moeten er weer uitkomen,' zei papa.

'Dat gaat niet. We moeten iemand bellen,' zei mama.

'Onzin,' zei papa.

Hij probeerde weer de weg op te komen, gaf meer gas zodat de motor loeide, aarde en stenen sloegen tegen het chassis van de auto, maar de auto bleef stilstaan.

'Verdomme!' schreeuwde papa en gaf weer gas.

Pierre opende het portier aan zijn kant.

'Sluit het portier!' schreeuwde papa. 'Sluit het portier, verdomme!'

Benjamin strekte zich vlug over Pierre heen en sloot het portier, terwijl de motor wild brulde en mama schreeuwde, om het geluid te overstemmen: 'Dat gaat niet!'

Papa zette de auto in zijn achteruit en gaf gas, en nu kreeg de auto grip en werkte zich uit de greppel omhoog. Papa stopte midden op de onverharde weg om hem weer in zijn vooruit te zetten. Pierre opende het autoportier weer.

'Ik wil vanaf hier naar huis lopen,' zei hij.

'Ik ook,' zei Benjamin.

Benjamin zag papa's grijns in de spiegel.

'Verdomme, wat zei ik nou over het portier!'

Hij draaide zich half om en haalde lukraak uit naar de jongens. Molly rukte zich los uit mama's greep en probeerde een uitweg uit de auto te vinden.

'Dat moet gesloten blijven als de motor draait!'

De broers beschermden zichzelf met hun handen boven hun hoofd toen zijn vuist door de lucht vloog. Papa trof Benjamin met meerdere slagen tegen zijn schouder en Pierre kreeg een klap tegen zijn been. Maar Nils kwam er het slechtst vanaf, want hij zat in het midden van de slingerbeweging en kon niet wegkomen toen papa's vuist over de achterbank heen en weer zwaaide. Slag na slag trof hem in het gezicht.

'Hou op!' riep mama die probeerde papa's arm vast te houden, maar hij was ergens anders en het lukte niet meer om hem te bereiken. Pierre's eerste ingeving was om te ontsnappen. Hij morrelde aan de deur om eruit te komen, terwijl Benjamins instinct het tegenovergestelde zei. Hij kroop naar Pierre toe en sloeg het portier dicht, sloot zichzelf en zijn broers op met de slagen.

'Nu is het dicht, pap!' schreeuwde hij. 'Het is dicht!'

Nog een ronde met de vuist en wat gegrom, en toen viel het stil. De klappen hielden op en Benjamin durfde tussen zijn vingers door te kijken. Papa zat zwijgend naar het stuur te staren. Toen zette hij de auto in de eerste versnelling en begon te rijden. Nu zaten alle broers recht overeind naar de weg te kijken. Ze volgden papa's slappe handen rond het stuur, en elke manoeuvre terwijl hij de auto het tractorpad af voerde en voor het huisje parkeerde. Geen van de broers durfde de deur te openen.

'Ik ga even liggen,' zei papa en stapte uit. Benjamin zag hem door het raam, tussen de voorstoelen door. Hij steunde tegen de boomstammen langs de oprit. Brede, wankele passen de stenen trap op en toen was hij weg. Mama kwam de auto uit, opende het portier aan de kant van Nils en gebaarde naar de broers dat ze eruit konden komen. Ze verzamelden zich voor de auto. Benjamin keek naar zijn moeder, de waterige ogen en de scheve glimlach die ze altijd kreeg als ze te veel had gedronken en ze probeerde dingen te snappen in een wereld die opeens onbegrijpelijk was voor haar.

'Gaat het met jullie?'

Ze streelde Nils zachtjes over zijn kin.

'Mannetje,' zei ze, terwijl ze een wond onderzocht die hij op zijn kin had gekregen. 'Ik ga hierover met papa praten en hij gaat zich bij jullie verontschuldigen. Maar ik denk dat hij eerst even wat moet slapen. Begrijpen jullie dat?'

De jongens knikten. Mama steunde met haar hand op de motorkap, wendde haar milde glimlach naar Pierre en streelde zijn wang. Ze keek hem lange tijd aan, maar zag nog steeds niet dat zijn ogen vol tranen waren, en merkte niet hoe hij beefde.

‘Papa en ik gaan een poosje slapen,’ zei ze. ‘En dan hebben we hier nog een goede familiebijeenkomst over.’

Ze overhandigde Molly aan Benjamin.

‘Kunnen jullie een poosje op haar letten?’

En toen liep ze langzaam het pad af. Ze bleef even staan, alsof haar iets te binnen schoot, maar liep toen door, passeerde de groentekelder en liep de stenen trap op naar het huisje. Pas toen ze weg was, barstte Pierre in tranen uit, en Benjamin en Nils hielden hem elk van hun kant vast. Nils pakte Benjamin ook beet en toen de drie elkaar daar bij de auto omarmden, voelde Benjamin dat de broers voor het eerst sinds lange tijd weer samen waren.

Op dat moment ging Molly ervandoor. Ze was zichzelf niet na de autorit, jankte onrustig, trippelde eerst nerveus heen en weer over het smalle pad, en toen schoot ze plotseling het bos in, alsof ze had besloten te ontsnappen. Benjamin riep haar, eerst aansporend, joehoe-joehoe, toen streng, kom hier! Alle drie de broers riepen haar, maar ze luisterde niet, bleef de heuvel op lopen, ze wilde er geen deel meer van uitmaken.

En zo kwam het dat de broers die middag het bos in liepen om de bange hond achterna te gaan, en uiteindelijk kregen ze haar te pakken. Benjamin tilde haar op in zijn armen, zag de angst in haar ogen, en voelde haar hartslag door haar borstkas.

Ze liepen verder het bos in. Hij herinnerde zich dat Pierre een wit shirt droeg dat mama zorgvuldig in zijn spijkerbroek had gestopt, maar dat nu over zijn tailleband hing. Hij herinnerde zich dat ze over wortels liepen die op de vingers van een oud mens leken. Hij herinnerde zich dat ze ergens tussen de dennen een koekoek hoorden en dat ze zijn roep nadeden. En hij herinnerde zich dat ze stukjes schors van een boom trokken en die in het beekje gooiden dat van de boshelling naar het meer stroomde. Ze liepen verder de heuvel op, en het was niet iemands plan, ook niet onuitgesproken, maar toen belandden ze daar toch, op het smalle pad naar het transformatorhuisje. Ze hoorden het geluid van de elektriciteit al van een afstand, als een orgel in de verte, een laag gezoem dat luider en dieper werd naarmate ze dichterbij kwamen en al snel ontwaarden ze de bovenkant van de grote metalen constructie die glinsterde in de zon.

Toen ze er aankwamen, liepen ze langs de rijen met rubber beklede palen en gingen ze naar het hek toe. Ze keken door de openstaande deur van het gebouwtje naar binnen.

'Ben benieuwd hoe het er daarbinnen uitziet,' zei Benjamin.

'Waarschijnlijk gewoon een hoop draden,' antwoordde Nils. 'Zullen we proberen binnen te komen?'

'Nee,' zei Nils. 'Het kan gevaarlijk zijn.'

Ze stonden naast elkaar bij het hek, met hun handen tegen het traliewerk. 'Ik heb ooit een schok gekregen,' zei Benjamin. 'Ik vroeg papa hoe dat eigenlijk voelde, en toen haalde hij zo'n vierkante batterij tevoorschijn, en vroeg me eraan te likken.'

'En hoe was dat?' vroeg Pierre.

'Het prikte in mijn tong, en ik kon een tijdje niet praten. Maar toen ging het weer over.'

'Maar je kunt veel ergere schokken krijgen,' zei Nils. 'Als je bijvoorbeeld een vork in een stopcontact steekt. Dan kun je doodgaan.'

Benjamin voelde aan het handvat van de poort. Die ging meteen open.

'Deze is ook opengebroken!' riep hij.

Hij liep door de poort, over het kleine grasveld voor het gebouwtje en ging aan de binnenkant van het traliewerk tegenover zijn broers staan en greep het met één hand vast. 'Laat me eruit!' schreeuwde hij, en hij deed alsof hij huilde. 'Ik smeek het jullie!'

Benjamin keek naar Molly, die hij in zijn armen had en legde voorzichtig een hand op haar hoofd. Hij richtte zich weer tot zijn broers, vormde zijn gezicht in een grimas en strekte de hond naar hen uit.

'Neem Molly dan tenminste,' jammerde hij. 'Laat haar vrij, zij heeft dit niet verdiend!'

Pierre giechelde.

'Laten we teruggaan,' zei Nils.

'Wacht even,' zei Benjamin. 'Ik moet alleen even kijken hoe het er daarbinnen uitziet.'

Hij deed een paar passen naar het huisje en bleef in de deuropening staan, tuurde naar binnen, maar zag alleen wat vage contouren. Hij tastte met zijn hand langs de binnenkant van het gebouwtje, vond een schakelaar die hij aanzette en meteen lichtte de ruimte op door een lamp aan het plafond. Het was binnen kleiner dan hij had gedacht. Een klein oppervlak waar je kon staan en tegen de achterwand een dichte rij dikke, zwarte kabels, die van vloer tot plafond liepen. Het was alsof de ruimte vibreerde van de stroom die langs de wanden liep, intens en constant. Een geluid dat deed denken aan de drie grote wasdrogers in de kelder thuis in de stad.

'Denken jullie dat er stroom op staat?' riep Benjamin tegen de broers.

'Ja!' antwoordde Nils. 'Raak daarbinnen niets aan.'

Benjamin raapte een steen op en gooide die voorzichtig tegen de kabels. De steen viel op de grond zonder dat er iets gebeurde. Hij pakte een grotere steen op en gooide die ook.

'Er lijkt geen stroom op te staan,' schreeuwde hij. 'Er gebeurt niets als ik de stenen ertegenaan gooi.'

'Stenen geleiden geen elektriciteit!' riep Nils. 'Dat wil niet zeggen dat de kabels dat niet doen!'

Benjamin liep voorzichtig dichter naar de draden toe, hij was er nu nog maar een halve meter bij vandaan. Hij hief zijn hand op richting de zwarte muur.

'Raak ze niet aan!' riep Nils. 'Ik meen het. Je kan doodgaan!'

'Nee, nee,' riep Benjamin. 'Ik zal ze niet aanraken.'

Hij bracht zijn hand dichterbij en er kwam een krakend geluid uit de kabel, als een geknetter, dat meteen verdween toen Benjamin zijn hand weer liet zakken.

Hij bracht zijn hand weer dichterbij. Kleine, minuscule, bijna onzichtbare vonken verschenen tussen de kabel en zijn hand. Hoe dichter hij er met zijn hand bij kwam, hoe meer het knetterde. Hij had in zijn hele leven nog nooit een dergelijk geluid gehoord. Het deed denken aan het geluid in films wanneer radioactiviteit werd gemeten na een grote ramp. Hij kon het geluid met zijn hand beheersen, liet het dichterbij komen en weer verder weggaan, en hij begreep nu de kracht, hij besefte dat Nils waarschijnlijk gelijk had. Als hij de kabels aan zou raken, zou hij ernstig gewond kunnen raken, en er ging een gedachte door hem heen: ik ben nog nooit zo dicht bij de dood geweest als nu. Hij draaide zich om en keek naar zijn broers.

'Zien jullie dit!' schreeuwde hij. Hij keek op en zag hoe de kleine sprankjes vuur de ruimte in schoten.

'Het zijn vonken! Het lijkt wel magie!'

'Hou op!' schreeuwde Nils. 'Stop daar onmiddellijk mee!'

Benjamin hief zijn hand op en liet hem weer zakken, luisterend naar het geluid dat kwam en weer verdween, de vonken die om hem heen opstegen en hij glimlachte en keek zijn broers in de ogen, en toen werd de hele ruimte blauw.

Hij werd gezuiverd wakker. De eerste paar seconden was hij

gewichtloos en vrij. Hij ging rechtop zitten en probeerde zich te oriënteren. Toen kwam de pijn, als een vuur op zijn rug en over zijn arm, en de gebeurtenissen stortten over hem heen. Hij keek naar het hek buiten.

Hij dacht: waar zijn mijn broers?

Hij keek omhoog naar de lucht en zag dat de zon lager stond. Hoelang had hij hier al gelegen? Hij probeerde op te staan, maar zijn benen wilden hem niet dragen, en hij gaf zijn poging op en ging weer zitten. Toen kwam het besef, dat met een vage rilling door zijn lichaam begon.

Molly.

Ze lag maar enkele meters bij hem vandaan. Het kon niet verkeerd worden begrepen. De verschroeide huid en haar onnatuurlijke lichaamshouding. Hij kroop naar haar toe, tilde het gewonde lijfje op en legde het op zijn schoot. Hij keek naar Molly's levenloze gezicht, haar halfopen mond, alsof ze diep sliep en wakker zou worden als je haar een beetje heen en weer schudde. Maar hij durfde haar niet aan te raken, omdat hij niet aan de wonden wilde komen, bang dat ze er pijn van zou hebben. Hij drukte haar tegen zijn borst, de plek waar ze lag toen ze stierf. Hij ademde sneller en zwaarder, hoorde onbekende geluiden, en besefte dat ze uit hemzelf kwamen. En stukje bij beetje verdween de wereld. Zijn hele leven had hij geworsteld met het gevoel zijn grip op de werkelijkheid te verliezen, continu op zoek naar echte plaatsen of dingen om zich aan vast te houden, maar voor het eerst wilde hij het tegenovergestelde, alles loslaten wat hem daar vasthield. Hij zat in het donker en keek uit op de dunne groene rechthoek van werkelijkheid daarbuiten, en hij kneep zijn ogen hard dicht en keek opnieuw naar de opening, in de hoop dat die zich spoedig ontoegankelijk zou maken, gewoon zou doven en dat hij weg zou zijn, losgemaakt van de werkelijkheid, voor altijd vastzittend in het donker.

Hij moet het bewustzijn hebben verloren, want toen hij weer naar buiten keek, stond de zon nog lager. Hij kwam overeind en strompelde naar de deur. De eerste stappen het licht in en hij passeerde het hek. De gedachte: waar zijn mijn broers?

Hij liep door het bos met de hond in zijn armen. Hij wist niet meer hoe het gegaan was, op welke wijze hij was thuisgekomen. Maar hij herinnerde zich dat hij het meer zag en dat het donker was. Hij herinnerde zich dat het windstil was boven het water. Hij herinnerde zich dat hij op benen liep die hem nauwelijks konden dragen en hij herinnerde zich dat hij zijn moeder op de stenen trap zag, waar ze in haar badjas stond. Hij herinnerde zich dat de contouren van zijn moeder diffuus waren, dat de begroeiing rond het huisje besloeg door zijn tranen. Hij herinnerde zich dat mama een paar stappen het gazon op deed, dat ze hem met een soort verbazing aankeek. En hij herinnerde zich dat ze op het grasveld in elkaar was gezakt en dat ze het in vertwijfeling uitschreeuwde, en dat het meer antwoordde.

Hoofdstuk 13

12.00 uur

Het wildhek eindigt hier, de provinciale weg wordt smaller en verslechtert. Opgelapt asfalt, onverwachte hobbels en dode dieren langs de kant van de weg, met gescheurde vacht en geplette ingewanden. Geen tegenliggers, afgezien van een enkele zilverkleurige oplegger volgeladen met hout. De autoradio verliest het contact met station na station. Ze zijn aan de andere kant van Zweden, rijden steeds dieper de bossen in, en ze praten steeds minder, en als ze eindelijk de provinciale weg verlaten, zijn ze volkomen stil. Ze reizen weer door het zwarte gat. Ze zijn weer op de grindweg. Nu nog vijf kilometer door het bos en dan zijn ze er. De achteruitkijkspiegel trilt, en achter de auto ziet Benjamin het stof opstijgen als de rook van Bengaals vuur, aan weerszijden van de auto opwellend, over de bomen, de sparren die steeds hoger worden naarmate ze dichter bij het huisje komen.

Hij rijdt voorzichtig de oude grindweg af, en ziet Nils op de achterbank, plotseling voorovergebogen en geconcentreerd, met zijn blik op de weg gericht. Het is alsof ze op een plek aankomen die onder bescherming heeft gestaan van een geheime weldoener van de familie, waar iemand alle moeite heeft gedaan om alles onaangeroerd te laten, mocht het gezin ooit terugkeren. De weg zit vol gaten en de auto schudt op dezelfde plek als altijd heen en weer. De smalle voorrangsborden langs de kant van de weg staan nog in dezelfde richting, net zo scheef als toen. Zijn de dagen en jaren hier wel voorbijgegaan? Of heeft alles stilgestaan? Misschien gebeurt er iets met de tijd hier in de bossen. Die gedraagt zich niet zoals het hoort. Tijd is als een grindweg; als je rechts houdt kun je jezelf aan de andere kant zien passeren. Daar ziet hij ineens de oude Volvo 245 op hem afkomen, papa en mama zitten voorin, netjes gekleed omdat het midzomeravond is. En daar in het midden op de achterbank ziet hij zichzelf, de alerte blik terwijl hij probeert erop toe te zien dat alles goed gaat.

En nu hoort Benjamin motorgeluiden door de geopende ramen en achter de top van de heuvel verschijnt Nils plotseling op zijn bromfiets, de benzinetank glanst in de zon, en hij passeert snel, alleen en verdrietig. Hij rijdt hard op de smalle strook grind die het huisje met de werkelijkheid verbindt, op de terugweg van zijn baantje bij de kruidenierswinkel. En kijk daar tussen de bomen rennen Benjamin en Pierre dicht achter elkaar aan. Ze zijn verdwaald in het bos, bang en geconcentreerd volgen ze de brommergeluiden om de weg terug naar huis te vinden.

De auto nadert de heuvel waar 's avonds altijd zoveel tegenlicht is, en als hij over de top is gekomen, ziet hij zichzelf weer. Hij staat vlak naast de weg, de jongen met de dunne benen, in korte broek met ontbloot bovenlijf. Mama is een paar dagen in de stad geweest om te werken, en Benjamin is in zijn eentje de grindweg op gegaan om haar tegemoet te lopen. De jongen staart Benjamin in de ogen met zijn heldere blik wanneer hij voorbijloopt, kijkt de vreemdeling aan – ongeïnteresseerd – en draait zijn blik weer naar de heuvel, uitkijkend naar zijn moeder.

Daar passeren ze een voor een, alle jongens die hem zijn geweest.

Benjamin en zijn broers zijn nu dichtbij, ze slaan het kleine tractorpad in. Hij herinnert zich de laatste ochtend dat ze hier waren, een week na het ongeluk. Bij het ontbijt kwam plotseling voor de kinderen de boodschap – we gaan naar huis. Alles ging in haast. Grote koffers opengeslagen op de vloer van de woonkamer. Papa liep rond om lichten uit te doen en radiatoren uit te zetten. Terwijl hij het laatste in de auto stopte en aan de deuren ging voelen om er zeker van te zijn dat ze op slot zaten, stak mama een sigaret op en leunde tegen de motorkap. Ze rookte gedachteloos met haar blik op het meer. Benjamin kwam naar haar toe en deed een poging de handtas te pakken die ze bij haar voeten had gezet, maar ze wuifde afwerend, en Benjamin bleef bij haar staan, vlak naast haar. Mama wierp een snelle blik op Benjamin en keek weer uit over het meer.

'Die dag dat het gebeurde,' zei mama, en tipte haar sigaret af met haar wijsvinger. 'Ik was 's middags wakker geworden en kon niet meer in slaap komen. Ik lag in bed een kruiswoordpuzzel op te lossen...'

Ze maakte een gebaar, wees naar de lucht. 'Ineens ging het licht uit. Ik keek verbaasd omhoog. Wat gebeurde er? En toen na slechts een paar seconden ging het weer aan.'

Mama schudde langzaam haar hoofd.

'Ik dacht er toen niet verder over na, maar nu begrijp ik het.' Ze lachte.

'Je kunt het als iets moois zien. Het was als een kleine groet, een afscheid. Alles ging uit en toen was ze weg.'

Mama liep naar de schuur en drukte het gloeiende uiteinde van de sigaret uit tegen de muur en stopte hem half opgerookt weer in het pakje. Toen stapte ze in de auto.

Het is duidelijk dat hier al heel lang niemand heeft gereden. Het gras tussen de wielsporen is hoog geworden, struiken slaan tegen de carrosserie, de auto raakt links en rechts takken. Benjamin heeft een tegenligger op de smalle heuvel, het is de oude Volvo 245 weer, tot aan de nok bepakt, net zoals toen het gezin op die laatste dag het zomerhuisje verliet. Hij ziet papa achter het stuur, mama zit ernaast, woordeloos naar de weg voor haar starend. Achterin zitten drie broers, dicht op elkaar, schouder aan schouder. Benjamin houdt rechts om het voertuig de ruimte te geven om te passeren. Hij ziet zichzelf, heel snel, vangt alleen een glimp op van de jongen daar in het midden. Zijn alerte, droevige blik die nauwlettend in de gaten houdt wat er in de auto en daarbuiten gebeurt. De 245 passeert Benjamin en rijdt de heuvel op en hij volgt hem in zijn achteruitkijkspiegel tot hij hem niet meer ziet. Hij slaat de laatste bocht om, en algauw tekent het rode houten huisje zich af tussen de bomen. Hij ziet het overgroeide terrein, kijkt omhoog over de sparren die het zomerhuisje zo klein laten lijken. Het hoge gras ratelt onder de auto. Hij rijdt helemaal tot aan de groentekelder en zet de motor af. De broers blijven nog even in de auto zitten en kijken naar buiten.

Ze zijn terug.

DEEL 2

AAN DE ANDERE KANT VAN DE GRINDWEG

Hoofdstuk 14

10.00 uur

Hij kijkt omhoog naar de grote hoogspanningsmasten langs de E-weg. De zwarte lijnen dalen langzaam af richting de zomer voor de autoruiten, buigen dan weer omhoog en bereiken hun hoogste punt waar ze zijn vastgehecht boven op de enorme stalen constructies die met tussenpozen van honderd meter langs de weg staan, en dan duiken de draden weer, buigen af richting de weilanden eronder.

Hij kijkt omhoog naar de hoogspanningsmasten.

Op een keer vloog Benjamins meterkast in brand. Hij slaagde erin de vlammen te blussen, maar er moest een elektricien komen om de kortsluiting te verhelpen. De man stond daar in de gang het paneel los te schroeven, zodat hij erbij kon. Hij was kundig, verwijderde de behuizing in slechts een paar seconden en verzamelde de schroeven in zijn ruwe vuist. Hij stond op het punt om verder te gaan, te beginnen met de volgende behuizing, en op dat moment kreeg een windvlaag in het appartement vat op de keukendeur, die vlak achter hem met een knal dichtsloeg, en de onmiddellijke reactie van de elektricien: hij liet alles los wat hij vasthield en deed zijn handen omhoog, als onder bedreiging van een vuurwapen. Benjamin begreep er niets van. Toen de elektricien de schroeven en het gereedschap verzamelde die over de gangvloer verspreid lagen, vroeg Benjamin wat er nou gebeurde. 'Beroepsdeformatie,' zei de man.

'Zodra een elektricien een knal hoort, laat hij alles los wat hij in zijn handen heeft.'

De angst om een schok te krijgen. Hij kende het als kind niet. Vóór het ongeluk werd hij door elektriciteit aangetrokken. Achter het zwembad lag een stoeterij en op een keer liep Benjamin na een zwemles, toen de andere kinderen weer naar school gingen, naar de elektrische afrastering die de paardenwei omheinde. Hij bleef een hele tijd staan kijken naar de dunne draad en het gelamineerde gele waarschuwingsbordje dat een hand toonde die de lijn raakte en rode flitsen die alle richtingen uit vlogen. Hij hield beide handen dicht bij de schrikdraad, alsof hij zichzelf wilde uitdagen. Hij vormde zijn handen tot een kommetje zonder de draad aan te raken, en greep die toen vast. Een snelle stroomstoot ging door zijn hand en bereikte zijn oksels waarna die weer wegebde. Hij herinnert zich dat hij zich naderhand op een vreemde manier opgewonden voelde. Het was alsof de stroom heel even iets aan zijn eigenaardige krachteloosheid had gedaan, hij kreeg een schok, en toen die door hem heen ging was het alsof hij een stem hoorde fluisteren: 'Kom op!'

Pierre rijdt stevig door op de snelweg en zit voortdurend op de linkerbaan. Wanneer hij gedwongen wordt af te remmen voor auto's vóór hem – snelwegtoeristen die elkaar in hun eigen tempo passeren – blijft hij er vlak achter hangen en seint met zijn koplampen. Hij doet hen onmiddellijk terugdeinzen naar de middelste rijstrook waar ze horen, en Pierre verhoogt weer vaart en de motor brult fris en fruitig mee terwijl hij versnelt.

'Eten!' roept Pierre plotseling en wijst naar een verkeersbord dat aan de horizon nadert.

'Eindelijk,' mompelt Nils vanaf de achterbank terug. Het

fastfoodrestaurant ziet eruit als elk ander. De medewerkers dragen gouden sterren op hun borst. Sommigen hebben er meerdere en anderen helemaal geen, zodat iedereen kan zien wie goed en wie slecht is. Iedereen draagt een naamkaartje, behalve de opvallend jonge manager die alert, als een kip, tussen de kassa's heen en weer stapt en zich schaamt voor zijn luie medewerkers. Hij loopt nerveus rond en neemt klusjes over, maakt dingen in orde, stopt af en toe om met een holle glimlach over de gasten uit te kijken.

Ze bestellen hamburgers en patat en nemen plaats aan een van de tafeltjes in de buurt van de uitgang. Nils haalt zijn telefoon tevoorschijn.

'Ik moet de rotzooi die jullie hebben gecreëerd weer oplossen,' zegt hij. 'Ik vermoed dat we door de politie worden gezocht.'

'O jee,' zegt Pierre en lacht.

'Nee, niks o jee,' zegt Nils. 'Dit is verdomd serieus.'

Nils loopt naar buiten en Benjamin ziet hem vervolgens in de harde wind op de parkeerplaats staan, terwijl hij de handset tegen zijn ene oor en zijn handpalm tegen het andere drukt om het lawaai van de snelweg buiten te sluiten. Pierre schudt de frietjes in het hamburgerdeksel, zet de kleine witte cupjes met ketchup netjes op een rijtje; als er eentje leeg is, is het volgende niet ver weg.

'Ik had eigenlijk nooit gedacht dat we terug zouden gaan,' zegt Pierre.

'Nee,' zegt Benjamin. Een nieuwe gedachte komt ineens bij hem op, en hij kijkt op van zijn eten: 'Waarom dacht je van niet?'

'Ja, vanwege het ongeluk, bedoel ik,' zegt Pierre. 'Het was immers zo moeilijk voor jou.' Benjamin kijkt hoe Pierre vlug te werk gaat met zijn eten. Hij doopt drie frietjes in de ketchup. Ze worden zwaar en buigen als tulpen terwijl hij ze in zijn mond stopt.

'Ik begrijp het nog steeds niet,' zegt Pierre. 'Waarom kreeg je een schok? Is het niet zo dat je alleen een schok krijgt als je een kabel aanraakt? Je hebt niets aangeraakt.'

'Ik begreep het ook niet,' antwoordt Benjamin. 'Ik heb tien jaar lang rondgelopen zonder te begrijpen wat er gebeurd was. Toen kwam ik erachter.'

'Wat gebeurde er dan?' vraagt Pierre.

Benjamin vertelt Pierre over boogvorming. Er zijn plaatsen waar de elektrische spanning zo hoog is dat zelfs de lucht geladen wordt. Die warmt op tot enkele duizenden graden en uiteindelijk wordt het zo heet dat er een ontlading ontstaat, die doet denken aan een blikseminslag.

'Is dat hoe het met jou is gegaan?' vraagt Pierre.

'Ja. Het is vreemd dat ik niet ben omgekomen, volgens de elektriciens aan wie ik het verteld heb.'

'Heb je er met elektriciens over gesproken?'

'Ja. Met veel.'

'Waarom?'

'Ik wilde begrijpen wat er met me was gebeurd.'

Pierre schudt zijn hoofd en kijkt naar Nils, die zich verplaatst heeft, en nu met zijn telefoon op een stukje berm met uitzicht op de achtbaanssnelweg staat.

'Weet je hoeveel elektrische schokken er elk jaar worden gemeld aan het Bureau voor elektrische veiligheid?' vraagt Benjamin. 'Vijftig. Maar weet je hoeveel mensen er daadwerkelijk getroffen worden door een elektrische schok? Meer dan 20.000. Maar niemand rapporteert deze gevallen. Weet je waarom?'

'Schaamte?'

'Precies. Ze schamen zich. Omdat ze elektricien zijn. Die worden geacht te weten wat ze doen.'

'Ongelofelijk,' zegt Pierre, terwijl hij de hamburger met bijtafdrukken alsof er een rat aan een kant heeft geknabbeld neerlegt. Hij pakt een frietje, en knaagt eraan alsof hij pretzels eet en legt het stukje dat hij vasthield op een servetje op tafel. Benjamin ziet dat hij daar verschillende kleine stompjes naast elkaar heeft neergelegd.

'Waarom eet je de laatste stukjes niet op?' vraagt Benjamin.

'Dat is walgelijk,' zegt Pierre. 'Vingers zijn vies, ze zijn overal geweest.'

Benjamin kijkt hoe Pierre het ene uiteinde van een patatje na het andere weggooit en ineens gaat zijn hart uit naar zijn broer, want naarmate het hoopje op tafel groeit, meent hij een teken te zien dat ook Pierre iets met zich meedraagt. Achter die eigenzinnigheid steekt ook een verhaal. Benjamin heeft zich altijd verwonderd over het feit dat Pierre zijn jeugd zonder krassen lijkt te hebben doorstaan. Hij leek onbewogen, alsof alles wat er gebeurd was later van hem afgegleden was – of hem misschien zelfs sterker had gemaakt? Maar als Benjamin zijn broer zijn frietjes ziet opstapelen, is dat de eerste keer dat hij voelt dat er een spoortje van iets anders aanwezig is, want wie iets niet in zijn mond wil stoppen nadat hij het zelf heeft aangeraakt, wil in zekere zin niets met zichzelf te maken hebben. In de stilte die ontstaat, worden de restaurantgeluiden versterkt. Gerammel van de machines die het ijs aritmisch en driftig in de kartonnen bekers uitschudden. Een handdroger die aan- en weer uitgaat in de toiletten. Het lawaai van de snelweg elke keer dat er een nieuwe gast binnenkomt. Een klant bestelt een softijsje en een kleine motor start, een diepe toon, zoals de laagste noot van een piano, en opnieuw wordt hij teruggeslingerd naar het transformatorstation, waar hij voor de muur van elektriciteit staat. Beelden die hij meteen probeert kwijt te raken, en dat lukt hem misschien even, maar hij weet dat ze zullen terugkeren. Elke keer dat hij een hard, onverwacht geluid hoort, denkt hij aan de explosie. Zoals wanneer hij een vliegtuigtoilet doorspoelt en de luchtsluis met een klap dichtslaat. Fel licht heeft hetzelfde effect. Als hij in de winterse duisternis een tegenligger treft die ineens groot licht opzet, is hij even een tijdje verlamd, en herinnert hij zich die laatste seconde, toen de ruimte wit werd, vlak voor de explosie. De koele vloer in de vochtige duisternis, hoe hij bijkomt en zich oriënteert, zijn ogen dichtknijpt tegen het licht.

Voor het eerst tijdens het gesprek wendt Benjamin zijn blik niet af als Pierre naar hem kijkt.

'Een ding heb ik nooit begrepen,' zegt Benjamin. 'Hoe konden jullie me daar gewoon achterlaten?'

Pierre zet het colaglas neer, drukt zijn vingertoppen in het servet. Hij schudt glimlachend zijn hoofd.

'Is dat wat je denkt?' zegt hij. 'Ik heb je niet in de steek gelaten.'

'Ik kwam bij en toen waren jullie weg,' zegt Benjamin. 'Hoe moet ik dat anders uitleggen?'

'Je weet dus nog steeds niet wat er gebeurd is? Ik heb je niet in de steek gelaten. Ik rende naar je toe. Ik greep je beet en op hetzelfde moment dat ik je aanraakte, kreeg ik ook een schok.'

'Nee.'

'Nee?'

'Dat kan niet waar zijn,' zegt Benjamin.

'Je was bewusteloos, je zag niets. Toen jij een schok kreeg, werd je ook elektrisch geladen, en ik kreeg een schok toen ik jou aanraakte. Ik ging van mijn stokje. Toen ik bijkwam, zag ik Nils door het bos verdwijnen. Ik heb geprobeerd je bij te brengen, maar dat lukte niet. Ik dacht dat Nils hulp zou halen. Dus ik ging snel achter hem aan. Ik haalde hem in, net toen hij terugkwam bij het zomerhuisje. Hij ging in de hangmat liggen, en ik begreep er niets van.'

'Dus?' vroeg Benjamin. 'Wat deed jij?'

'Ik schreeuwde tegen hem dat we terug moesten gaan. Maar hij weigerde. Ik was in paniek, zocht papa en mama, maar ze waren nergens te vinden. Dus ik rende in mijn eentje terug.'

'Nee, dat is niet waar. Ik kwam alleen bij in het transformatorhuisje.'

'Ik ben verdwaald. Ik rende en bleef maar rennen om je te vinden, en uiteindelijk was ik de weg kwijt. Ik kon jou niet vinden, en ik wist niet hoe ik weer thuis moest komen.'

Benjamin legt zijn vuist tegen zijn voorhoofd.

'Weet je het niet meer?' zegt Pierre. 'Toen je met Molly bij het huisje terugkwam, was ik er niet. Ik was in het bos op zoek naar jou.'

Benjamin sluit zijn ogen. Midzomeravond. Hij heeft Molly terug gedragen naar het huisje. Daar ligt ze dood op het gazon voor de stenen trap. Mama tilt haar op en zakt met Molly in haar armen in elkaar op het gazon. Ze omhelst haar, ze schreeuwt.

Nils.

Daar staat hij, op de helling bij het meer, een eindje verderop, zwijgend de gebeurtenissen gade te slaan. Mama kijkt op naar Benjamin. Hij herinnert zich kleine details, zoals dat ze slijm in een draad tussen haar boven- en onderlip heeft hangen. Dat je haar witte borsten door de open badjas heen ziet. 'Wat heb je gedaan?' Ze schreeuwt dit naar Benjamin, keer op keer, wisselend tussen woede en wanhoop: 'Wat heb je gedaan?'

Maar waar is Pierre? Hij probeert hem te zien, maar kan hem nergens vinden.

'Je was er niet,' zegt Benjamin.

'Nee. Ik rende in het bos rond. Op het laatst gaf ik het op, en ging op een steen zitten. Uiteindelijk hoorde ik het geschreeuw van mama. Ik had haar nog nooit zo horen schreeuwen. Ze riep: "Wat heb je gedaan? Wat heb je gedaan?" En ik racete in de richting van haar geschreeuw. Toen ik bij het huis aankwam, stond alles op zijn kop. Het was...' Hij schudt zijn hoofd. 'Het was een chaos.'

'Ja,' zegt Benjamin, terwijl hij naar de tafel kijkt. 'Wat deed je toen?'

'Ik kan het me niet meer herinneren. Ik herinner me dat ik me wilde wassen. Ik wilde niet dat papa en mama zouden zien wat er gebeurd was. Ik was verbrand aan mijn handen en armen. Kun je je de brandwonden die ik wekenlang had niet meer herinneren?'

'Ik ging naar het toilet en toen ik me waste, liet mijn huid los. Ik stond daar en zag alle stukjes huid in de gootsteen en hoorde mama's geschreeuw buiten en mijn oren suisden. Het was alsof ik midden in een oorlog zat.'

'Ik wist dit niet,' zegt Benjamin. 'Ik wist niet dat je me probeerde te redden. Ik wist niet dat je naar me gezocht hebt.'

Pierre haalt zijn schouders op.

'Waarom heb je dit nooit verteld?' vraagt Benjamin.

'Ik dacht dat je het wel wist,' zegt Pierre. 'En papa en mama zeiden dat je je niet goed voelde, en dat we niet met je over wat er was gebeurd moesten praten.'

De beelden komen aanrollen. Hij strompelt met Molly door

het bos, bereikt het zomerhuisje, ziet het kalme meer. Hij ziet mama op de stenen trap. Haar halfopen mond, de lege blik, het moment voordat ze het besefte. Maar nu ziet hij ook zijn kleine broertje voor zich, stelt zich hem voor in het bos. Hij is verdwaald en heeft het opgegeven wanneer hij het geschreeuw van mama door de dennenbomen hoort. Daar spurt hij weg, de jongen, met zijn verbrande armen langs zijn zij. Daar rent de zevenjarige, de geluiden van zijn moeders verdriet voeren hem naar huis.

Benjamin en Pierre staan op en trekken hun jas aan. Pierre neemt Nils' hamburger mee naar de auto. Wanneer ze de tafel verlaten, ziet Benjamin het hoopje frietjes dat daar is blijven liggen, de aardappelstompjes die Pierre op elkaar heeft gestapeld, een keurige piramide, als een kleine manifestatie van zelfhaat.

Ze stappen in de auto. De diepvriesmaaltijd die Nils in een boodschappentas heeft meegenomen is inmiddels ontdooid, het ruikt vaag naar pierogi in de auto. Ze gaan de snelweg op, die versmalt in een provinciale weg. Het wildhek eindigt hier, de provinciale weg wordt smaller en verslechtert. Opgelapt asfalt, onverwachte hobbels en dode dieren langs de kant van de weg, met gescheurde vacht en geplette ingewanden. Geen tegenliggers, afgezien van een enkele zilverkleurige oplegger volgeladen met hout. De autoradio verliest het contact met station na station. Ze zijn aan de andere kant van Zweden, rijden steeds dieper de bossen in, en praten steeds minder, en als ze eindelijk de provinciale weg verlaten, zijn ze volkomen stil. Ze reizen weer door het zwarte gat.

Hoofdstuk 15

Het eindexamenfeestje

Papa stond bij het raam met uitzicht op het plein en keek naar beneden. Hij wierp een blik op zijn horloge, ging op een van de stoelen aan de eettafel zitten en staarde naar zijn schoot. Hij was netjes gekleed, zijn huidkleurige loafers die één werden met de smalle broekspijpen, de pantalon die hij altijd tot de laatste seconde aan een hanger in de keuken liet hangen, zodat de plooien intact bleven; een truc die bij zowel Nils als mama vaak afkeer opriep omdat hij de uren voor de een of andere feestelijke gelegenheid in zijn ondergoed door het appartement liep. Hij droeg zijn oude studentenpet, vaal en vormeloos, een vergeeld vod op zijn hoofd.

'Verdomme,' fluisterde hij terwijl hij terugliep naar het raam. Hij moest zijn gezicht tegen de ruit drukken om een glimp op te vangen van de straat daarbeneden. Benjamin dacht aan hoe papa er aan de andere kant van het raam uit moest zien, als iemand hem vanaf het plein in het oog kreeg, zijn handen tegen de ruit, zijn afgeplatte wang, de grote zoekende ogen die het terrein afzochten. Als een dier in een dierentuin dat zich net had gerealiseerd dat hij gevangenzat.

'Dit is haast onvoorstelbaar,' mompelde papa in zichzelf. 'Hoe kun je te laat komen op je eigen eindexamenfeestje?'

De familie was 's ochtends op school bijeengekomen om deel te nemen aan de traditionele begroeting wanneer de geslaagde leerlingen het gebouw uitrenden. Papa had zowel Pierre als Benjamin thuisgehouden van school, zodat ze mee konden gaan. Dit was belangrijk. Pierre mocht het spandoek vasthouden met een foto van Nils erop toen hij drie was, waarop hij op een potje zat en glimlachend naar de camera keek. De foto deed Benjamin denken aan een familieanekdote die herhaaldelijk door mama werd verteld, over hoe Benjamin ooit de pot had geleegd nadat Nils erop was geweest. Mama betrapte hem in de badkamer met wat poep van Nils in zijn hand. Ze beschreef hoe Benjamin er vanaf de zijkant aan knabbelde, 'alsof het een kipspies was', en ze lachte lang en geluidloos, en telkens als ze dit vertelde verliet Benjamin de kamer.

Het begon te regenen op het schoolplein en de familie dook bij elkaar onder een grote paraplu. Toen stond er een of andere enthousiasteling, misschien de directeur, met een megafoon en telde af vanaf tien en daarna gingen de deuren open en werden de leerlingen over het kleine asfaltplein uitgestort. Iedereen rende in verwarring rond op zoek naar zijn familie. Iedereen behalve Nils. Benjamin zag hem meteen, terwijl hij met zijn glimlach rustig en gestaag recht op de foto van zichzelf op de po afliep.

'Bravo,' riep mama en hief zachtjes haar vuist op toen hij dichterbij kwam. Zij en papa omhelsden Nils. Hij had bloemen en teddybeertjes en kleine champagneflesjes aan blauw met gele linten om zijn nek, topzwaar van de liefde van anderen. Het bewijs van zijn hele kennissenkring hing over zijn borst, vriendschappen waar Benjamin thuis in het appartement maar snelle glimpen van opving. Als Nils 's middags thuiskwam, had hij vaak klasgenoten bij zich, soms vier of vijf jongens die de voordeur kwamen binnenvallen en stoeiend de gang door gingen. Nils voerde hen snel af naar zijn kamer en deed de deur dicht, maar Benjamin sloeg hen nauwlettend gade wanneer ze kwamen en gingen. Hij stond stilletjes in de deuropening van zijn kamer terwijl ze passeerden, deze reuzen, hun gezichten verwoest door puistjes, zwijgend en met lange benen die helemaal tot aan hun ribben kwamen.

In zijn hand droeg Nils de bruine envelop met zijn eindresultaten. Een atoombom van teleurstelling ontplofte geluidloos op het schoolplein toen papa de envelop openscheurde en vlug de cijfers bekeek. Hij overhandigde het papier aan mama, nog een keer over haar schouder meelezend, knikte alsof het iets was wat hij ongeveer had verwacht, vouwde het papier weer op en stopte het in zijn binnenzak. Maar Benjamin zag de ontgoocheling in hun ogen. Er waren hier de hele lente signalen van geweest. Dat de cijfers misschien niet zo uitzonderlijk waren als mama steeds had betoogd tegenover de andere kinderen.

Nils nam snel weer afscheid, want hij zou met zijn klasgenoten volgens traditie in de laadbak van een vrachtwagen worden rondgereden. Hij beloofde zo snel mogelijk naar huis te komen. Toen ontstond er wat commotie. Hij trof een vriend en ze omhelsden elkaar en de champagneflesjes op hun borst rinkelden toen ze elkaar raakten. Ze liepen weg met hun armen om elkaars schouders, in de richting van de lange rij vrachtwagens met draaiende motoren, versierd met berkentakken, en met spandoeken langs de zijkanten hangend met gewaagde kreten erop gesprayd. Terwijl zijn zoon in de menigte verdween riep papa:

'We wachten thuis op je!'

Mama stak een sigaret op en ze liepen weer naar huis, met z'n allen onder de paraplu, door de tunnel onder het spoor door van de stoptrein, richting het centrum. Het kleine gezin met het spandoek in de lucht, alsof er een minidemonstratie het plein overstak.

Dat was meer dan twee uur geleden en sindsdien was papa heen en weer naar het raam gelopen in de hoop een glimp op te vangen van zijn vermiste zoon. Hij liep naar het bijzettafeltje en controleerde het eten. Er waren wat schaaltjes met plakjes mortadella en gezouten radijsjes. Vier gevulde eitjes met imitatiekaviaar erop. En op een afzonderlijk schaaltje – Finse emmentaler. Dat was de topper van het feestje, dat waar Nils het meest van hield. 's Avonds onder het tv-kijken schaafde hij er altijd een plakje af en smeerde daar een dikke laag boter op, maakte er een rolletje van en at het in een hap op. Pierre en Benjamin konden het niet aanzien, de vette boter op de vette kaas, en ze maakten braakgeluiden en verlieten demonstratief de woonkamer wanneer hij ermee begon. En Nils zat daar in het donker, in het koude blauwe licht van de televisie, zijn kaas tot de bodem af te schaven.

Mama zat opgekruld op de bank te roken, de asbak op haar knie zodat ze niet naar de tafel hoefde toe te buigen. Ze las een tijdschrift en toen papa met het bestek rommelde en een vork op de grond liet vallen, keek ze op.

'Zet de champagne maar in de koelkast, die is nu vast al helemaal warm geworden,' zei ze, terwijl ze naar haar tijdschrift terugkeerde.

Vanaf het plein beneden klonk plotseling muziek toen een van de vrachtwagens met geslaagden langzaam voorbijreed, en papa haastte zich naar het raam en drukte zich er dicht tegenaan.

'Verdomme,' siste papa toen de wagen uit het zicht verdween en hij veranderde van positie. Benjamin hoorde het geluid van de lift buiten die op hun etage stopte en de liftdeur die openging, het geratel van een sleutelbos die de voordeur naderde.

'Nu komt hij,' zei Benjamin.

'Nee, nee,' zei papa naar buiten kijkend. 'Die vrachtwagen was niet die van hem.'

De voordeur ging open.

'Hallo,' riep Nils. Papa rende naar de deur.

'Welkom!' riep hij, om zich heen kijkend. 'Benjamin,' fluisterde hij en wenkte naar hem om zijn broer te komen begroeten, en toen draaide hij zich om naar het appartement en brulde naar zijn andere zoon – 'Pierre!' – die onmiddellijk in de deuropening van zijn kamer verscheen.

'Sorry,' zei Nils. 'De vrachtwagen reed helemaal de stad in en ik kon er niet vanaf springen.'

'Het maakt niet uit,' zei papa. Hij betastte de champagnefles, pelde het aluminiumfolie open als een roos en draaide met een grimas de kurk los, en hield de fles van zich af voor het geval de kurk tegen het plafond zou schieten.

'Roze champagne!' riep hij.

Gevijven verzamelden ze zich in het midden van de woonkamer en keken toe terwijl papa drie glazen vulde. Papa nam zijn bril van zijn hoofd en sloeg er een paar keer zachtjes mee tegen de rand van het glas. Hij schraapte zijn keel.

'Op onze geweldige, geslaagde zoon,' zei hij, terwijl hij zijn glas hief. 'We zijn zo trots op je.'

Papa, mama en Nils toostten en dronken.

'Hij is warm,' zei mama, zich tot Benjamin wendend. 'Kun je even wat ijsblokjes halen?'

Toen Pierre een bordje pakte en een gevuld ei nam, siste papa: 'Alsjeblieft. Laat Nils nou eerst nemen, in godsnaam.'

'Het is in orde,' zei Nils met een vriendelijkheid die onbekend en gemaakt aanvoelde. 'Hij mag wel eerst.'

Een kwartier later maakte Nils zich klaar om weer te gaan. Hij zou een paar vrienden treffen en 's avonds naar wat feestjes gaan. Hij stond in de gang, over zijn schoenen gebogen, en papa stond bij de ingang van de keuken.

'Nils,' riep papa. Hij zwaaide met de emmentaler. 'Kijk wat je hebt gemist.'

'O,' zei Nils. 'Lekker.'

'We kunnen er vanavond van eten als je thuiskomt. Het is tenslotte je laatste avond.'

'Dat is afgesproken,' antwoordde Nils.

De voordeur sloeg dicht en Nils was weg. Papa bleef een tijdje naar de deur staan kijken. Hij deed zijn studentenpet af, legde hem op het haltafeltje en liep naar zijn kamer. En toen begon een nieuw wachten, op wanneer Nils weer naar huis kwam. Elk uur was nu belangrijk, want morgen zou hij op reis gaan; negen maanden als vrijwilliger in Midden-Amerika. Dat dat zo snel gebeurde, direct na zijn eindexamen, zag Benjamin als een gevaarlijke provocatie naar papa en mama, een manier om hun te laten zien dat hij geen dag langer dan nodig was thuis wilde blijven. Maar papa en mama leken hem te geloven toen hij zei dat hij even een pauze nodig had van alles. Hij wilde zijn hoofd leegmaken en de wereld zien. Benjamin liep door de gang die naar de verschillende slaapkamers leidde en opende voorzichtig de deur van Nils' kamer. Zijn tassen waren al gepakt, drie koffers lagen op elkaar gestapeld. Het cd-rekje was leeg, net als de boekenplank. Op de muren waren alleen de symmetrische vlekken over van het kleefmateriaal van de filmposters die daar eerder hadden gehangen. Het was klinisch uitgevoerd. Nils had gezegd dat hij in het voorjaar weer thuis zou komen, maar Benjamin begreep dat iemand die zijn kamer in een dergelijke staat achterliet, zo grondig leeggehaald, voorgoed vertrok.

Hij liep naar zijn eigen kamer. Het was middag, maar het voelde aan als laat op de avond. Mama lag weer met haar tijdschrift op de bank. Papa zat in een fauteuil op zijn kamer een boek te lezen. Benjamin ging op bed liggen, sloot even zijn ogen en viel in slaap. Toen hij wakker werd, was het donker buiten. Hij wierp een blik op de wekkerradio: 22:12 uur. De kamer was koud omdat er een raam openstond en hij dacht erover om op te staan, maar kon zichzelf er niet toe brengen. Hij luisterde of hij geluiden hoorde in het appartement. De tv stond aan in de woonkamer, maar hij hoorde geen gesprekken. Was Nils thuisgekomen? Plotseling de schrille uitroep van mama.

'Kun je daar niet mee stoppen!'

Waarschijnlijk was Pierre weer op ijsblokjes aan het kauwen. Mama kon daar niet tegen, en Pierre wist dat, maar kon er niet mee ophouden. Benjamin hoorde voetstappen op het parket, Pierre die de woonkamer verliet en naar zijn kamer ging. Pierre kwam weer naar buiten, Benjamin hoorde weer voetstappen, en plotseling stond Pierre in de deuropening van zijn kamer, hield een sigaret omhoog die hij in zijn hand had en liep het kleine balkon op dat aan Benjamins kamer vastzat. Pierre rookte al heel lang in het geheim en werd steeds overmoediger. Mama rook soms aan zijn vingers, en deed steekproeven, alsof ze een vermoeden had dat hij rookte. Om niet betrapt te worden, druppelde Pierre na elke sigaret azijn op zijn handen. Hij had altijd een flesje in zijn tas zitten en boende de geur weg in de lift voordat hij 's avonds thuiskwam. Altijd die doordringende geur in het trappenhuis en op zijn kleren. Mama begreep het nooit, zei ooit verwonderd dat het naar 'eten' rook als ze ergens voor in zijn kamer moest zijn.

Benjamin sloeg Pierre gade, daarbuiten op het balkon. Zijn

routineuze behendigheid met de sigaretten, zijn hand tot een kommetje gevormd zodat de lucifer niet in de wind zou uitgaan. Hoe hij nonchalant de brandende sigaret tussen zijn lippen kon laten hangen terwijl hij de rits van zijn jas omhoogtrok, en hoe hij met zijn armen over de reling leunde, de rook naar binnen zoog en door zijn neus weer uitblies. Hij leek een veel oudere man in zijn bewegingen, wanneer zijn blik leek te bevriezen, alsof hem plotseling een van de zorgen des levens te binnen viel, of wanneer hij uitkeek over de flatgebouwen en zwijgzaam een grimas trok nadat hij weer een trekje had genomen. Benjamin vond dat Pierre er niet meer uitzag als een kind of een jongere, maar gebukt leek te gaan onder dingen op de manier van iemand die veel had meegemaakt. Hij werd steeds geslotener en wilde zelden praten over dingen die ze beiden hadden meegemaakt. Dat was een verandering. Benjamin herinnert zich een keer dat papa en mama hard ruziemaakten. Ze schreeuwden tegen elkaar en het escaleerde en het werd fysiek, snelle stappen op de gang, er werd aan een deur getrokken, mama probeerde te ontsnappen aan papa's woede. Hij herinnert zich papa's wilde gezichtsuitdrukking toen hij de deur opentrok, een hand door de opening kreeg en in het wilde weg uithaalde. En dat hij Pierre een kast introk en de deur sloot en daarbuiten het lawaai, geworstel en geschreeuw bleef doorgaan. Geluiden die onvoorstelbare beelden voedden in het binnenste van Benjamin. En ze gingen op de grond zitten en hielden elkaar vast, Pierre huilde, en Benjamin bedekte zijn oren en fluisterde: 'Niet luisteren.'

Ze waren samen.

Er waren nog steeds momenten waarop hij een glimp opving van wat ze zouden kunnen zijn. 's Ochtends vroeg in de keuken stonden ze naast elkaar in hun pyjama's en knepen de chocoladesiroop in de melk. En als Pierre morste, kon Benjamin papa nadoen en vol afgrijzen fluisteren: 'Wat ben je toch onhandig!' En Pierre imiteerde zijn moeders manier om conflicten te beëindigen: 'Ik ga naar bed.' Ze grinnikten. Daar stonden ze met hun ochtendhaar, weer rustig, roerend in de chocolademelk, ze waren samen.

Maar dan gingen ze naar school en daar was Pierre een heel andere persoon. De twee die altijd een en dezelfde waren geweest, konden elkaar nu passeren zonder zelfs ook maar te groeten. Tijdens een pauze, tussen de lessen door, liep Benjamin over de gang en hoorde plotseling een tumult tussen de rijen kluisjes, en toen hij langsliep zag hij dat het Pierre was die een jongere leerling tegen een muur drukte. Hij stond voorovergebogen met zijn voorhoofd tegen het voorhoofd van het kleinere jongetje gedrukt. Benjamin nam er kort nota van toen hij er langskwam, wilde niet kijken, maar droeg sindsdien een beeld van de explosiviteit van zijn broer met zich mee dat hij niet kon vergeten. Hij had het bij de jongens in het jongerencentrum gezien, en bij de bendes die over het plein zwierven en soms in de metro stapten en een heel rijtuig lam konden leggen. Hij zag bij hen een soort masculiniteit die hij niet begreep en waarvan hij geen deel uitmaakte. Nu begon hij langzaam in te zien dat het zich ook in zijn familie bevond, in Pierre, in zijn steeds irrationelere gedrag. Zijn tas ratelde van de werpsterren die hij bij houtbewerking had gemaakt. En Benjamin had hem 's middags met zijn vrienden zien staan roken achter de gymzaal, sterren tegen de muur werpend. Op een dag bleekte hij zijn haar helemaal zelf, zonder het mama te vragen. Er moest iets zijn misgegaan, want het werd geel en hij verfde het de volgende dag opnieuw, zo zwart dat het bijna blauw leek. Het was maar een haarkleur, maar het had iets te maken met hoe hij overkwam. Dat onbegrijpelijke, donkerblauwe haar dat van veraf op het schoolplein te zien was, en die waakzame blik, alsof hij continu het risico liep in een hinderlaag te lopen. En het voortdurende lawaai in de gangen, het geratel van werpsterren in zijn tas en van jongere leerlingen die tegen kluisjes werden gedrukt.

Tijdens de pauzes begon hij Pierre heimelijk te observeren, en pas toen, terwijl hij zijn broer van een afstand zag, kreeg hij een beeld van zichzelf. Het was midden in de winter, onder het vriespunt en al donker buiten, in de pauze van 14.00 uur. De leerlingen deden een balspel op het bevroren asfalt en er kwam damp uit hun mond en toen de kinderen probeerden de tennisbal te gooien, bleef die vastzitten aan hun met sneeuw aangekoekte wanten. Benjamin zag Pierre aan de zijlijn staan, toekijkend in zijn flinterdunne jasje, mutsloos en met zijn blauwe handen diep in de zakken van zijn spijkerbroek gestoken. En een plotselinge woede overviel hem: waarom hadden papa en mama Pierre geen warmere jas gegeven? Waarom had hij geen muts en wanten? Pas op de terugweg naar de les voelde hij dat hij het ijskoud had en merkte hij op dat zijn eigen jas net zo dun was als die van zijn broertje. Langzaam verzamelde hij de aanwijzingen, hij leerde zichzelf kennen door om zich heen te kijken. Het vuil thuis, de urinevlekken op de vloer rond het toilet, waardoor het knetterde als papa er op zijn pantoffels naartoe ging, de stofnesten onder de bedden die zachtjes in de tocht vanuit de open ramen bewogen. De lakens die langzaam geel werden in de bedden van de kinderen voordat ze uiteindelijk werden verschoond. Alle vuile vaat in de gootsteen. Als je de kraan opende, vlogen de fruitvliegjes verontrust op uit hun schuilplaatsen tussen de borden. De strepen vuil in de badkuip, als getijdenmarkeringen in een haven, de vuilniszakken die zich opstapelden bij het schoenenrek in de hal. Benjamin begon te begrijpen dat niet alleen het huis vervuild was, maar ook de mensen erin. Hij begon de puzzelstukjes bij elkaar te leggen en vergeleek zichzelf met anderen. Tijdens de lessen maakte hij de vuilrand onder zijn nagels schoon met behulp van een vulpotlood. Het was iets wat de tijd verdreef, en hij vond het fijn dat het onmiddellijk resultaat opleverde. Hij trok het staal voorzichtig onder zijn nagel door en de donkere randen verdwenen een voor een spoorloos. Hij verzamelde het vuil in een klein hoopje op zijn tafel. Maar als hij een blik wierp op de nagels van anderen in de klas, merkte hij nooit vuil op. Er was iemand die hun handen verzorgde, ervoor zorgde dat ze schoon waren en hun nagels geknipt. De tekenleraar die vaak over hem heen gebogen stond, rook naar koffie, in zijn adem, en naar wasmiddel met appelgeur die in de gebreide truien zat die hij droeg. Hij vroeg Benjamin eens om na de les even na te blijven. De leraar hurkte naast Benjamins tafeltje neer, en zei dat hij soms, als hij Benjamin met een opdracht hielp, kon merken dat Benjamin naar zweet rook, en hij wilde zich nergens mee bemoeien, maar hij wist hoe tieners waren, die grepen elke gelegenheid aan om gemeen tegen elkaar te kunnen zijn, en op een dag zouden ze hem plagen vanwege zijn lichaamsgeur. Benjamin luisterde aandachtig naar zijn tekenleraar. Er waren eigenlijk maar twee dingen om te onthouden, zei hij: wissel elke dag van sokken en ondergoed en douch elke ochtend. Die avond maakte hij de balans op van zijn hygiëne. Toen niemand het zag, stak hij zijn hand onder zijn shirt, ging langs zijn oksel en snoof aan zijn vingers. Hij rook voor het eerst zijn eigen zweet. Plotseling zag hij de dingen helder.

Buiten op het balkon maakte Pierre nog een laatste beweging met de sigaret en wierp hem weg met zijn duim en middelvinger – hij vloog als een vuurvliegje over de balkonleuning. Pierre ging naar binnen, deed de balkondeur zachtjes achter zich dicht, zette een paar stappen door de kamer en was toen verdwenen. De geur van azijn bleef in Benjamins kamer hangen nadat hij vertrokken was.

Benjamin lag nog in bed. De lantaarns op de parkeerplaats flikkerden en kwamen tot leven. Een voor een lichtten ze op en schenen door de jaloezieën en vormden dunne lichtstralen op de muur. Een klein lampje op de vensterbank verspreidde een zwakke gloed die stippen op het plafond vormde. Het leek op de lichtgevende kwallen in een groene zee die hij ooit in een natuurprogramma op tv zag.

Hij luisterde naar de geluiden van de voorstadavond, twee honden blaften daar beneden hysterisch naar elkaar. Een paar jonge jongens renden het plein over om de metro niet te missen. Hij hoorde ze lachen. En zachter maar ook krachtiger, het verre geraas van de snelweg een paar kilometer verderop. Hij zou op moeten staan. De hele middag en avond waren voorbijgegaan. Hij was moe, wilde slapen, maar er moest iets mis zijn met iemand die zoveel slaapt. Hij ging rechtop in bed zitten, stond langzaam op, had het koud, en liep naar de kast om een trui te zoeken. Aan de andere kant van de deur hoorde hij de geluiden van papa die zich klaarmaakte om naar bed te gaan. Hij nam zijn voorbereidingen voor de nacht altijd mee de gang op. Daar poetste hij zijn tanden, alsof hij niets wilde missen van wat daarbuiten zou kunnen gebeuren. Dan ging hij naar het kleine toilet naast de badkamer, en pas wanneer hij ontdekte dat zijn toiletbezoek harde geluiden veroorzaakte, sloot hij de deur, gedecideerd alsof hij geïrriteerd was, alsof iemand anders die open had gelaten. Hij spoog een paar keer in de wasbak, liet de kraan lopen en dan was hij klaar. De zware stappen over de gang. Benjamin zag hem door de deuropening voorbijkomen in zijn pyjama. Papa bleef staan en keek naar de grond.

'Welterusten!' riep hij door het appartement.

'Welterusten,' antwoordde mama vanuit de woonkamer. Papa stond daar nog een tijdje, leek naar iets in haar toon te zoeken, iets wat erop zou kunnen duiden dat ze nog een poosje met hem wilde opblijven, nog een sandwich en een borrel nemen. Maar haar antwoord was kort en beslist, hij begreep waarschijnlijk dat dat er deze keer niet inzat. Benjamin hoorde hoe hij zijn slaapkamer inging. Ze sliepen sinds een paar jaar in aparte kamers. Mama beweerde dat dat kwam omdat papa zo snurkte. En Benjamin lag daar in het donker, en volgde de gebeurtenissen via de bekende, steeds terugkerende geluiden, hoorde hoe mama meteen het volume van de tv zachter zette, en zag hoe de woonkamer donker werd toen ze lamp na lamp uitdeed. Mama deed dat altijd als papa naar bed was gegaan, omdat ze wist dat het risico bestond dat hij niet kon slapen en na een halfuurtje opstond, en de slaapkamerdeur opendeed en gretig naar buiten keek, op zoek naar gezelschap. Op hetzelfde moment zette ze dan bliksemsnel de tv uit, zodat de woonkamer donker werd. Papa ging niet naar de woonkamer, maar deed een paar stappen de gang op. En dan ging hij weer naar bed. Mama bleef een tijdje in het donker zitten. Dan zette ze de tv weer aan.

Benjamin werd wakker. Hij lag in bed. Hij moest weer zijn gaan liggen zonder het zich te herinneren. En hij moet in slaap zijn gevallen. Hij boog zich naar voren, zodat hij de wekkerradio kon zien: 00.12 uur. Hij hoorde de liftmotor gaan, zag voor zich hoe de eenzame stalen kooi in het donker omhoog klom, door de liftschacht werd gehesen. Hij lag 's avonds of 's nachts vaak te luisteren naar hoe de lift zich door de woonlagen werkte, en hij kende al zijn geluiden, de klik wanneer het vergrendelingsmechanisme de deur verzegelde en de lift begon te bewegen, het ratelende geluid van de bel wanneer iemand per ongeluk de alarmknop raakte en de lichte dreun als de lift een etage bereikte en ten slotte stopte. Hij wist dat het Nils was die op weg naar huis was, en hij werd getroffen door de gedachte dat dit de laatste keer was dat hij de vertrouwde geluiden van Nils in de lift hoorde, zijn unieke geluidssignatuur, de zachte voetstappen tussen de lift en de voordeur, het gerammel van de sleutels dat al voordat hij de lift uitkwam begon, zo typerend voor zijn rationaliteit. Hij wilde klaar zijn, geen tijd verspillen met voor de deur staan en naar sleutels zoeken. De voordeur ging open en weer dicht. Benjamin zag zijn broer in het gele licht door de deuropening. Het scheen op hem, hij straalde van de buitenwereld, van de laadbak op de grijze juniavond, frisse buitenfeesten met lauw bier, geflikflooi in de struiken, echoënde treinperrons en volle rode bussen die de buitenwijken in stroomden. Hij stond daar in zijn schijnsel, onbereikbaar, al vertrokken, een legende die ooit in dit huis woonde. Mama begroette hem en ze gingen de keuken in. Benjamin hoorde alleen flarden van hun gesprek. Hij hoorde de koelkast open en dicht gaan – iemand haalde de emmentaler eruit? En het schrapen van de stoelen die naar achteren werden geschoven toen ze aan de keukentafel gingen zitten. Het gedempte geroezemoes door drie muren, lastig de woorden te onderscheiden die werden uitgewisseld, maar onmogelijk om de toon te missen, de zachte vocalen, toegeeflijke stiltes. Benjamin kalmeerde, hij werd verdrietig en voelde zijn hart bonzen. Hij wist dat hij uit bed moest komen voordat de kans voorbij zou gaan. Hij moest zich naar de keuken haasten en Nils smeken: blijf hier. Hij moest hem vertellen dat er geen andere keuze was, hij moest blijven, anders wist hij eerlijk gezegd niet hoe het verder moet gaan. Hij wist dat het vertrek van Nils betekende dat er iets definitief kapot zou gaan. Want hoe moest hij het gezin ooit repareren als een van de gezinsleden verdween? Hij wist ook dat de reis van Nils een gevaar voor hemzelf zou inhouden. Als Nils verdween, verdween er iemand uit de werkelijkheid, een hand op zijn schouder, die hem op zijn plaats hield. Nu zou er een persoon minder zijn die Benjamin kon verzekeren dat dit gezin bestond en dat hij erbinnen bestond. Iemand met wie hij tijdens het avondeten een blik kon uitwisselen en die stilletjes kon bevestigen: je bestaat. En dit is gebeurd.

Hij lag daar. Voelde zijn rug tegen de matras drukken. Hij dacht over hoe ver het naar de grond was. De derde verdieping. Tien meter naar beneden, misschien twaalf. Een dergelijke val zou hij niet overleven, als de constructie het zou begeven, als hij dwars door het beton zou vallen. Hij keek omhoog naar het plafond, op zoek naar iets om zich aan vast te houden, tastend naar lakens en kussens, anders zou hij naar het plafond tuimelen, een vrije val van honderd kilometer per uur, recht op het wateroppervlak af, naar de lichtgevende kwallen.

Hij moest opstaan, hij moest naar buiten rennen. Maar hoe zou hij dat nu kunnen doen, midden in een gesprek dat onder geen enkele omstandigheid mocht worden onderbroken? Dit was zijn taak, om ervoor te zorgen dat het gezin met elkaar praatte net zoals mama en Nils daarbinnen, dat ze van elkaar hielden en dat alles in orde was. De vriendelijke woorden klonken als een gezoem door de muren heen, een optimistisch geneurie vol liefde, dat hem aan het bed vastklonk. Hij hoorde

Nils iets zeggen en hoorde mama lachen. En toen een nieuw geluid, een deur die openging – papa was wakker geworden! Hij was op een van zijn tochten door het appartement om te zien of iemand hem een tijdje gezelschap wilde houden. Mama had nog niet gemerkt dat hij op was, want hij hoorde nog steeds geen woede, geen schelle stemmen in de nacht. Het gesprek in de keuken nog steeds gelijkmoedig, kalm, vertrouwelijk. Hij nam geluiden waar die hij niet begreep. Hij hoorde iets over de parketvloer ratelen en zag Nils' silhouet toen hij de deuropening passeerde. Hij rolde zijn koffers naar buiten. Benjamin begreep het niet, hij zou pas morgen vertrekken. Zouden ze niet samen ontbijten en afscheid nemen? Wat was er aan de hand?

Hij keek naar de klok.

07.20 uur.

Hij moest opstaan!

Papa liep voor zijn deur voorbij, niet langer in pyjama, nu volledig aangekleed.

'Heb je alles?' hoorde hij papa vragen.

'Ja,' antwoordde Nils.

Geworstel met koffers, de deur die openging. Benjamin wilde schreeuwen, maar kon geen woord uitbrengen.

'Tot kijk, jongen,' zei papa. 'Pas goed op jezelf. En bel wanneer het kan.'

De voordeur sloeg dicht.

Hoofdstuk 16

08.00 uur

De hemel opent zich en een waanzinnige regenbui barst los boven de auto, en vlak na de regen komt de wind. Benjamin ziet de tekenen ervan in de plotselinge duisternis, in wimpels die aan de vlaggenmasten boven de hotelgevels rukken en een voetganger die tegen de storm in leunt terwijl hij over het trottoir loopt. Het is het soort wind dat een stad zou kunnen wegblazen, een storm die een mensennaam zou moeten hebben.

En net zo snel als het kwam, trekt het noodweer ook weer weg. De broers stappen uit de auto, de lucht is weer helder na de wolkbreuk. Ze lopen over de begraafplaats. De aarde is opgespat tegen de grafstenen en het water stroomt nog weg in de greppels. Het pad is smal, de doden liggen dicht bij elkaar aan weerszijden van het grind waarop ze lopen. Benjamin en Nils naast elkaar, Pierre iets daarachter. Hij leest hardop de namen voor van degenen die zijn overleden. Informeert de broers soms over details, leest de gedichten voor die in de stenen zijn gegraveerd. Vooral jonggestorvenen trekken zijn aandacht.

'Twaalf jaar!' roept Pierre.

Hij loopt met zijn ogen op de stenen gericht, en blijft staan. Benjamin hoort hem roepen: 'Ach nee, hier ligt een kind van zeven!'

Achter een lage wal verrijst een gebouw van grijs cement. Dit is het crematorium. Benjamin bezocht er lang geleden net zo een, tijdens een studiebezoek van school, en sommige dingen kan hij nooit vergeten. Hij zag de koelruimten en vriezers waarin de doodskisten stonden voordat ze verbrand zouden worden. Overledenen op een rij, wachtend om te verdwijnen. De klinische handelswijze, de kleine heftrucks die de kisten heen en weer vervoerden. Het jargon tussen het personeel, het commentaar en de uitroepen terwijl ze de lichamen vervoerden, alsof ze in een fruitmagazijn werkten. In een rij in de hitte en verlicht door het gele licht van de oven, kregen de kinderen te zien hoe een kist in het vuur werd geschoven. Door een kleine glazen ruit konden ze de woedende vlammen volgen toen hout, stof en vlees samensmolten en weggevaagd werden. De beheerder van het crematorium haalde een roestvrijstalen bak tevoorschijn die deed denken aan die waar ze op school maaltijden uit serveerden. Hij had een schop met een lange steel die hij gebruikte om de menselijke resten eruit te scheppen. Vlak naast de oven stond een mand, waar een medewerker dingen in gooide die het crematievuur niet kon verteren. Amalgaamvullingen, spijkers uit de kist. De kinderen mochten in de mand kijken, de medewerker hield hem hun voor, schudde hem als een zak snoep. Benjamin zag schroeven die in heupen hadden gezeten, prothesen, restanten van insulinepompen en pacemakers, de souvenirs van de dood, bedekt met as. De man waarschuwde de kinderen, nu kon je wegkijken als je wilde, en enkele leerlingen wendden hun hoofd naar de muur, maar Benjamin keek nauwlettend toe terwijl de crematoriummedewerker wat er over was van het skelet in de bak harkte. Een deel van de botten was nog zo intact dat het mogelijk was om de vorm ervan te onderscheiden. De man gebruikte de schop om er de grootste stukken mee te verdelen. Vervolgens ging de inhoud van de bak in een vermaler en toen het fijne poeder vervolgens in de urn werd gegoten, realiseerde Benjamin zich dat het geen as was, zoals hij altijd had gedacht. Het waren vermalen botten.

De broers lopen door de deur van het crematorium. Het kleine voorvertrek lijkt op een lobby, met een onbemande balie. Pierre drukt op een elektrische bel en die gaat ergens ver weg af. Benjamin kijkt om zich heen, het is alsof je midden in een werkomgeving én een privéleven staat, zowel een kantoor als een kantine, met opengeslagen almanakken, afgekloven potloden op de balie, een foto van een hockeyteam aan de muur. Een man komt uit het binnenste van het crematorium. Het valt meteen op dat hier op een andere manier met de dood wordt omgegaan dan bij begrafenisondernemers, waar spichtige en in het zwart geklede medewerkers koffie serveren aan weduwen. De man arriveert met een rinkelende sleutelbos en draagt een spijkerbroek met alleen nog wat blauw aan de zijkanten.

'We zijn hier om de urn van onze moeder op te halen,' zegt Nils en haalt een map uit zijn laptoptas, spreidt de papieren uit op de balie en overhandigt een ervan aan de man, die op zijn computer begint te tikken.

Stilte.

'Juist,' zegt hij. 'Hier hebben we haar, ja. Maar ze wordt vandaag, vanmiddag, bijgezet?'

'Nee, dat is veranderd,' zegt Nils. 'Ik heb eerder vanochtend gebeld en de bijzetting geannuleerd.'

'Vreemd,' zegt de man. 'Daar heb ik geen informatie over.'

'Ik heb een bevestiging gekregen.'

De man typt iets in op zijn computer, en buigt voorover om de informatie te kunnen duiden. In de kamer ernaast staat een radio aan, en nog verder weg, galmend gekletter, als geweerschoten in een hangar, gevolgd door driftige stemmen. Benjamin ziet voor zich hoe ze voor een uniek probleem staan, een kist die te groot blijkt te zijn voor de ovenopening.

'Met wie heeft u gesproken toen u belde?' vraagt de man achter de computer. 'Niet met mij.'

'Ik weet het niet meer. Maar het is nog niet zo lang geleden.'

'Nou,' zegt de man. 'Ik begrijp het niet.'

Nils bladert weer door de papieren, haalt nieuwe documenten tevoorschijn die hij naast elkaar op de balie legt.

'Hier is een kennisgeving aan het provinciebestuur, waarin we schrijven dat we van plan zijn onze moeder zelf te begraven en dat we de urn willen ophalen. Ik heb hem vanmorgen ingevuld en per mail verstuurd.'

De man achter de balie raakt de papieren niet aan, maar leunt er gewoon overheen om ze te lezen.

'Dit is geen kennisgeving,' zegt hij. 'Het is een aanvraag. Die moet goedgekeurd worden door het provinciebestuur.'

'Wat?'

'Je kunt niet zomaar een urn komen halen. U doet een aanvraag waarin u verzoekt een privé-asverstrooiing uit te mogen voeren, u schrijft waar u de as wilt uitstrooien en u voegt een kaart toe of een zeekaart als u dit op zee wilt doen. Vervolgens wordt deze door het provinciebestuur bekeken en na ongeveer een week laat het dan zijn besluit weten.'

'We hebben helaas geen week de tijd. Dit moet vandaag gebeuren.'

'Ik kan u geen urn meegeven als ik niet weet of er toestemming is verleend door het provinciebestuur.'

'Kunt u niet gewoon naar deze papieren kijken? Dan kunt u zien dat er niets vreemds aan de hand is. We staan namelijk een beetje onder tijdsdruk.'

'We hebben hier een gezegde,' zegt de man, terwijl hij de documenten oppakt en op dezelfde stapel legt. 'Alles op zijn tijd en één ding tegelijk. Als je je met dit soort zaken bezighoudt, mag je geen haast hebben.'

Nils laat een kort lachje horen. Hij stopt de papieren methodisch terug in de map en sluit deze.

'Dit is het geval. Vandaag zou mijn moeder worden begraven. En gisteravond waren mijn broers en ik in haar flat, om te kijken of daar nog dingen van waarde waren die we wilden hebben, voordat een verhuisbedrijf alles kwam weghalen. Boven in de bureaula van mijn moeder vonden we een brief waarop stond: In geval van mijn overlijden.'

Nils opent de map weer en haalt er een envelop uit. Hij overhandigt de brief aan de man.

'U hoeft het niet allemaal te lezen, maar hier...' Hij wijst naar de laatste alinea.

'Hier schrijft onze moeder duidelijk dat ze niet hier begraven wil worden. Ze wil dus de begrafenis waarmee ik de afgelopen twee weken fulltime bezig ben geweest om die te plannen niet. Niemand wil liever dan ik dat ze hier vanmiddag wordt begraven, maar nu proberen we gewoon de laatste wens van onze moeder in te willigen. Daarom moeten we de bijzetting vandaag stoppen. En we hebben de urn nodig.'

De man beweegt zijn lippen zachtjes terwijl hij leest.

'Goh,' zegt hij. 'Ik begrijp dat dit jullie plannen dwarsboomt.'

'Ja,' zegt Nils. 'Het is een lange nacht geweest.'

'Dat kan ik me voorstellen,' zegt de man. Hij geeft de brief terug aan Nils. 'Maar het spijt me. Het zou tegen de wet zijn als ik u de urn zou meegeven.'

Hij legt zijn handen op de balie. De opgerolde mouwen onthullen oude tatoeages waarvan de randen vervaagd zijn.

'Het gaat immers om respect voor de doden,' zegt de man.

Het is nu stil in de kamer. Nils kijkt naar de map die voor hem ligt. Pierre doet een paar stappen naar voren, gaat vlak voor de man bij de balie staan. Benjamin merkt het meteen aan Pierre's lichaamshouding, zijn nek die tussen zijn schouders zakt, en hoe zijn stem ver achter in zijn keel ligt, haast alsof hij verstikt raakt.

'Zouden we dan tenminste de urn even mogen zien?' vraagt hij.

'Ja,' zegt de man. 'Dat kan ik wel voor u doen.'

'Waar is de urn ergens?'

'In de urnenkamer. Wacht even.'

De man zoekt in de computer, mompelt een paar cijfers voor zichzelf, om te onthouden, en verdwijnt. Benjamin hoort een geratel van sleutels achter in de ruimte, en na een tijdje komt de man terug. De urn is groen en gemaakt van koper. Glad en rond, met aan het deksel een klein handvat in de vorm van een fakkel. De man zet de urn op de balie en dan gaat alles heel snel. Pierre grijpt de urn en overhandigt hem aan Benjamin, zet vaart richting de balie en springt er gewoon overheen, gooit de man tegen de grond en gaat over hem heen liggen.

'Jij kleine rat,' zegt hij.

De man kronkelt en trekt grimassen, probeert zich los te worstelen, maar Pierre heeft stevig grip, hij drukt zijn arm tegen de nek van de man.

'Verdomme, Pierre,' zegt Nils. Hij werpt een snelle blik op zijn broer en neemt een beslissing. Hij pakt de map, draait zich naar de deur en loopt weg. 'Gekkenhuis,' zegt hij voor zichzelf en is verdwenen. Benjamin staat als aan de grond genageld. Hij ziet Nils het gebouw verlaten en kan hem niet volgen, hij ziet Pierre de crematoriumman aanvallen en kan niet ingrijpen. Hij kan daar alleen maar staan kijken naar het onbegrijpelijke dat nu plaatsvindt. Hij observeert Pierre's woede. Hij weet niet wat die inhoudt, hij kent de omvang van de kracht ervan niet, weet niet waartoe Pierre nu in staat is. Pierre heeft een knie in de rug van de man geplaatst en buigt zich voorover, fluistert in zijn oor.

'Onze moeder is net overleden.'

'Laat me gaan!' roept de man.

'Hou je mond!' sist Pierre. 'Onze moeder is net overleden. En jij vindt dat we geen recht hebben op haar as?'

Pierre moet hem wel in een greep houden die een gewricht verdraait, want de man ligt vrij stil, met zijn gezicht naar de grond. Na een tijdje geeft de man het op, de spiertrekkingen stoppen, en al snel is hij volledig onbeweeglijk. Benjamin kan zijn zware ademhaling horen.

'Nou ga ik je zo meteen loslaten,' zegt Pierre. 'En dan blijf je gewoon liggen. Begrijp je? Je beweegt geen centimeter, want anders ga ik je weer pijn doen.'

Pierre laat langzaam zijn grip los. Hij komt overeind. De man blijft op de grond liggen.

'Rat,' zegt Pierre. Hij springt weer over de balie. 'Kom, Benjamin,' zegt hij.

Pierre pakt de urn over van Benjamin en de broers lopen naar buiten, haasten zich over het grindpad, langs de grafstenen. Benjamin ziet de auto, met alle regendruppels parelend op de lak, onhandig geparkeerd langs de smalle weg, de rechterwielen op asfalt, de linkerwielen op gewijde grond. Pierre opent de achterklep en Benjamin plaatst de urn in de bagageruimte. Benjamin loopt langs Nils, die achterin zit, en ziet hoe hij recht voor zich uit naar de betonkleurige lucht staart. Ze stappen in en rijden weg.

'Wat doen we nu met het graf van papa?' vraagt Benjamin.

'Daar hebben we nu geen tijd voor, want ze zullen vast achter ons aan komen,' zegt Pierre. 'Maar ik kan er wel langsrijden op weg naar de uitgang.'

Benjamin pakt het bosje tulpen dat hij op het dashboard heeft gelegd en laat zijn vingers langs de ruwe stelen glijden. Papa en mama waren dol op tulpen, omdat ze een teken waren dat de lente eraan komt. Elke vrijdag tussen maart en mei, zolang als hij zich kon herinneren, had papa een bosje tulpen gekocht dat op de keukentafel op mama wachtte tot ze van haar werk terugkwam. Daar staat de hoogste berk van de begraafplaats, en daaronder ligt papa. Zo was altijd al het plan geweest. Dat zou zijn plek worden. De broers rijden langzaam langs de boom en kijken naar papa's steen, een stevig blok met de weinige tekens erop die zijn leven samenvatten.

'Zien jullie die kuil?' vraagt Pierre.

Naast het graf van papa bevindt zich een cilindrisch gat in de grond. Precies groot genoeg voor een urn. De beheerder heeft zijn werk gedaan. Alles is klaar voor vanmiddag, wanneer mama daarin neergelaten zou worden. Een mist komt vanuit het bos opzetten, en de zware berk doopt zijn bladeren op de grond rond het stuk terrein. Benjamin herinnert zich iets van een heel leven terug: in de slaapkamer van papa en mama staan dozen langs de muren opgestapeld – zijn ze net verhuisd? Papa en mama halen spullen uit de dozen en ineens haasten ze zich naar het kale bed, gelach en gewedijver, want beiden willen aan dezelfde kant slapen, beiden willen rechts liggen. Ze schreeuwen en hebben lol, rollen rond en dan kussen ze elkaar, Nils voelt zich opgelaten en verdwijnt, maar Benjamin blijft, hij wil niets missen. Als Benjamin zijn blik op papa's grafsteen richt, ziet hij dat zij rechts zou hebben gelegen, en daar zouden ze samen dood liggen zijn. Maar mama's brief veranderde alles, en binnen een paar uur zal de beheerder terugkomen, met nieuwe informatie, en dan graaft hij het gat weer dicht, voltooit mama's verraad en maakt papa's eenzaamheid eeuwigdurend.

Ze rijden de begraafplaats af en al gauw zijn ze onderweg, een auto volgeladen met de broers en een koperen pot met de vermalen botten van hun moeder. Ze rijden door de buitenwijken, door de omliggende gemeenten met de vele stoplichten, de snelweg op. Hij kijkt omhoog naar de grote hoogspanningsmasten langs de E-weg. De zwarte lijnen dalen langzaam af richting de zomer voor de autoruiten, buigen dan weer omhoog en bereiken hun hoogste punt waar ze zijn vastgehecht boven op de enorme stalen constructies die met tussenpozen van honderd meter langs de weg staan. Dan duiken de draden weer, buigen af richting de weilanden eronder.

Hoofdstuk 17

De voortvluchtigen

Die dag begon met de belofte van een skitochtje. Het was een zondag in maart, twee weken na Benjamins twintigste verjaardag. Hij zat in de keuken toe te kijken hoe papa zijn ontbijt klaarmaakte. Papa droeg de lichte ochtendjas die zo meedogenloos de ontbijtvlekken van voorbije tijden toonde. Zijn haar stond alle kanten uit en zijn bril hing aan een koord op zijn borst. Hij mompelde 'shit' toen hij een van de eieren zo hard in het kokende water liet vallen dat het barstte. Hij was even heen en weer geslingerd tussen taken toen de geroosterde boterham omhoog sprong op hetzelfde moment dat de waterketel begon te fluiten, maar hij kreeg alles onder controle en liep toen met zijn dienblad naar het smalle balkon van Benjamins kamer. Benjamin kwam er vlak achteraan. Frisse, koude lucht en een zon die alleen verwarmde als de lichte wind ging liggen. Het was te koud om buiten te zitten, maar dat kon papa niets schelen. Hij zei altijd dat hij de lente niet wilde missen.

'Ga maar met je gezicht naar de zon zitten,' zei papa. 'Dat is zo fijn.'

'Nee, ik wil dat jij dat doet.'

'Weet je het zeker?' vroeg papa.

Hij herinnert zich dat ze buiten zaten terwijl de anderen van het gezin sliepen, en keken hoe de ochtend meer vorm begon te krijgen. Papa dronk zijn thee, die naar teer en gif rook en dampte in de kou. Hij keek uit over de met sneeuw bedekte parkeerplaats en het bos daar vlak achter, dat het meer omkranste. Hij herinnert zich dat papa even zijn ogen sloot en zijn hoofd tegen de muur liet rusten, dat hij de eieren pelde en elke keer dat hij een nieuw ei openmaakte, hij de windrichting kon zien wanneer de damp langs de gevel verdween.

'Zullen we vandaag iets gaan doen, alleen jij en ik?' zei papa.

'Ja, leuk. Wat gaan we doen?'

'Ik weet het niet,' zei papa. 'Zullen we gaan langlaufen?'

Benjamin keek zijn vader vragend aan. 'Langlaufen? Hebben we dan langlaufski's?'

'Ja, natuurlijk. Die moeten nog wel ergens zijn. Ik denk dat ze in de kelder liggen.'

Er was een tijd dat hij en papa samen skitochtjes ondernamen. Witte sporen door zwarte bossen, over uitgestrekte vlaktes met uitzicht op valleien waar papa zo van onder de indruk was dat hij een tijdje moest blijven staan kijken. Ze haalden hun lunchpakketjes tevoorschijn, dubbele roggebroodsandwiches met kaviaar die over de randen was geperst en aan de plasticfolie kleefde en sinaasappels die ze met bevroren vingers pelden. En daarna begonnen ze weer aan de afdaling. De zon laag en diamantpoeder in de sneeuw, het ging snel heuvelafwaarts het bos in, dat stil, verlaten en doods was, maar er waren sporen van klauwen en hoeven op de skipistes, alsof het bos een geheim leven had als niemand het kon zien. Ze kwamen met rode wangen thuis en gingen op de bank liggen en papa rolde Benjamins voeten als gehaktballetjes in zijn handpalmen, zodat ze weer warm werden.

'Het zou geweldig zijn om weer te gaan langlaufen,' zei Benjamin.

'Ja, toch?' zei papa.

'Alleen jij en ik,' zei Benjamin.

'Ja, alleen jij en ik,' zei papa.

Benjamin vond papa's ski's in de kelder, maar die van hem waren weg. En zouden ze overigens nu ook niet te klein voor hem zijn? Ze besloten om naar het winkelcentrum te gaan om nieuwe skischoenen en ski's voor Benjamin te kopen. Ze liepen over de parkeerplaats, en over de besneeuwde grindpaden die naar het winkelcentrum leidden, en vlak bij de drooggelegde fontein, waar de daklozen 's zomers ruzie met elkaar maakten, greep papa plotseling naar zijn hoofd. Hij strompelde naar voren, zwalkte in een cirkeltje rond totdat hij terugkwam op de plek waar hij was begonnen. Benjamin greep hem vast.

'Wat is er?' vroeg hij.

'Niets,' zei papa. 'Ik kreeg alleen zo'n pijn in mijn hoofd. Papa stond een tijdje met gefronste wenkbrauwen naar de sneeuw te staren. Vervolgens bukte hij zich om zijn muts op te pakken die hij had laten vallen. Toen viel hij om. Benjamin wierp zich op hem, draaide hem op zijn zij, probeerde zijn schuddende hoofd onder controle te houden.

'Ik weet niet wat er aan de hand is,' fluisterde papa. 'Het is alsof er iets in mijn hoofd knapte.'

Dat is wat er gebeurde, de ochtend dat papa zijn beroerte kreeg.

Het ambulancepersoneel kwam en Benjamin werd kalm van hun onderkoelde houding. Zo traag ben je niet met iemand bezig die zou kunnen overlijden. Ze stapten uit hun auto, onderzochten papa en toen openden ze rustig de achterklep en trokken de glimmende metalen stretcher eruit. Hij kon gaan liggen, en ze maakten hem vast met een riem over zijn buik. Papa keek met grote ogen naar alles wat er om hem heen gebeurde. Een van de ambulanceverpleegkundigen legde zijn hand voorzichtig op papa's arm, en kreeg ten slotte zijn aandacht. Papa keek hem recht aan.

'U heeft een beroerte gehad,' zei de man.

'Wat vertel je me nou?' vroeg papa. Alsof het een grappig feit was.

Niemand mocht mee in de ambulance. Benjamin stond ernaast, toe te kijken hoe ze papa inlaadden. Hun ogen ontmoetten elkaar. Papa pakte Benjamins hand vast en zwaaide ermee als een vaantje. 'En we zouden nog wel gaan skiën,' zei hij.

De klep werd gesloten en de auto manoeuvreerde langzaam langs het nieuwsgierige publiek op het plein.

Pierre, Benjamin en mama verzamelden zich later rond papa's bed op de intensive care van het ziekenhuis en toen de arts kwam, was het nieuws helder: alles was toch goed afgelopen. Papa had een milde hersenbloeding gehad en een scan toonde aan dat geen van zijn hersenfuncties was beschadigd. Zijn zuurstofniveau was nog steeds laag, en dat baarde de arts wel een beetje zorgen; papa moest een paar dagen ter observatie in het ziekenhuis blijven, maar als alles goed ging, zou hij snel weer naar huis kunnen.

Nils, die nu buiten de stad woonde, kwam een uur later naar het ziekenhuis. Hij had een vrouw met een pruik bij zich. Benjamin wist wie ze was, ze hadden elkaar al eens eerder ontmoet, ongeveer een halfjaar eerder, toen Nils haar had meegenomen voor een etentje op zondag bij papa en mama thuis. 'Jullie vragen je misschien af waarom ik een pruik draag?' had ze gezegd toen ze nog maar een paar minuten aan tafel zaten. Dat klopte. Het was een blonde, bijna witte pruik met zo'n opvallende pony dat er geen twijfel over bestond dat het niet haar echte haar was. De vrouw legde uit dat dat ook de bedoeling was. Ze had een haaruitvalziekte. In een wereld waar de meeste mensen zich zouden schamen omdat ze hun haar kwijt waren, had ze besloten het tegenovergestelde te doen. Zij schaamde zich niet in het minst, zei ze en ze maakte de pruik, het haarverlies, alles bij elkaar, tot een deel van haar identiteit. Ze sprak snel en liet zich niet onderbreken. Benjamin was bang dat mama spoedig haar geduld met haar zou verliezen. De vrouw streelde Nils' onderarmen boven de tafel terwijl ze praatte en krabbelde hem zachtjes met haar lange nagels. Nils ging de waterkan bijvullen en Benjamin keek hoe hij naar de keuken wandelde. Zijn rug recht van een zelfvertrouwen dat Benjamin niet herkende. Tegen het einde van de maaltijd zette de vrouw met de pruik deze simpelweg af en legde hem naast zich op de tafel. Ze deed dit zonder verder iets te zeggen, en dus deed ook niemand anders dat, maar de ongemakkelijke stilte lag als een deken over alles heen. Het geratel van bestek tegen borden en alle blikken die stiekem op haar kaalgeschoren hoofd waren gericht. De kaarsen op tafel weerspiegelden in haar schedel. Daar zat ze, de vrouw met de pruik, nu zonder pruik, in het heiligdom van het gezin, achter alle gewelven, als een pulserende grenzeloosheid. Misschien wilde ze de boel wat opjutten, en misschien was ze daar even in geslaagd, maar nadat ze was vertrokken, was het net als bij in stroop roeren, na een tijdje was alles weer bij het oude, alsof er niets was gebeurd.

De vrouw met de pruik kwam hand in hand met Nils het ziekenhuis binnen, ze omhelsde elk van de gezinsleden. Dit was de eerste keer in maanden tijd dat Benjamin Nils weer zag, maar misschien was het dankzij haar dat hun ontmoeting gemakkelijker aanvoelde dan Benjamin zich had kunnen voorstellen. Papa was wat ontdaan. Hij keek naar het wagentje naast het bed, de zoekende blik, zoals wanneer hij 's zomers in het huisje na het avondeten de borden van de anderen inspecteerde op zoek naar meer eten. Hij keek naar zijn kinderen.

'Dat met de ambulance was wel eng,' zei papa.

'Dat kan ik me voorstellen,' antwoordde Benjamin.

Pierre reikte hem het glas sap aan en papa zoog bedachtzaam aan zijn rietje terwijl hij naar het plafond keek.

'Maar die ambulancelui waren aardig,' zei papa.

'Waar hadden jullie het over?' vroeg Pierre.

'Ze stelden vooral een heleboel vragen en ik moest allemaal onnozele dingen doen, zodat ze konden zien hoe het met me ging.'

'Wat voor soort dingen?'

'Ze vroegen me of ik kon glimlachen. En dat kon ik natuurlijk. Toen vroegen ze me om mijn hand uit te steken en die vijf seconden zo te houden. Daarna vroegen ze me om een simpele zin te herhalen, om te controleren of ik ook moeite had met praten.'

'Wat voor zin?' vroeg Benjamin.

Papa antwoordde, maar Benjamin begreep niet wat hij zei.

Na een tijdje werd papa moe en wilde hij rusten, en toen hij in slaap viel, verlieten de gezinsleden het ziekenhuis. Mama zei dat ze de volgende dag terug zou komen. Maar Benjamin bleef daar om over zijn slapende vader te waken. De dag ging voorbij en het werd vroeg donker. De kamer werd schemerig, en onder aan de deur naar de gang was een warme gele streep, met zwarte schaduwen die in beweging kwamen elke keer dat er daarbuiten iemand voorbijliep. Papa werd laat wakker, ging overeind zitten en vroeg om aardbeiensap. Zo ging die avond voorbij. Ze zaten daar samen en buiten voor het raam viel een stille regen. Misschien had dat laatste gesprek beter benut kunnen worden. Natuurlijk waren er dingen die Benjamin achteraf graag had willen zeggen, of vragen die hij had willen stellen. Herinneringen waarbij hij hulp nodig had om ze te sorteren, dingen die hij zijn vader lang geleden had horen zeggen of zien doen, en die hij nog steeds niet begreep. Maar ze spraken niet over zaken die gebeurd waren. Dat hadden ze nooit gedaan en dat deden ze nu ook niet, want geen van beiden wist hoe dat moest, en misschien was het ook niet nodig. Misschien was deze stilte wel het mooiste wat ze samen konden krijgen, want het waren alleen Benjamin en papa. Mama was er niet en ze waren vrij en zuiver, buiten haar krachtveld, als twee medegevangenen die erin waren geslaagd te vluchten en nu bijkwamen van de ontsnapping en gezamenlijk van de stilte proefden. Ze praatten niet, niet echt, maar misschien waren ze die dag toch gelukkig, zoals ze alert de kamer rondkeken en soms hun ogen elkaar ontmoetten en ze naar elkaar lachten.

'Stom hè, dat dit gebeurde?' zei papa.

'Wat?'

Hij hief zijn handen op en gebaarde naar de kamer.

'Dit.'

'Ja, inderdaad,' zei Benjamin.

'Ook voor ons tweetjes,' zei papa. Hij keek Benjamin aan met zijn vochtige ogen. 'En wij zouden nog wel gaan jagen.'

Papa zei dat hij moe was en ging op zijn zij liggen. En nadat hij een uur had geslapen kreeg hij zijn tweede beroerte. De enige tekenen hiervan waren een krachtige inademing, een frons tussen zijn wenkbrauwen en het feit dat de apparaten begonnen te piepen en de kamer vol leven raakte. Benjamin stond tijdens al die koortsachtige activiteit tegen de muur gedrukt. Toen nam een arts hem mee de gang op en zei dat papa deze keer niet zou herstellen. Benjamin belde de anderen en ze keerden een voor een terug naar het ziekbed. Pierre kwam als laatste. Hij stormde naar binnen en was verbijsterd dat niemand voor papa's leven vocht.

'Is er geen dokter in de buurt?' vroeg Pierre.

'Nee,' zei mama. 'Er is niets wat ze kunnen doen.'

Iemand had papa's bed tijdens alle commotie gekanteld en hij lag heuvelopwaarts, zijn hoofd helemaal aan de rand van het bed.

'Waarom ligt hij zo?'

'Dat is...' Mama zei niets meer en gebaarde met haar hand, alsof dat alles zou verklaren.

Nils en de vrouw met de pruik stonden in de schaduw, achter in de kamer, tegen de muur geleund. De pruik van de vrouw als een gedempte lichtbron. Ze droeg een dunne blouse die ze in haar rok had gestopt, haar tepels zichtbaar door de stof. Er stond ook een verpleegster naast een apparaat dat papa's hartslag leek te meten.

Benjamin was naast papa op de rand van het bed gaan zitten en legde een hand op zijn hoofd. Papa was veranderd, leek ineens magerder, zijn wangen ingevallen en zijn wenkbrauwen enigszins gefronst, alsof hij over iets onaangenaams droomde. Benjamin schudde zachtjes aan zijn schouder en fluisterde: 'Papa. Ik ben hier.'

Hij legde zijn hoofd tegen papa's borst, om zijn hartslag te horen. Hij sloot zijn ogen en zag het huisje, het kleine paadje naar het meer. Papa staat bij het boothuis en ontwart de netten, vier baarzen hebben er een zootje van gemaakt. Benjamin helpt papa door een maas vast te houden en de emmer op te houden als er een baars uit valt. De zon schijnt tussen de berken, en maakt een vlekkenpatroon op papa's witte T-shirt. Papa staat daar heel geconcentreerd en kijkt plotseling op en ontwaart Benjamin, alsof hij was vergeten dat hij er was. Ze glimlachen naar elkaar. 'Wat fijn dat je me helpt,' zegt papa. Het zijn alleen Benjamin en papa. En de wind ruist door de berken.

Op een warme middag bij het meer. Papa en Benjamin hebben hun handdoeken naast elkaar gelegd op het strand. Ze hebben net gezwommen en liggen op hun rug in de zon. Papa vraagt of hij zijn hand op Benjamins schouder mag leggen. Benjamin vraagt zich af waarom en papa antwoordt: 'Het is zo'n geruststelling om te weten dat jij er nog bent.' Dan rust papa's hand op hem en duwt hem zachtjes tegen de grond. Hij sluit zijn ogen, hij voelt geen onrust.

Hij loopt vlak achter papa langs de waterkant, op weg naar de sauna. Papa roept naar Pierre en Nils. 'Willen jullie met ons in de sauna?' Geen van beiden is geïnteresseerd. Een klein vonkje, een klein plekje in Benjamins borstkas dat vlamvat – het zijn alleen hij en papa, een poosje alleen. Ze gaan de sauna in. 'Ga jij maar bij het raam zitten,' zegt papa. 'Ik wil dat jij het uitzicht over het meer hebt.' Papa zegt dat je goed moet luisteren als je water op het aggregaat giet, want dan hoor je de stenen fluisteren, en papa steekt een vinger omhoog en het piept en sist als het water verdampt en papa spoort de stenen aan: 'Pas goed op elkaar,' fluistert hij. Hij zegt: 'Beloof me dat je naar buiten gaat als het te warm wordt.' Ze vergelijken hun handen en strekken ze voor zich uit voor het raam met het meer erachter. 'Ik ben jou,' zegt papa.

Benjamin lag tegen papa's borst, en probeerde het hart van zijn vader te horen kloppen, en elke nieuwe gedachte begon in het zomerhuisje. Voor het eerst sinds jaren voelde hij een verlangen om daarnaar terug te gaan. Hij wilde naar de oever lopen, de boot leegscheppen, het water eruit duwen, papa's haar in de wind zien wapperen. Hij keek naar de hartslagmeter. Papa's hartslag was 35. Benjamin begreep het niet. Kun je een hartslag van 35 hebben en nog in leven zijn? Hij zakte naar 34 en toen naar 33. De verpleegster draaide het apparaat weg van de familie, zodat zij het niet hoefden te zien. En een paar seconden later knikte ze en zei heel beknopt: 'Nu.'

Mama bevestigde het meteen.

'Nu is papa overleden,' zei ze.

Benjamin keek op en zag Pierre in het midden van de kamer staan, alsof hij had besloten naar papa toe te gaan en zich toen had bedacht, zijn handen in de zakken van zijn spijkerbroek. In het zwakke licht leek het alsof hij glimlachte terwijl hij huilde. Nils kwam langzaam dichterbij. Zijn vriendin volgde en ging aan de andere kant van het bed zitten. Ze deed haar pruik af, legde die naast zich neer, boog zich voorover en kuste papa op het voorhoofd. Een scherpe flits ging over de muren. Nils had een kleine camera tevoorschijn gehaald. Hij stond aan het voeteneinde van het bed en nam de ene foto na de andere en de kamer lichtte op door het felle flitslicht.

En Benjamin keek naar zijn vader, en het was toen, op zijn doodsbed, dat hij zich herinnerde wat er diezelfde ochtend gebeurd was toen zijn vader hem een skitochtje beloofde, en bij die herinnering besefte hij plotseling waarom hij nog steeds zo genadeloos veel van zijn vader hield. De kans om alleen te zijn met papa. Het waren die momenten die hem door de jaren heen van zuurstof hadden voorzien, waardoor hij altijd aan de goede kant van het leven was gebleven.

De ogenblikken dat er een venster openging, een kans zich voordeed die alleen aan Benjamin en zijn vader toebehoorde, en ze samen plannen maakten, opgewonden fluisterden over alles wat ze gingen doen, en de ontsnapping dichterbij kwam.

Binnenkort gebeurt het.

Binnenkort zijn het eindelijk alleen wij, mijn vader en ik.

Hoofdstuk 18

06.00 uur

Hij verlaat het centrum via de lege straten, en rijdt hoog boven de stad, de uit betonplaten opgetrokken snelweg op, de enige auto op de vijf rijstroken. Het is een huurauto die hij nog niet echt kent. Hij verwart de richtingaanwijzers met de ruitenwissers, is nog niet bekend met de versnellingspook of koppeling. Het geluid als hij met hoge snelheid optrekt vanaf een stoplicht in de binnenstad doet denken aan wanneer papa soms de derde versnelling miste en hem per ongeluk in de één zette en de auto bokte en een wanhopige brul gaf en mama uitriep dat ze er genoeg van had. Algauw is hij op het platteland, met weilanden en velden en schrikdraad dat zacht glinstert in de zon die net is opgekomen, meertjes met hoog riet in het ochtendlicht. Plotseling een felgeel weiland vol koolzaad dat komt en weer gaat, geurvlagen van koeienmest uit de schuren, en de rode huizen met wit lijstwerk omgeven door de graanvelden die door tractoren zorgvuldig zijn ingekaderd en in vlakken verdeeld. Hij rijdt al bijna een uur en volgt de aanwijzingen van de vrouw op de gps. Haar apathische stem, die misschien ook iets anders bevat; een licht verzet: Weet je wel zeker dat je dit wilt doen? Hij rijdt door de kleine dorpjes, halfhartige reclameborden voor vlooienmarkten, knoestige boomstammen aan weerszijden van de weg, als een eindeloze laan naar een landhuis en verharde wegen die naar nog kleinere verharde wegen leiden. Hij heeft de vaart erin en rijdt net een heuvel op wanneer er midden op de weg een edelhert staat. Alsof het daar op hem heeft gewacht. Hij remt zodat zijn banden piepen en de auto stopt een paar meter van het dier af. Het hert schrikt niet en vlucht niet het bos in met zijn hoeven die tegen het asfalt schrapen. Hij staat daar kalm naar de bestuurdersstoel te kijken. De motor is afgeslagen tijdens het krachtige remmen en Benjamin zet hem weer aan. Het edelhert reageert niet op het motorgeluid, zelfs als Benjamin gas geeft, maakt het geen aanstalten om in beweging te komen. Het is een gigantisch dier, twee meter groot, misschien zelfs wel meer? Benjamin wist niet dat er zulke grote edelherten bestonden. Het dier staat daar wijdbeens, vervuld van een stille kalmte, alsof het opzettelijk de doorgang versperde en iets erachter bewaakte. De kastanjebruine vacht. Het massieve gewei, als winterbomen op zijn kop. Het hert krijgt zulke mooie ogen in de laagstaande zon, met de donkere, blauwgrijze wolken die boven de boomtoppen verschijnen. Er is iets met de blik van een groot dier ontmoeten. Benjamin herinnert zich dat hij op een winteravond met papa en zijn broers in de auto reed, het asfalt wit van de opwervelende poedersneeuw, de weg omzoomd door bos, gezwollen berken dicht op met sneeuw beladen sparren. Plotseling stond er een elandkalf op de weg, bevroren in de winter als een stilstaand beeld. Papa reed te hard en had geen tijd om te remmen. De eland werd door de voorkant geraakt en vloog weg langs de zijkant van de auto en was verdwenen, achter hen. Papa stopte en liep de sneeuw in om te zien wat er van het dier was geworden. De kinderen keken toe hoe papa in de duisternis verdween terwijl ze in de auto zaten te wachten. De waarschuwingslichten kleurden het bos geel. Na een tijdje kwam hij terug, het dier was weg. Iedereen ging de auto uit om langs de kant van de weg te zoeken en uiteindelijk vonden ze de eland. Hij was een paar meter het bos in gestrompeld en daar lag hij nu. Benjamin herinnerde zich zijn ogen. Ze waren vochtig en glinsterden, alsof ze met tranen waren gevuld door een soort milde geruststelling dat het nu voorbij was. Hij deed geen poging om op te staan. Hij lag daar maar naar de vier op de weg te kijken en het kwartet staarde terug. Papa rommelde in de kofferbak en kwam terug met een krik. Wat was hij daarmee van plan? Hij zei tegen de kinderen dat ze zich moesten omdraaien, ze mochten dit niet zien. 'Kijk maar omhoog,' zei papa. 'Kijk naar de sterren.' En ze keken omhoog, damp uit de monden van de broers, en de nacht was helder en het was ver naar de volgende stad. Geen verlichting die hun zicht vertroebelde en de sterren stuurden hem signalen, alsof het universum uit verschillende richtingen zijn aandacht probeerde te trekken. Het was alsof alles daarboven dichterbij kwam. De ruimte drukte tegen zijn wang, en vanuit de Melkweg klonken geluiden terwijl het heelal zich uitbreidde. Het was helemaal hier beneden te horen, een soort langgerekt gekraak, alsof je een boog spant en het hout kreunt. En hij die zich zo vaak aan de zijlijn had voelen staan, kreeg op dit moment het gevoel dat alles om hem en zijn broers draaide, om dit moment terwijl papa het bos in verdween met zijn krik en zij met hun gezicht naar de krakende ruimte gericht bleven staan.

Papa sprong de weg weer op en riep: 'Kom jongens!' Hij liep snel naar de auto en gooide het gereedschap in de kofferbak. Benjamin keek naar de plek waar het elandkalf was gaan liggen om te sterven, maar daar glansden geen ogen meer. In de auto zaten de broers stilletjes achterin en papa sloeg twee keer tegen het stuur met zijn bebloede handen en hij huilde, brulde als een kind, de hele weg terug naar huis.

Benjamin stapt uit de auto en nadert langzaam het edelhert, dat het bos in kijkt en dan weer terug naar Benjamin. Hij kan heel dichtbij komen en legt voorzichtig een hand op de snuit. Het dier blijft staan en kijkt Benjamin in de ogen, en ademt kalm. Warme lucht stroomt door Benjamins vingers. De koele lucht van de zomerse dageraad is opgewarmd door de longen van het dier. Benjamin herinnert zich de keer dat hij bijna verdronk in het ijskoude water en hij het bewustzijn verloor en weer bijkwam van het warme water dat over zijn handen stroomde. Dat was zo fijn, hij wilde meer, wilde dat het water hem bleef verwarmen. Hij realiseerde zich pas later dat hij het water had overgegeven dat in zijn longen was gekomen en dat het daarom warm was; zijn longen hadden het opgewarmd voordat het werd teruggestuurd.

Het hert snuift in Benjamins hand en begeeft zich dan weer op weg, doet eerst een paar voorzichtige stappen over het asfalt, maar als het bij de greppel aankomt, begint het zelfverzekerd tussen de bomen door te zigzaggen. Als het een stukje op weg is, blijft het staan en draait zich om. Het kijkt naar Benjamin en begint dan weer te lopen. Benjamin volgt het dier met zijn blik tot het weg is. Hij stapt weer in de auto en vervolgt zijn weg, en de vrouw van de gps, die het drama ademloos en in stilte heeft gevolgd, hervat nu haar bescheiden suggesties. Na een tijdje wordt ze dwingender. Rechts en dan links en dan weer rechts, en toen had Benjamin het huis van zijn grote broer bereikt. Benjamin kijkt op naar de villa, die is omheind door een wit hek. Hij drukt twee keer op de claxon en denkt wat beweging in het raam naast de deur te zien. Nils woont hier al een aantal jaren, maar dit is de eerste keer dat Benjamin er komt. Het huis is kleiner dan hij had verwacht. Het is van baksteen met één verdieping en een kleine tuin ervoor.

Een eenzame appelboom in de tuin. Nils komt na een poosje naar buiten, met een tas over zijn schouder en een plastic zak die hij van de vorige dag herkent – dit zijn de bevroren eenpersoonsporties pierogi die ze in de vriezer van hun moeder hadden gevonden. Hij heeft ook een kom in zijn hand. Hij gaat op de trap naar de kleine veranda staan en fluit schel en het duurt niet lang voordat de kat langs de muur aan komt sluipen. Nils gaat op zijn hurken zitten en zet de kom op de grond. De kat draait eromheen, ruikt er een keer aan en loopt dan weg. Wat is ze dik geworden. Benjamin herinnert zich nog dat de broers haar ophaalden bij een kattenopvang buiten de stad. Ze waren meteen verliefd geweest. Probeerden te bepalen welke kleur ze had en de eigenaresse van de opvang, een dame die wat stuurs was en er rood aangelopen en ontstoken uitzag, zei dat de kleur van de kat 'koffie met te veel melk' werd genoemd, en toen had Benjamin moeten lachen, omdat het zo treffend was. Nils wandelt naar de auto, stouwt zijn bagage in de kofferbak en zet de overvolle boodschappentas met eten op de achterbank.Dan gaat hij naast Benjamin voorin zitten.

'Nu hebben we tenminste genoeg te eten,' zegt Benjamin.

Nils werpt een snelle blik op Benjamin, alsof hij zijn stemming wil peilen, en Benjamin lacht en Nils lacht en haalt zijn hand door zijn haar.

'Zo gaat dat met pierogi: als je er eentje eet, wil je er nog een,' zegt hij.

Benjamin kijkt op naar het huis, ziet hoe de kat de kom met eten weer nadert.

'Alles goed?' vraagt Nils.

'Ja,' zegt Benjamin. 'Ik zag een edelhert.'

'Een edelhert?'

'Ja. Het stond midden op de weg en ik moest plotseling

remmen, en kreeg de auto op slechts een paar meter ervan tot stilstand.'

'Oei,' zei Nils.

'Ja, dat had helemaal verkeerd kunnen aflopen.'

De stilte tussen de broers, een zwak geruis van de airco. Benjamin houdt beide handen aan het stuur. Een muur van donkere wolken nadert boven de strakblauwe lucht. Hij rijdt Nils' oprit op, keert de auto en stuurt langzaam dezelfde kant op als waar hij vandaan kwam.

'Indien mogelijk, keer om,' zegt de vrouw van de gps.

Maar daarvoor is het te laat. Het is nu niet meer mogelijk om te ontsnappen, het is niet mogelijk om te stoppen wat er in gang is gezet.

'Vooruit met de geit, dan maar,' zegt hij.

'Vooruit met de geit,' zegt Nils.

En zo rijden ze 's ochtends vroeg langs de slapende huizen, en als ze op de open wegen uitkomen die de velden doorsnijden, ontdekt Benjamin dat ze recht op het noodweer af rijden. De storm hangt laag, alsof de regen de wolken mee naar beneden heeft getrokken. Hier schijnt de zon nog, maar het is duidelijk: in de stad is het foute boel. Benjamin kijkt op zijn horloge. Hij heeft een leven lang geen verplichtingen gehad, en ineens gebeurt alles op hetzelfde moment. Zoveel dingen moeten in deze dag passen en er is zo weinig tijd. Vlak achter een heuvel ziet Benjamin twee remsporen op het asfalt. Hij remt af, oriënteert zich en roept: 'Hier is het!' Nils, die zijn ogen op zijn telefoon gericht had, kijkt op. Benjamin zet de auto in zijn achteruit, zodat de remsporen voor hen liggen.

'Hier heb ik geremd! Voor het edelhert.'

'O, shit,' zegt Nils. Hij leunt naar voren om het te kunnen zien. 'Je hebt echt hard op de rem gestaan.'

Benjamin ziet de symmetrische zwarte strepen op de weg. Kijkt het bos in. Hij brengt zijn hand naar zijn neus en ruikt aan zijn vingertoppen. Er is nog een lichte geur van het dier op aanwezig. En dan rijdt hij verder.

'Het is echt gebeurd,' mompelt Benjamin.

'Wat zei je?' vraagt Nils.

'O, niets.'

Maar het was wel iets. Want op het moment dat het edelhert in het bos verdween, begon Benjamin al te twijfelen of de gebeurtenis echt plaatsgevonden had, of dat hij het zich slechts ingebeeld had. Hij wist het niet, was er niet zeker van, en toen hij zojuist zichzelf Nils erover hoorde vertellen, had hij het zelf niet echt geloofd, had het niet geloofwaardig vinden klinken. En toen ze het huis van Nils verlieten, was hij ervan overtuigd dat hij alles had verzonnen. Maar hier waren de remsporen, het was alsof de werkelijkheid hem door de sporen op het asfalt een teken wilde sturen: het is gebeurd. Daar in de auto met zijn broer aan zijn zijde, met de zon in zijn rug en de storm ver voor zich, in een stilte waar hij niet mee hoeft te worstelen, voelt hij zich voor het eerst sinds lange tijd vrij van zorgen. 'Ik ben blij dat we dit doen,' zegt Benjamin.

'Ik ook,' zegt Nils.

Hij zet de autoradio aan en er klinkt een liedje dat hij herkent en hij trommelt zachtjes het ritme mee met zijn duim tegen het stuur. Ze naderen de grote stad, rijden er hoog boven op de betonnen viaducten, nog steeds helemaal alleen, alsof de vijfbaanswegen speciaal voor hen zijn aangelegd, om ervoor te zorgen dat ze vrije doorgang hebben op deze belangrijke reis. In de stad doen de café-eigenaren hun ijzeren rolgordijnen omhoog en verwijderen de kabels van het buitenmeubilair, en de broers parkeren voor Pierre's deur en wachten een tijdje.

Uiteindelijk moet Nils aanbellen, en algauw komt Pierre naar beneden met een kleine weekendtas en een kledinghoes die hij in de kofferbak gooit.

'Kut-met-peren-weer op komst,' zegt hij terwijl hij in de auto stapt.

'Prachtig geformuleerd,' zegt Nils. 'Echt.'

'Dankjewel,' zegt Pierre.

Benjamin moet lachen.

Hij rijdt weg en manoeuvreert voorzichtig langs de dubbel geparkeerde auto's. Pierre rommelt met zijn telefoon, vraagt Benjamin om hem aan te sluiten op het systeem van de auto, en zet dan een liedje op dat Benjamin meteen herkent.

'Ik dacht dat dit wel een goede soundtrack zou zijn voor onze reis,' zegt Pierre grijnzend. Het is Lou Reed, en Benjamin glimlacht terwijl hij denkt aan alles wat ze nu moeten doen, de zware taak die voor hen ligt, en hoe de broers met elkaar verbonden worden door de muziek in de auto, in de beschutting van de ironie, terwijl ze zachtjes meezingen. En als het refrein nadert, vullen ze hun longen met lucht, Pierre roept 'harder' en doet het raam naar beneden en alle drie zingen met een lach rond hun lippen over de perfecte dag.

Benjamin kijkt naar zijn broers en gelooft dat hij van ze houdt.

Ze rijden zuidwaarts door de stad, richting de begraafplaats, drie broers op weg om de overblijfselen van hun moeder op te halen, en het lied echoot door de slechte luidsprekers en de desolate ochtend. Een stoplicht springt plotseling op rood en Benjamin trapt hard op de rem.

'Hee!' roept Pierre. 'Rustig aan een beetje.'

'We willen niet weer zo'n situatie,' zegt Nils.

Pierre kijkt op van zijn telefoon.

'Wat?' zegt Pierre. 'Wat voor situatie?'

'Benjamin reed eerder bijna een edelhert aan.'

'O, shit,' zegt Pierre.

'Het was kantje boord,' zegt Benjamin.

Benjamin denkt aan het hert, en hun opmerkelijke moment daar op de provinciale weg. Hoe ze zich halverwege het bos omdraaide, alsof ze daar op hem wachtte, wilde dat hij meeging.

'Herinneren jullie je dat elandkalf nog, van toen we klein waren?' zegt Benjamin.

'Wat?' zegt Nils.

'Toen papa een eland aanreed,' zegt Benjamin. 'En wij ernaar op zoek gingen en hem in het bos vonden. En papa hem met een krik doodsloeg.'

Het liedje is voorbij, het wordt stil in de auto. Pierre kijkt uit het raam.

'Heeft papa een eland aangereden?' vraagt Nils.

'Hoe bedoel je, weet je dat niet meer? We moesten langs de weg gaan staan en omhoogkijken naar de sterrenhemel. En toen huilde hij, de hele weg naar huis.'

Nils kijkt op zijn telefoon, laat venster na venster verschijnen en scrolt door menu's. Benjamin staart verwonderd naar hen, eerst naar Nils, en dan via de achteruitkijkspiegel naar Pierre, die zijn keel licht schraapt en zijn ogen afwendt.

'Herinneren jullie je dat niet meer?' vraagt Benjamin.

Ze geven geen antwoord.

Achter hem toetert een auto. Het licht is op groen gegaan. Benjamin zet de auto in de eerste versnelling en trekt op. De wereld wordt donkerder en hij moet met zijn ogen knijpen om de rijbaan te kunnen zien. De hemel opent zich en een waanzinnige regenbui barst los boven de auto, en vlak na de regen komt de wind. Benjamin ziet de tekenen ervan in de plotselinge duisternis, in wimpels die aan de vlaggenmasten boven de hotelgevels rukken en een voetganger die tegen de storm in leunt terwijl hij over het trottoir loopt. Het is het soort wind dat een stad zou kunnen wegblazen, een storm die een mensennaam zou moeten hebben.

Hoofdstuk 19

Het verjaardagscadeau

Mama woonde aan de drukste weg in het centrum. Vier rijstroken breed, een doorgaande route die tussen de hoge gebouwen doorploegde. Vrachtwagens stopten voor het stoplicht onder mama's raam en lieten de remmen sissen. De dieselbussen stonden in een rij bij de halte, luchtzuiging vanuit de metro rammelde aan de afvalbakken. Duizenden stukjes kauwgom op de betonnen bestrating. De roltrap was zoals altijd buiten gebruik, defect gemeld volgens de rode sticker die op het zwarte rubber was geplakt. De illegale taxichauffeurs liepen achter je aan en ratelden suggesties voor bestemmingen af in gebroken Zweeds. De terrasjes van de restaurants met luifels in voortdurende turbulentie door de verkeerswindstoten. Benjamin wachtte op het groene mannetje en keek omhoog naar mama's twee ramen op de eerste verdieping. Daarboven zag hij zwarte heliumballonnen aan het plafond hangen, met draden die los in de lucht hingen. Misschien een glimp van zijn moeder in het keukenraam. De gestalte die over de gootsteen gebogen stond, was zij misschien. Het was nog steeds merkwaardig. Ze zag eruit als een vreemde, iemand die deed alsof ze daar woonde, simuleerde dat ze huishoudelijke karweitjes in de keuken deed. Papa had een hekel aan de stad, kwam daar alleen voor zijn boodschappen in de markthallen, en kwam er altijd wat ontdaan en in een slecht humeur van terug. Dat mama hier naartoe verhuisde, voelde als een protest tegen hem, of in ieder geval een beëindiging van het leven dat ze met hem had gedeeld. Slechts een week na de begrafenis had mama het appartement te koop gezet en haar twee jongste zoons laten weten dat het misschien een goede gelegenheid voor hen was om iets voor zichzelf te zoeken. Ze wilde zo snel mogelijk verhuizen, alsof ze wilde aangeven dat ze altijd een gevangene was geweest van papa's keuzes, en nu ze vrij was, kon ze eindelijk het leven leiden dat ze wilde. Het oude familiemeubilair werd weggedaan of opgeslagen, het paste niet in haar tweekamerappartement. Papa's boekencollectie was weg, die hele warme wand van boeken in papa's slaapkamer, waar hij zoveel in aan het rommelen was toen hij nog leefde. De eerste keer dat Benjamin mama's appartement bezocht, liep hij in stilte rond, niet in staat om te zien wat er nog over was in de flat. Hij kon alleen maar denken aan alles wat er niet meer was van het vorige huis.

Benjamin drukte op de intercom, ook al wist hij hoe het mama ergerde dat hij de code niet onthield. Na een tijdje klonk er een zoemend geluid en ging de deur open. Hij liep onder de kille verlichting door naar de lift. Mama woonde al drie jaar in het appartement, soms nodigde ze Benjamin uit voor het eten, dinertjes vol beleefde gespannenheid, zachte conversaties tussen de happen door en stilte tijdens het bestekgerammel. Bij de koffie raakte mama in zichzelf gekeerd en haalde de ochtendkrant tevoorschijn en een potlood. Ze rookte sigaretten en maakte aantekeningen in de kantlijn naast de reisadvertenties, prevelde de plaatsen voor zich uit. 'Lanzarote, nee. Tenerife, nee. Sharm el-Sheikh... Marokko – nooit geweest. Is misschien wel leuk.' En toen nam ze een beslissing, vertrok slechts een paar dagen later, kocht één ticket, altijd in haar eentje, en kwam een week later terug. Benjamin vroeg soms voorzichtig wat ze tijdens die reizen had gedaan, en mama zei: 'Ik zou het niet weten.' Ze had in de zon gelegen, zei ze, en als ze geluk had, ontmoette ze een gezellig iemand om mee te praten, maar soms was ze gewoon alleen. Op een keer kwam ze terug en vertelde ze dat ze de hele reis niemand had gesproken. Benjamin dacht dat zoiets gênant zou zijn om te vertellen, een teken van mislukking of eenzaamheid, maar zij zat er niet mee. Ze was haast opgewekt, uitgelaten bij het idee – ze had haar mond een week lang niet gebruikt om te praten! En dan zat ze daar weer met de ochtendkrant, gebruind, te zoeken naar nieuwe bestemmingen. Benjamin vond het altijd zo opvallend en vreemd dat ze hem nooit vroeg of hij mee wilde op een van die reizen, maar voor haar leek het de gewoonste zaak van de wereld, het was vanzelfsprekend dat ze altijd alleen ging. Hun korte ontmoetingen, gevuld met stilte. Elke keer dat hij bij mama was geweest, haastte hij zich naar huis om naar de wc te kunnen gaan, zijn maag was van streek na elk bezoek aan haar. Hij zat dan lange tijd in stilte op de wc-bril en liet de buikkrampen komen.

Het was alsof ze altijd voor elkaar op hun hoede waren, behalve wanneer ze alcohol dronken. Misschien was het alleen dan, op die avonden wanneer ze op een van de terrasjes verderop in de straat gingen zitten en samen een biertje namen, dat ze zich in elkaars gezelschap konden ontspannen. Ze aten iets kleins en dronken totdat ze zat werden. Als het restaurant dichtging, staken ze wankelend de straat over en gingen in het café zitten. Daar dronken ze steviger, geconcentreerder. Ze zaten tussen de jongeren, studenten die werden aangetrokken door het goedkope bier en de lakse leeftijdscontrole. Harde muziek, en mama's ogen werden waterig en haar stem scherper. Ze werd adrem en een beetje achteloos, verwees naar de eigenaar van de gemakswinkel als 'die neger op de hoek', vuurde vooroordelen af, zich bewust van het gemakkelijke entertainment erin, en Benjamin volgde haar voorbeeld – deze rol kon hij ook spelen. Hun meest ontspannen gesprekken hadden ze daar in het café, als ze nietszeggende grapjes en kletspraat uitwisselden, en dronken en bleven drinken tot ze een dikke huid kregen en de koude tocht vanaf de deur niet meer voelden. Op geen enkel moment, zelfs niet wanneer ze dronken was, roerde mama haar verdriet aan, en ze vroeg ook nooit naar dat van Benjamin. Slechts één keer, na zo'n avond, toen ze bijzonder stevig hadden gedronken en pas na tweeën thuiskwamen. Benjamin ging na thuiskomst op het toilet zitten en leegde zijn onrustige darmen, toen hij een sms'je kreeg van mama.

'Ik weet niet of ik nog mee wil doen,' schreef ze.

'Meedoen met wat?' had Benjamin gevraagd.

Ze antwoordde niet, en Benjamin lag in bed en probeerde het te begrijpen, zag beelden voor zich van wat het kon betekenen.

Nu belde Benjamin aan, hoorde het geklik van haar hakken op de vloer, dat stilviel toen ze over het haltapijt liep en de deur opengi ng.

'Hé mannetje,' zei mama en ze omhelsden elkaar. Hij rook de geur van mama's toiletspray die ze in het appartement had verspreid om de rooklucht te verdrijven. De geur van tropisch fruit en sigaretten. De lichten waren gedoofd en overal waren kaarsen aan. Hij hing zijn jas op en gluurde naar binnen. Een paar andere gasten. Een vrouw van middelbare leeftijd, behangen met sieraden, en met zware oorbellen die haar oorlellen naar de grond trokken, een oude collega van mama voor zover Benjamin wist. En een vrouw op kousenvoeten, in het zwart gekleed, de buurvrouw van de derde verdieping, verklaarde ze.

Op een rij op de bank zat een groep mensen die niet op elkaar leken, maar duidelijk bij elkaar hoorden. Benjamin stelde zich voor en ze legden uit dat ze in mama's salsagroep zaten. Ze keken hem geïnteresseerd aan, met een glimlach en waren welwillend naar hem, volgden hem met hun blik. Benjamin verheugde zich er enigszins over, misschien vanwege het feit dat ze wisten wie hij was – mama had over hem verteld. Ze had heel weinig over salsadansen verteld. Benjamin herinnerde zich dat ze vorige Kerstmis een flyer in de brievenbus had gekregen van een salsagroep die op zoek was naar meer enthousiastelingen. Ze was erheen gegaan om het eens uit te proberen, maar Benjamin wist niet dat ze door was gegaan met dansen. Mama ging op de bank zitten en vulde de wijnglazen van de salsavrienden bij. Benjamin kreeg Pierre in het oog die bij het raam stond en ging naast hem staan.

'Niet echt volle bak, hè?' fluisterde Pierre.

'Het was de hele dag open huis,' zei Benjamin. 'We weten niet hoeveel mensen al zijn geweest.'

'Klopt. En de cadeautafel staat vol.'

Benjamin keek naar de drie pakjes. Hij lachte.

'Hoe is het met ons cadeau afgelopen?' vroeg Benjamin.

'Alles verloopt volgens plan, Nils kan er elk moment mee aankomen.'

Mama had canapés met zalm en roomkaas klaargemaakt die op een schaal op de eettafel stonden, en croustades met garnalensalade. Een paar flessen bubbels op een dienblad, met wat champagneglazen. Benjamin nam de kamer in zich op. Pas nu, met vreemde mensen erin, kon hij het appartement als een buitenstaander zien. De joodse schrijvers in de kleine boekenkast. Een foto van een Nobelprijswinnaar in de literatuur aan de muur. Pogingen tot een intellectuele uitstraling, die Benjamin nog uit zijn kindertijd kende. De broers hadden een upperclassopvoeding gehad die op de een of andere manier onder het bestaansminimum plaatsvond. Opgegroeid als adel, geleerd om altijd hun rug recht te houden, te bidden voor de maaltijd en papa en mama een hand te geven na het eten. Maar er was geen geld, of: er werd maar heel weinig van het geld in de kinderen geïnvesteerd. En de academische opvoeding vond maar halfhartig plaats, ze begon met veel ophef maar werd nooit afgerond. De kinderen werden nooit zo goed opgeleid als hun ouders en dit leverde grappige verhalen op, terugkerende anekdotes over hoe de kinderen de wonderbaarlijkheden om hen heen niet begrepen. Mama's favoriet: de keren dat mama crudités maakte, een Frans voorgerecht bestaande uit wortels en andere groenten met dipsausjes, en de kinderen dachten dat ze een bepaald soort thee aan het maken was. Dit was in de beginjaren, toen de kinderen nog heel jong waren, en papa en mama nog de moed ervoor konden opbrengen. Toen er nog leven zat in het project dat gezin heette. Maar later verdween het meeste ervan. Het werkte niet meer. Dingen hielden op te functioneren. De diners verdwenen geleidelijk, onmerkbaar, en toen ze helemaal opgehouden waren, was er eigenlijk niemand die zich dat realiseerde. Elke avond liepen de kinderen tegen zessen naar de keuken en smeerden broodjes voor zichzelf, die ze daar in stilte opaten met hun chocolademelk erbij. Het enige dat overbleef was het zondagse diner, wanneer mama haar best deed, in de keuken stond en sojasaus in de roomsaus druppelde totdat die de juiste kleur kreeg. Etentjes met veel wijn, maar meestal was dit alleen te merken aan het feit dat papa en mama zwaar op de hand en stil werden, in zichzelf gekeerd. Soms als ze klaar waren met eten, kon mama ineens brullen. 'Hallo zeg!' riep ze dan terwijl de broers hun drinkglazen op hun lege borden zetten en van de eettafel wegliepen. 'We gaan toch niet van tafel zonder de kok bedankt te hebben?' En dan moesten de in verwarring gebrachte kinderen haar een voor een de hand schudden en een kleine buiging maken, als een overblijfsel uit een tijd die ze zich nauwelijks konden herinneren.

Een vrouw van middelbare leeftijd maakte zich van de bank los en klonk twee champagneglazen tegen elkaar. Ze zei dat ze weliswaar geen officiële functie bij de salsavereniging had, maar voor iedereen sprak wanneer ze zei dat ze de aanwezigheid van mama op de donderdagen erg op prijs stelde. Ze waren geen grote groep, en waarschijnlijk ook geen wereldkampioenen in latin dance – maar ze hadden het prettig met elkaar, en gedurende het afgelopen jaar waren ze een vrij hecht clubje geworden. En ze waren zo blij om hier bij mama te zijn om haar vijftigste verjaardag mee te vieren, en ze hadden een klein cadeautje namens de vereniging, zei ze terwijl ze tastte naar een tas die ze onderaan de bank had gelegd. Omdat je nu een echte, volleerde *salserita* bent, zei ze, en benadrukte elke klinker, en dit is van ons allemaal, ook van Larsa en Yamel die er helaas niet bij konden zijn. De vrouw overhandigde een klein pakje en mama's ogen glommen toen ze 'ooh' zei en het papier openscheurde en een zwarte glitterrok eruit haalde, die ze meteen voor haar middel hield.

'Ik heb zo vaak naar zo een gekeken,' riep mama uit, terwijl ze een kleine pirouette maakte om hem aan de kamer te laten zien.

'En je weet wat dit betekent, hè?' zei de vrouw. 'We willen je natuurlijk wel even zien dansen.'

Meteen druk gekwetter, luid protest van mama en geroep en gejoel vanaf de bank, en na een tijdje gaf ze toe, verdween in de slaapkamer om zich om te kleden. Geroezemoes op de bank. Pierre draaide zich naar het raam en tastte in zijn zakken naar zijn sigaretten. Benjamin staarde naar de verwachtingsvolle danskameraden, de vreemde gezichten die mama zo na waren gekomen, en hij dacht dat hij het misschien bij het verkeerde eind had gehad. Hij dacht altijd dat mama was opgehouden te leven, maar misschien was ze alleen maar opgehouden met hem te leven, en met haar gezin.

Mama kwam onder een licht gejuich tevoorschijn in haar nieuwe rok die een lage taille en een hoge split had. Een kleine tussenruimte van huid tussen de rok en de strakke blouse, een witte rol vel boven haar buik. Benjamin zag de kleine aftekeningen op haar buik, de littekens van haar keizersneden. Hij herinnerde zich hoe toen hij klein was, hij met zijn moeder op de bank of op bed lag, en ze de kleine inkepingen vlak onder haar navel liet zien. 'Dat is Nils,' zei ze, wijzend op een van de littekens. 'En daar is Pierre. En die kleine, dat ben jij.' Benjamin raakte de kleine holtes in mama's buik voorzichtig met zijn vingertop aan en voelde haar warme huid.

Mama liep naar de stereo in de boekenkast, verruilde de cd die erin zat voor een andere. Het was nu volkomen stil in de woonkamer. De muziek begon, een gevoel dat iets te veel instrumenten tegelijk speelden, als een web van verschillende ritmes die in elkaar probeerden te grijpen. Mama liep naar het grote kleed in het midden van de woonkamer – stopte even toen ze langs de eettafel liep om uit een glas wijn te drinken – en nam haar uitgangspositie in, beide handen boven haar hoofd, alsof ze een knotje aan het ordenen was. En vervolgens maakte ze de eerste passen, en er klonken een paar uitgelaten kreten van de vrienden op de bank. Ze kwam in haar rol en werd iemand anders. Ze tilde haar knieën op en deed een stap naar voren en weer naar achteren, haar handen naar beneden gestrekt langs haar zij, en toen begon ze te draaien, haar bovenlichaam stil en haar middel in een beweging alsof ze paardreed, die ze versterkte wanneer ze een draai maakte. Hij zag het pas na een tijdje daar in het gedempte licht, maar haar ogen waren gesloten. Hij dacht eerst dat ze danste als voor een groot publiek, dat ze zich een dansvloer voorstelde die baadde in de schijnwerpers uit verschillende richtingen met een donkere zee van toeschouwers om haar heen, maar hij realiseerde zich al snel dat het tegenovergestelde het geval was. Ze danste alsof er niemand in de kamer was, zoals toen ze een kind was, in haar meisjeskamer, op haar bed staand. Ze maakte de bewegingen voor zichzelf, in volkomen afzondering, en daarom was ze zo vrij op dat moment, want er was nog niets gebeurd. Mama opende haar ogen, keek Benjamin aan en stak een hand naar hem uit, en ze leidde hem de dansvloer op. Hij voelde zich meteen opgelaten, probeerde zich te verzetten, maar zijn moeder was vastbesloten. Haar gebogen knieën, de witte dijen die tussen de rok door flitsten. Ze sloot haar ogen en danste weer alleen, in zichzelf gekeerd. Benjamin stopte met in de maat te bewegen, stond recht voor zijn moeder en zag haar dromerige bewegingen en plotseling keek mama naar hem op, pakte zijn hand vast en trok hem in haar omhelzing. Hij was al jaren niet meer zo dicht bij haar geweest, niet sinds hij een kind was. Haar omhelzing te voelen; er was een dunne draad tussen hen die niet gebroken was, een verlangen naar haar dat niet opgehouden was. Hij rook haar geur, voelde haar adem bij zijn oor. Daar stond hij, tegen zijn moeder aan. Hij wilde haar niet loslaten.

Demonstratief en streng duwde mama hem van zich af en keerde weer in zichzelf. Het lied eindigde en de hele kamer applaudisseerde. Mama maakte een gebaar naar Benjamin, als om zijn inzet ook te erkennen. Ze installeerde zich weer op de bank, uitgeput, gelukkig, en liet zich een glas aangeven.

Pierre toonde hem een berichtje, van Nils: 'Buiten.' Benjamin en Pierre gingen naar buiten. Daar stond Nils voor de deur, in zijn grote donsjas, met een kitten in zijn armen.

'Heb je de strik bij je?' vroeg Nils.

Pierre haalde een roze lint uit zijn achterzak en de kat verzette zich, de pootjes werden stijf, en ze liet haar klauwen zien toen Pierre het dier een lint ombond als om een pakje. De broers hadden elkaar de week ervoor in een kattenopvang buiten de stad getroffen, en hadden langs de hokken gelopen en waren voor dit crèmekleurige diertje gevallen. Toen Benjamin de kitten daar in de gang in Nils' armen zag, leek die kleiner dan hij zich herinnerde. Zo klein dat ze nauwelijks echt kon zijn, want zulke kleine katjes waren er toch niet? Pierre maakte de strik vast.

'Wacht hier, dan ga ik even een paar woorden zeggen,' zei Pierre tegen Nils.

Benjamin en Pierre liepen naar binnen en gingen bij de ingang van de woonkamer staan. Pierre schraapte zijn keel, en toen niemand het de eerste keer hoorde, deed hij dat wat harder, kuchte luid, en maakte zijn bijholtes leeg. De gesprekken vanaf de bank verstomden, en alle ogen waren op Pierre gericht.

'Wat geef je aan de vrouw die alles al heeft?' riep hij. 'Dat is iets waar mijn broers en ik voor deze dag veel over hebben nagedacht. We weten immers – ze wil helemaal geen stomme spulletjes!'

Iemand op de bank lachte. Mama zat nu recht overeind, op haar hoede.

‘Dus we dachten, wat kan het ons schelen. We geven haar geen spulletjes. We geven haar iets dat echte waarde heeft.’

Hij riep naar Nils, die zich losmaakte uit de duisternis van de donkere gang en de woonkamer binnenkwam met de kitten in zijn armen. Een geroezemoes vanaf de bank, mama begreep het niet, wist niet waar ze naar keek. Nils liep naar mama toe en overhandigde haar het dier en legde het voorzichtig in haar armen.

‘Ik besterf het gewoon, wat schattig,’ zei een van de gasten.

Mama keek naar de kitten. Ze lachte en maakte toen een schril geluid.

‘Jullie zijn niet goed snik!’ riep ze uit. ‘Is die voor mij?’

De broers knikten.

‘We wilden eerst een hond geven,’ zei Pierre. ‘Maar toen dachten we dat een kat misschien makkelijker is in de stad. Vervolgens vonden we haar en toen voelden we dat...’ Hij liep naar de kat en hield zijn vinger tegen haar neusje. ‘Toen voelden we dat deze van jou was.’

‘Mijn hemel,’ mompelde mama, en ze liet haar hand voorzichtig op het kopje van de kitten rusten. Ze legde haar op haar blote buik. ‘Ze is geweldig.’

Het leek goed te gaan. Dat was niet altijd het geval geweest. Mama was vaak geïrriteerd rond haar verjaardag, wilde geen extra aandacht. Ze zei dat ze zich niet bepaald geliefd voelde, en wilde niet dat mensen een keer per jaar deden alsof. Maar het gezin bleef het proberen, papa als drijvende kracht, maar altijd onhandig in zijn pogingen om mama blij te maken. Een keer gaf papa mama een cursus ‘stoppen met roken’, en ze was zo beledigd dat ze de festiviteiten afbrak en terugging naar bed. Benjamin herinnert zich de keer dat papa hem hielp een toilettas voor mama te kopen, en toen ze het pakje opende, vermoedde ze onmiddellijk dat niet Benjamin had betaald, maar papa, en confronteerde Benjamin daarmee. Maar dit leek te werken. Mama was als betoverd, zat over de kitten heen gebogen en streelde haar zachtjes over de vacht.

'En we dachten...' Pierre hield een opzettelijke pauze. 'We dachten dat Molly een goede naam voor de kat zou zijn.'

Benjamin wierp een snelle blik op Pierre. Pierre knikte tevreden en keek naar mama. Hij bedoelde het niet verkeerd. Het was gewoon een soort kortsluiting, Benjamin begreep het, iets wat in het moment gebeurde, toen hij voelde dat het cadeau een succes was en dat dat succes kon worden verlengd, dat het gat in zijn borst sneller kon worden gevuld met nog meer van zijn moeders liefde, dat hij nog dieper in mama's hart kon komen.

Het was niet zijn bedoeling.

Mama keek op van de kat.

'Wat zeg je nou?' vroeg mama.

'Als een eerbetoon,' zei Pierre. Zijn stem nu wat onzekerder.

'Dat hebben we nooit met z'n allen afgesproken,' zei Benjamin scherp. Hij wendde zich tot Pierre en dempte zijn stem: 'Waar heb je het over?'

'Weet je wat?' zei mama, naar de broers kijkend. Ze stopte, en begon te huilen. Iemand in de dansgroep legde een hand op haar gebogen rug. En ze keek weer op – Benjamin zag het kantelen, hoe verdriet veranderde in woede. 'Jullie kunnen nu gaan,' zei ze.

Mama stond op, zette het katje op de bank neer en verliet de woonkamer.

Het was zo stil dat Benjamin zijn moeder in de keuken kon horen, haar kon horen snikken. Hij hoorde het gerammel van lucifers toen ze een sigaret opstak. Benjamin stond voor het bankstel met zijn ogen naar de grond gericht. En toen gebeurde het gewoon. Het was niet dat hij een beslissing nam, het kwam gewoon. Bliksemsnel werd alles zwart, zoals in films wanneer de diamantdief klungelt en het alarm afgaat en voor alle ingangen de stalen rolluiken naar beneden ratelen. Benjamin voelde zijn hart sneller kloppen, de hekken kwamen naar beneden, een voor een, en in de duisternis identificeerde hij een gevoel voor zijn moeder dat hij nog nooit in zijn leven naar buiten had durven laten komen. Woede. Een klein vonkje was alles wat ervoor nodig was, één vonk om alles te doen ontbranden.

Hij ging naar de keuken, stelde zich in de deuropening op.

Mama zat op de stoel aan de keukentafel. Het was zwart onder haar ogen van de make-up die was uitgelopen.

'Je kunt Molly maar niet vergeten, maar ons ben je al lang geleden vergeten.'

Ze keek Benjamin verbijsterd aan. Hij had nog nooit eerder zijn stem tegen haar verheven. Hij voelde de tranen achter zijn oogleden branden, vervloekte zichzelf. Hij wilde niet gaan janken. Hij wilde niet verdrietig zijn, hij wilde boos zijn.

'Wij zijn hier wel!' schreeuwde hij. 'Nils en Pierre en ik. Wij zijn hier.'

Mama zei niets. En toen kwam toch de heftige ademhaling en het huilen. Hij hield zijn handen voor zijn gezicht, draaide zich om en liep naar de deur. Hij passeerde de stilte van de woonkamer en ging ervandoor.

Buiten op straat bleef hij voor de voordeur staan. Hij overwoog even om daar op zijn broers te wachten, dacht dat ze waarschijnlijk snel naar beneden zouden komen. Hij wachtte een paar minuten voordat hij begon te lopen, langs de terrasjes en over de oversteekplaats. Aan de overkant van de straat keek hij omhoog naar het appartement van zijn moeder, maar zag daar niemand, alleen de heliumballonnen aan het plafond, als trieste ogen die bedroefd op de woonkamer neerkeken. Hij keek naar de voordeur. Waar zijn mijn broers, dacht hij.

Hij liep verder langs het waanzinnige verkeer, de plastic zakken die rondfladderden op de stoeprand, het vuilnis in beweging, onderweg naar het noorden, zelfs het afval wilde ervandaan. Hij liep richting de metro-ingang. Hij draaide zich nog een keer om en staarde naar de voorkant van het gebouw in de verte.

Waar zijn mijn broers?

Hoofdstuk 20

04.00 uur

De kamer wordt kleiner.

Hij sluit zijn ogen en misschien slaapt hij, hij denkt van wel, want als hij zijn ogen weer opendoet is de kamer helderder. Hij kijkt naar het raam, bovenaan het gebouw aan de overkant van de straat ziet hij een strookje zonlicht. Een klein geel hoekje op het grijze beton. Hij heeft in zijn leven meer zonsopgangen dan zonsondergangen gezien. Al die vroege zomerochtenden dat hij in zijn bed lag en de dageraad als een nachtmerrie uit de duisternis voor zijn raam kwam kruipen. Eerst werd het blauw en vervolgens melkachtig en dan verschenen de eerste zonnestralen in de boomtoppen. Hij ging altijd naar het raam om ernaar te kijken, verwonderd, omdat het aanvankelijk iets vreemds was om te zien, een omgekeerde ervaring. De zon stond op de verkeerde plek en scheen vanuit de verkeerde richting, en vreemde hoeken. Maar momenteel is de zonsopgang verbonden met zoveel andere dingen – het is veertien dagen geleden dat mama stierf en hij heeft nog steeds niet doorgeslapen voorbij de dageraad sinds het gebeurde. Toen de therapeut vroeg wat Benjamin voelde na de dood van zijn moeder, antwoordde hij dat hij niets voelde, maar misschien was dat niet waar, misschien voelde hij zoveel dingen dat het onmogelijk was om een bepaalde emotie te onderscheiden. Hij moest haar zijn hele levensverhaal vertellen, en ze legde hem uit dat het brein merkwaardig in elkaar zat. Het doet dingen waar we ons niet van bewust zijn. Soms, als je iets traumatisch hebt meegemaakt, verandert de psyche de herinneringen. Benjamin had gevraagd waarom dat was en de therapeut had geantwoord: om ermee om te kunnen gaan.

Ze zei: dwing jezelf om aan je moeder te denken. En hij antwoordde met een tegenvraag: waar moet ik aan denken? Aan wat dan ook, had de therapeut geantwoord.

Zijn eerste herinnering aan zijn moeder. Hij is drie jaar oud. Op een ochtend liggen papa en mama in bed en ze roepen hem: 'Kom eens hier en geef ons een kus!' Hij kruipt omhoog, raakt verstrikt in de lakens. Hij geeft papa een kus en kan nauwelijks zijn mond bereiken vanwege de haren van zijn baard. Hij geeft mama een kus. En dan veegt hij zijn mond af, heel snel. Hij wordt ermee geconfronteerd. Papa en mama hebben ontdekt wat hij deed. Mama tilt hem naar zich toe en zegt: 'Vind je het vies om ons te kussen?'

Zijn laatste herinnering aan zijn moeder. Haar grimas toen ze stierf, in het ziekenhuis. Die uitdrukking waar haar gezicht in bleef steken, de wolfachtige grijns. Hij heeft het beeld met zich meegedragen sinds mama stierf, en elke keer dat het voor zijn geestesoog verschijnt, wordt hij teruggeworpen naar zijn kindertijd, omdat het doet denken aan iets wat hij toen zag. Hij had de gewoonte om aan zijn vingertoppen te likken als ze droog werden. Mama zei dat hij daarmee moest stoppen en begon hem na te doen als hij het niet kon laten. Elke keer dat hij aan zijn vingers likte, kwam ze op hem af gerend en stak haar handen in haar mond en liet grijnzend haar tanden zien. Benjamin zocht in haar ogen naar een ondeugende glans, iets wat verraadde dat ze hem liefdevol plaagde, maar hij vond het nooit.

Veertien dagen sinds haar overlijden. De artsen zeiden dat het proces snel was gegaan, maar dat is niet waar. Ze deed er twee weken over om te sterven, vanaf het moment dat ze voor het eerst maagpijn had tot het moment dat ze stierf. Maar het doodvonnis kreeg ze toch waarschijnlijk al een jaar eerder toen ze de tumor ontdekten, waarover ze vervolgens kort vertelde in een tekstberichtje aan haar zoons. Daarna weigerde ze erover te praten. Ze wilde nooit iemand mee hebben naar het ziekenhuis en als ze vragen kreeg over de behandeling, antwoordde ze alleen kort dat alles goed ging. Ze deed net alsof ze niet ziek was, en toen ze een paar maanden later beweerde dat ze gezond was verklaard, geloofde Benjamin haar niet, omdat hij merkte dat er nog steeds iets mis was. Ze viel af. Onmerkbaar, onwaarneembaar, bedrieglijk verloor ze kilo na kilo en op een dag constateerde Benjamin dat ze een andere persoon geworden was. De sleutelbeenderen hoekig en spits en de holtes eronder zwarte putjes. Alle overtollige huid die zich om haar heen vouwde. Ze werd zo mager en kwetsbaar, zo makkelijk weg te blazen door de wind, dat Benjamin tijdens wandelingen haar knokige handen moest vasthouden. Op een gegeven moment vertelde ze dat ze naar de dokter was geweest om over haar gewicht te praten. Met opgewektheid in haar stem zei ze dat ze nu veertig kilo woog.

'Kunnen jullie je dat voorstellen?' vroeg ze. 'Dat is wat een big weegt!' Mama kreeg een paar potjes met voedingssupplementen in poedervorm mee naar huis, die enkele maanden onaangeroerd op het aanrecht stonden voordat ze ze weggooide.

De maagpijn kwam plotseling opzetten. Ze was in een meubelwinkel en toen explodeerde het. Ze had zoveel pijn en wist niet wat het kon zijn. Ze vertelde de kinderen dat ze haar duim in haar middel had gedrukt en zich met haar buik over de armleuning van een van de banken in de winkel had gelegd, terwijl ze de vreemde trucjes had toegepast die ze als kind had geleerd. De pijn verdween, maar keerde al snel terug. Vervolgens werd het erger. Ze ging niet langer de deur uit en kon 's nachts niet meer slapen, lag wakker van de pijn en geen pijnstiller die hielp. De zoektocht naar slaap nam haar leven over. Ze zette haar telefoon uit omdat ze wilde slapen. Het werd moeilijker om haar te bereiken, korte berichtjes 's nachts die steeds verwarder werden. Toen Benjamin vroeg hoe het met haar ging, antwoordde ze herhaaldelijk: 'Tarzan.' Toen eindigde het contact ten slotte helemaal. Mama's telefoon stond voortdurend uit en er was geen teken van leven. Na drie dagen stilte ging Benjamin naar haar huis toe, ook al wist hij dat ze een hekel had aan onaangekondigd bezoek. Hij belde een paar keer aan. Eindelijk deed ze open, haar haren overeind. De ramen stonden open, ook al was het koud buiten. De geur van wasmiddel en braaksel.

'Ben je niet lekker?' vroeg hij.

'Ja, ik weet niet waarom ik zo vreselijk moet overgeven,' antwoordde ze.

Ze liet zich in haar fauteuil zakken, pakte een sigaret maar stopte die meteen weer terug. Ze ging voorovergebogen zitten, met haar ellebogen op haar knieën. De badjas legde de dunne benen bloot, de huid aan weerszijden van het dijbeen hangend.

'Moeten we niet naar het ziekenhuis, zodat ze even naar je kunnen kijken?' vroeg hij.

'Nee, nee,' zei ze. 'Het gaat prima. Als ik maar een beetje kan slapen.'

Hij herinnert zich hoe klein ze eruitzag in de grote fauteuil.

Mama leunde voorover en spuugde zachtjes op de grond. Dit was voor hem een duidelijk signaal. Dat doe je alleen als je erg ziek bent. Ze protesteerde ook niet toen hij zei dat ze meteen naar de eerste hulp moesten, en bleef in de fauteuil zitten toen hij haar tas pakte, en vervolgens vertrokken ze. Ze was spraakzaam die eerste middag. Ze klaagde over haar pijn met iets wat op irritatie leek. Elke keer dat er een verpleegster de kamer binnenkwam, vroeg ze: 'Weet jij waarom ik zoveel pijn heb?' Gemompel als antwoord, ze verwezen naar een arts die binnenkort zou komen.

Hij zag alles en herinnert zich elk detail. Hij herinnert zich de kamer waar mama in lag. Op de tafel naast haar haar kunstgebit, een glas appelsap, de avondkranten en een bord lasagne dat ze niet aanroerde. Ze lag met een infuus in haar arm en iets wat op een vingerhoedje leek over haar wijsvinger, dat haar zuurstofopname mat. Met regelmatige tussenpozen kwam er een verpleegster binnen die de waarden controleerde en wat notities maakte. Hij durfde niet te vragen of alles in orde was.

Hij ging naar huis en kwam de volgende ochtend terug. Dat was de laatste keer dat ze elkaar zagen. Pierre en Nils waren er al. Ze hadden haar morfine gegeven tegen de pijn. Hij ging op de rand van het bed zitten en tuurde recht in haar verwarring. Ze zei dat ze zo vreemd had gedroomd. Ze zat in een vliegtuig dat over een stad vloog, veel te dicht bij de daken, en ze probeerde de stewardessen erop te wijzen dat ze te laag vlogen, dat het gevaarlijk was, maar niemand wilde luisteren.

Het was Pierre's verjaardag en hij maakte er een grapje over. 'Ga je me nu de cadeautjes geven of wil je er nog even mee wachten?' vroeg hij. Mama's verwarde blik daar in bed. Ze wist niet dat hij jarig was. Maar haar verwarring was nog groter, alsof ze het begrip verjaardag niet echt kon vatten. Ze deed haar mond open en sloot hem bedachtzaam.

'Ik maak maar een grapje, mam.'

Nils had de avondkranten meegebracht en hij las het nieuws hardop voor, maar na een tijdje wilde ze dat hij stopte. Ze dronk wat sap, trok een gezicht, schreeuwde van de pijn en hield haar buik vast. En toen begon ze naar de muur te staren, met haar vreemd verwrongen gezicht. De broers probeerden haar te bereiken, maar ze zei geen woord, staarde alleen geconcentreerd naar de muur. Ze ontmoette de dood in stilte. Beantwoordde geen vragen meer. Als je in haar hand kneep, kneep ze niet terug. De broers stonden er zwijgend bij. En toen plotseling, zonder waarschuwing, stopte haar hart met kloppen en was ze weg.

'Het is 16.25 uur,' zei Nils, en dat was zo typisch hij, rouwende zoon en toezichthouder tegelijk.

Hij moest slapen.

Deze dag kan hij niet doorkomen zonder wat slaap te hebben gehad. Anders zal hij het niet gaan redden. Hij weet nu wat hij moet doen. Hij moet met zijn broers praten over dingen die ze in geen twintig jaar hebben aangeroerd. Hij draait het kussen om en gaat op zijn andere zij liggen. Krijgt de ingelijste foto van de drie broers die op het nachtkastje staat in het oog. Die is aan de oever van het meer bij het zomerhuisje genomen. Benjamin, Pierre en Nils, met de zon in hun haar, ze staan in hun onderbroeken en laarzen, de gebruinde jongenslichamen. Felle kleuren, oranje reddingsvesten tegen een staalblauwe lucht. Ze gaan eropuit om netten uit te gooien. Benjamin staat in het midden en houdt zijn broers vast, een arm om elke nek. Hun lichamen zijn ontspannen, vrij. Ze schateren om iets onverwachts. Het is niet dat ze lachen voor de foto, het is iets anders, alsof papa vlak voordat de foto werd genomen iets heel grappigs zei om ze te verrassen. Ze schudden van het lachen en houden elkaar vast. Ze stralen, de broers.

Wat is er met hen gebeurd?

Toen mama net was overleden. Ze waren daar samen in de ziekenhuiskamer, maar nog steeds alleen. Niet een keer hielden ze elkaar vast die middag. Nils haalde een camera tevoorschijn en begon foto's te maken van mama. Pierre liep naar het kleine balkon aan de overkant van de gang en rookte een sigaret. Benjamin stond daar midden in de kamer. Toen vertrok hij, zonder afscheid te nemen. Ze konden elkaar niet helpen. Dat is zolang als hij zich kan herinneren het geval, al zolang als hij volwassen is. Ze weten geen van allen echt hoe ze zich moeten gedragen of elkaar zelfs maar in de ogen moeten kijken. Hun gesprekken vinden plaats met hun blik op het tafelkleed gericht, snelle hortende, sporadische communicatie. Soms denkt hij aan alles wat ze samen hebben meegemaakt, hoe close ze als kind waren, en hoe merkwaardig alles nu is; ze behandelen elkaar als vreemden. Het ligt niet alleen aan hem, denkt hij, het ligt aan alle drie. Hij heeft gezien hoe Nils zijn kat oppakt en in zijn armen neemt vlak voordat hij hen gaat begroeten, als een schild, omdat het zo natuurlijker wordt om hen niet te omhelzen. Op een vroege ochtend zag hij Pierre in de stad plotseling op zich afkomen. Pierre had hem niet gezien, omdat hij zijn ogen op zijn telefoon gericht had, zoals altijd, blind voor de wereld, zijn leven leidend met blauwe verlichting van onderaf, en Benjamin zei niets, deed niets, liep recht langs hem, zonder zich bekend te maken. Hun jassen raakten elkaar terwijl ze elkaar passeerden. Hij draaide zich om en keek hem na, zag zijn contouren kleiner en diffuser worden, met een toenemend gevoel van verdriet, dat grensde aan paniek. Wat is er met ons gebeurd?

Wat ze nu gaan doen, voelt als iets ondenkbaars. Deze reis terug naar het zomerhuisje waar niemand nog langer over praat. De manier waarop Pierre en hij met hun jeugd omgaan, is door er grappen over te maken. Hij bericht hem dat hij wat later komt en Pierre antwoordt 'Ik betaal voor de taxi' en imiteert papa's terugkerende, hysterische manieren om zijn kinderen binnen te halen als hij behoefte had aan gezelschap. Pierre stuurt een berichtje om te zeggen dat hij het tijdstip wil veranderen en Benjamin antwoordt 'Weet je wat, we vergeten het hele project gewoon', als een sarcastische referentie aan mama's grilligheid. Met Nils heeft hij daarentegen nooit op die manier grapjes gemaakt. Voor het raam komt de zon langzaam op, de gele vlek boven het beton is groter geworden en bedekt nu bijna de hele gevel van het huis, brandt tegen de rijen jaloezieën die de slaapkamers aan de overkant beschermen. In het appartement staat een raam open, maar er vallen geen geluiden te horen. De stad slaapt. Hij komt uit bed en maakt een kop koffie in de keuken. Hij loopt het kleine balkon op. Een klein tafeltje, een stoel en een asbak gevuld met sigarettenpeuken. Over de reling hangt een bloembak met vergeten tulpen die verbogen en vergeeld uit de droge grond steken. Het is vroeg maar het is al warm buiten. Blauwe lucht, maar naar het oosten toe is een hoekje van de zee zichtbaar en daarboven zijn de wolken donker. Het is benauwd, zoals voor een grote storm. Hij kijkt op zijn horloge. Binnenkort opent het tankstation waar hij de huurauto moet ophalen.

En dan begeeft hij zich op weg. Doet voor de laatste keer de voordeur van het appartement dicht en sluit af. En algauw zit hij in de huurauto. Hij verlaat het centrum via de lege straten, en rijdt hoog boven de stad, de uit betonplaten opgetrokken snelweg op, de enige auto op de vijf rijstroken.

Hoofdstuk 21

De grindweg

Het was een paar dagen na mama's overlijden. Hij was alleen maar binnen gebleven sinds het was gebeurd, maar nu ging hij voor het eerst naar buiten. Hij liep door het grootste park van de stad, dat naar de pier leidde. Hij keek naar de boomkronen boven zijn hoofd. Hij wist dat het begin juni was en dat het loof diepgroen was, maar het was jaren geleden dat zijn ogen zoiets konden waarnemen. Na het ongeval bij het transformatorstation werd hij naar het ziekenhuis afgevoerd. Hij had brandwonden op zijn armen en nek en over zijn hele rug. De artsen die hem moesten oplappen wisten niet wat kleding was en wat huid. Na een paar dagen in het ziekenhuis, voordat hij ontslagen werd, vroeg papa aan de dokter of Benjamin blijvend letsel zou overhouden. Onmogelijk te voorspellen, had deze geantwoord. Hij zou heel goed zijn leven lang last kunnen blijven houden. Zenuwschade die pas na jaren kon optreden. Zijn spieren konden langzaam verschrompelen, er was een risico op hartritmestoornissen, hersenbeschadiging, nierfalen. Niets van dat alles was gebeurd. Maar de dokter had niets gezegd over zijn gezichtsvermogen. Hij had niet gewaarschuwd voor het feit dat hij kleuren anders zou waarnemen na de explosie. Bepaalde kleuren kon hij helemaal niet meer onderscheiden. Hij kon geen blauw zien. Hij kon naar een struik toe buigen of er op zijn knieën bij gaan zitten, en ook al zou iemand naast hem volhouden dat die vol bosbessen zat, hij kon er geen ontwaren. Andere kleuren waren nu feller. Een paar uur voordat de zon onderging in de lente en zomer kon hij al een boog van licht boven de horizon zien rijzen, en de hele lucht kleurde dan donkerroze. Het was zo mooi, het was jammer dat het niet waar was. In zijn jeugd wist hij op school deze of gene te imponeren door recht in de zon te staren zonder met zijn ogen te knipperen. Zijn klasgenoten verzamelden zich om hem heen en schreeuwden, haalden er meer bij die moesten komen kijken. Signaalkleuren maakten hem rustig en hij werd erdoor aangetrokken. Bij wegwerkzaamheden bleef hij bij de rode pilonnen treuzelen. Soms ging hij naar sportwinkels, en liep naar de hengelsportafdeling, waar hij zijn blik liet rusten op het kunstaas, geel en rood – ze lichtten op als neon. Maar hij herinnert zich ook de bomen uit zijn jeugd, de eerste weken van juni die ze in het zomerhuisje doorbrachten, de bladeren barstten van de groene energie. Lange tijd miste hij het ze te kunnen zien. Toen gaf hij er niet langer om.

Hij liep naar het water. De oude vissersboten die waren opgeknapt tot woningen voor excentriekelingen. Hij bleef doorlopen langs het water, langs de witte passagiersschepen die in een rij langs de kade lagen. De restaurants die 'de vangst van de dag' op uithangborden hadden staan en hoopten de toeristen te misleiden die niet wisten dat in deze wateren niets groeide, hier leefde geen vis, omdat de zee dood was. De mensen die hij tegemoetliep waren zomers gekleed, maar het was koel als in april. De dunne kragen omhooggezet en kippenvel op hun blote armen. Hij had hier de laatste tijd vaak gewandeld. Door het park naar de pier en weer terug. Hij maakte steeds vaker wandelingen, soms urenlang. In de winter kon hij zo verkleumd terugkomen dat hij alle gevoel kwijt was; hij probeerde zijn voordeur te openen maar dat lukte niet. Hij stond gefascineerd naar zijn hand te staren, hoe die niet in staat was om de sleutel vast te houden en in het slot om te draaien. Hij liep vaak door de stad, zonder een bepaald doel. Hij liep over begraafplaatsen en ging metrostations in, reed mee naar een volgend station en liep dan verder. Hij had besloten het ongeluk achter zich te laten, maar het ging niet zoals hij had gehoopt. Zijn gedachten bleven er toch voortdurend op gericht. Elke keer als hij een hard geluid hoorde, een fel licht zag, of bij welke indruk dan ook waar hij niet op voorbereid was, was hij weer daar, in de transformatorruimte. Dit gebeurde nog steeds meerdere keren per dag. Onverwacht scherpe visuele indrukken slingerden hem terug. Of warmte, wanneer hij een oven opende en vooroverboog om te zien of het eten klaar was en de muur van hitte hem raakte. Dan kon hij zomaar in tranen uitbarsten. Plotselinge geluiden. Niet alleen harde knallen, zoals wanneer jongeren rotjes gooiden in de metro. Een stoel die schraapte als iemand opstond in een leeg restaurant. Het geluid van messen en vorken die hard in een besteklade werden gegooid. Hij kon niet in een badkamer zijn als er een bad volliep. De geluiden van de binnenstad waren het ergst, vooral wanneer het regende. Op de een of andere manier versterkte het water het lawaai. Zelfs auto's die voorbijkropen, leken voorbij te denderen en het geluid bleef dan in hem doorzingen, als één dreunende, eeuwige cyclus. Het enige dat erger was dan plotselinge geluiden was plotselinge stilte, want dan kwam het aloude besef terug, dat als de geluiden verdwenen, de wereld ook verdween, en hoe stiller het werd, hoe groter het gevoel dat hij het contact met de werkelijkheid verloor. Hij had er lange tijd van gedroomd om de perfecte stilte te vinden, een met verre geluiden. Om in de slaapkamer te liggen en te horen hoe een radio aanstond in de keuken. In een leeg restaurant te zitten terwijl buiten wegwerkzaamheden plaatsvonden, en de mensen bezig te zien, het geluid gedempt door de grote glaspanelen. Hij had daar in het verleden veel aan gedacht, maar daar was hij ook mee gestopt. Hij was langzaamaan opgehouden zich om zijn eigen ongemak te bekommeren. Hij herinnert zich de eerste keer dat dat gevoel door hem heen ging. Hij was in de keuken en rook plotseling een brandlucht, en begon het appartement te doorzoeken. Hij liep door de woonkamer, volgde de geur van verbrande elektriciteit, kreeg de meterkast in de gang in het oog en zag witte rook door de kieren naar buiten sijpelen. Hij opende het kastje en ontdekte dat het van binnen brandde. Een heel klein vuur, een bescheiden brandje in het oppervlak achter de zekeringen. Hij rende naar de keuken, vulde een emmer met water en spoedde zich terug. Net toen hij op het punt stond het water over het vuur te gooien, schoot hem iets te binnen wat hij op school had geleerd, dat water elektriciteit geleidt. En hij herinnerde zich de verhalen van mensen die een haardroger in de badkuip hadden laten vallen en geëlektrocuteerd werden. Misschien zou het water een ramp veroorzaken? Hij probeerde het vuur uit te blazen, maar het werd alleen maar groter. Hij stond met het water in zijn hand en was verlamd – totdat hij uitademde, drie seconden volkomen kalm, en het water eroverheen goot, in de overtuiging: het doet er niet toe.

Er gebeurde niets, het vuur doofde, de zekeringen brandden een voor een door, als popcorn. De volgende dag kwam een elektricien de kast repareren, alle gevaarlijke elektriciteit verdween, maar vanaf die dag bleef het gevoel hem bij: het deed er niet toe.

Het was niet dat hij een besluit had genomen. Hij had de gedachte niet eens voor zichzelf geformuleerd, zo was het nooit. Misschien was het zoals bij al het andere moeilijke, dat hij het wegduwde, liever zijn hersens leegmaakte dan ze te vullen met dingen waarvan hij niet wist hoe hij ermee om moest gaan. Hij was al vele malen eerder hier bij de pier geweest, stond een tijdje over de baai uit te kijken en was dan weer naar huis gegaan. Hij weet niet wat deze keer onderscheidde van de andere. Hij ging op de rand staan en bleef daar een paar minuten. Keek naar het water onder hem, zag het zeewier dat als een membraan over de enorme ankerkettingen lag. Twee decimeter zicht, dan werd het zwart. Hij trok zijn kleren uit en legde ze op een stapeltje, voorbijgangers bleven met hun blik hangen en liepen verder. En toen sprong hij erin. Er was geen plan, er waren geen geraffineerde details. Hij besloot gewoon rechtuit te zwemmen, zolang als hij kon, totdat hij door zijn energie heen was. En hij verliet de pier met het kleinschalige bootverkeer, en zwom het open water op. Het was windstil en het water was zo glad als een spiegel, maar de golven kwamen vanaf de zee en waren levensgroot. De zee bewoog op en neer rond hem, en hij ging erin mee. Hij was klein en onbeduidend in de deining van de hoge golven, alsof de zee nog niet had besloten wat die met hem zou doen. Verderop werd het water kouder, zijn slagen korter. Maar hij was goed in zwemmen. Op een zomer hadden zijn ouders hem naar een zwemkamp gestuurd. Iedereen kende elkaar, maar hij kende niemand. De andere kinderen waren groter dan hij. Ze moesten achter elkaar aan zwemmen, en hij was langzamer dan de anderen. Als iemand hem van achteren inhaalde, klonk er een fluitje vanaf de rand van het zwembad. 'Maak plaats!' En hij greep hijgend de gele lijn beet, en liet iemand passeren. In de douches de geur van chloor en gerimpelde vingers en de kleine plasjes water op de vloer die in het fluorescerende licht glansden, en de grote jongens die rondrenden en elkaar met de handdoeken mepten en gilden zodat het weerkaatste tussen de tegelwanden. Ze sliepen in een sportschool. De anderen hadden slaapzakken en slaapmatten, maar papa en mama waren vergeten die in te pakken. Hij mocht een deken van de zwemleraar lenen en ze legden de hoogspringmat voor hem neer. De andere kinderen begonnen hem 'de koning' te noemen, omdat hij daar zo majestueus lag, alsof hij verheven was boven de anderen. Hij huilde in stilte om zijn ouders als hij moest gaan slapen. Keek omhoog naar het plafond, volgde de gymnastiekbalken en de ringen en de klimrekken met zijn ogen. De laatste dag was voor theorie. De zwemleraar verzamelde de natte kinderen, zette ze op een rij bij het zwembad, blies op het fluitje zodra het een zootje werd. Hij vertelde wat je moest doen als je in koud water belandde. En hij stond voor een schoolbord en brulde, zodat het klonk als het geblaf van een hond: 'Oriënteer je! Waar ga je heen? Oriënteer je! Waar ga je heen? Oriënteer je! Waar ga je heen?'

Benjamin wist waar hij heen ging. Hij ging de zee op, wat er daarna gebeurde deed er niet toe. Hij liet de kleine eilandjes achter zich, de geluiden van de stad waren nu weg, hij hoorde alleen zijn eigen ademhaling en het geklots van zijn handen tegen het wateroppervlak.

Een daverend geluid klonk over de aarde en toen dat eindigde, een paar seconden stilte. En toen kwam het weer, een hartverscheurend gerommel, een donderslag en een sirene tegelijk, en het geluid doorboorde hem, het was in het water te voelen, alsof het uit zee kwam. En hij draaide zich om en daar zag hij de gigantische veerboot passeren, slechts vijftien meter van hem vandaan. En de toeter klonk een derde keer, en Benjamins hele lichaam was een seconde lang verlamd. Het geluid ging door merg en been, en hij was terug in het transformatorhuisje. Het was de explosie die hij keer op keer hoorde. Hij voelde Molly's spiertrekkingen in zijn armen, en hield haar stevig vast en de ruimte werd blauw en hij voelde de druk in zijn rug, en hij dacht dat hij het nu wist, nu wist hij hoe het voelt om opgeblazen te worden. En vervolgens werd het zwart. En toen hij bijkwam, was dat met een vuur op zijn rug.

Oriënteer je!

Waar ga heen?

Waar zijn mijn broers?

En hij kroop naar Molly toe.

Toen de veerboothoorn een vierde keer klonk, schreeuwde Benjamin luid en hij hoorde zijn eigen gehijg, en hij zwom verder. Hij zwom gewoon in een rechte lijn door; de zee plotseling ruiger, een windvlaag over zijn koude hoofd. Toen zag hij ze, twee kleine hoofden in het water voor hem. Hij herkende ze meteen, hij zou zijn broers van een kilometer afstand herkennen. Hij ging naast hen zwemmen, zag hoe Pierre zich concentreerde, zijn hoofd laag boven het wateroppervlak. Hij keek naar de kleine boei die verderop in het water deinde. 'Daar is de boei!' schreeuwde hij naar Nils.

'We zijn bijna op de helft!'

Pierre keek vlug op naar Benjamin.

'Ik ben bang,' zei hij.

'Ik ook,' antwoordde Benjamin.

Nils lag iets voor, Benjamin zag hoe hij zijn hoofd naar achteren hield om geen water in zijn mond te krijgen.

'Nils,' zei Benjamin. Hij reageerde niet, zwom verder met zijn ogen naar de lucht gericht. Benjamin haalde zijn grote broer in en ze ademden allen zwaar. Ze hielden even stil in het water, de drie jongens. De zee was kalm en wachtte.

'Je lippen zijn blauw,' zei Benjamin tegen Pierre.

'De jouwe ook,' zei Pierre.

Ze grijnsden. Hij keek naar Nils, zijn vriendelijke glimlach. De jongens kwamen dicht naar elkaar toe in het water en verwarmden hun gezichten met elkaars adem. Ze keken elkaar in de ogen en Benjamin was niet bang meer.

'Ik moet nu gaan,' zei hij.

Nils knikte.

Pierre wilde zijn greep niet loslaten. Benjamin legde een hand op de wang van zijn broer en glimlachte naar hem. Toen maakte hij zich los van zijn broers. Hij draaide zich weer om, richting de open zee. De kou over zijn benen, die zich vastbeet en naar zijn bovenbenen verplaatste, de vermoeidheid – hij was niet buiten adem, maar uitgeput. Hij voelde het tintelen in zijn schouders en armen, en het water kwam dichterbij en de golven die voorheen groot maar vriendelijk waren, veranderden nu van karakter. De zee drukte zo stevig tegen hem aan dat hij naar adem hapte, en bij die inademing stroomde de zee in hem, vulde zijn maag, luchtwegen en longen. En in de seconden voordat hij het bewustzijn verloor, stopte hij ook met zich zorgen te maken, omdat hij wist dat hij eindelijk de werkelijkheid kon loslaten waaraan hij zich al zoveel jaren had vastgeklampt. Hij tuimelde onder het wateroppervlak, krachteloos en vrij, en toen zijn hart ermee ophield was het noch licht noch donker, en er was geen tunnel met een licht aan de andere kant.

Het was een grindweg.

Hoofdstuk 22

02.00 uur

Hij zegt tegen zijn broers dat hij nog even naar het toilet moet, dat ze maar vast vooruit moeten gaan, hij belooft af te sluiten als hij vertrekt. Pierre en Nils staan een tijdje voorovergebogen in mama's gang hun veters te strikken en stapelen dan de herinneringen aan mama in hun armen op en strompelen het donkere trappenhuis in. Benjamin kijkt toe hoe ze naar de lift lopen voordat hij de voordeur sluit. Hij gaat ook naar het toilet, niet omdat hij moet, maar om zijn eigen leugen te verzachten. Hij ziet mama's toiletartikelen in het wijd open badkamerkastje. Een handcrème. Een vastgeplakt stuk zeep dat één is geworden met het porselein. Een tandenborstel, flink gebruikt, op het mishandelde af. Sporen van braaksel in de wasbak. Op de rand van het bad staat het flesje Chanelparfum, dat ze jaren geleden voor zichzelf had gekocht en waar ze zoveel respect voor had dat ze het nooit gebruikte. Drie gloeilampen boven de wasbak, slechts één die het doet. Hij ziet zijn spiegelbeeld. Hij kijkt nooit vaker in de spiegel dan nodig is, maakt nooit oogcontact, kijkt altijd langs zich heen, naar zijn kin of zijn neus, maar nu blijft zijn blik hangen. Hij ziet zijn prominente mond, het brede voorhoofd en herinnert zich wat zijn vader ooit eens voor de grap zei: 'Het is gemakkelijk om je voor te stellen hoe jij eruitziet als een schedel.' Toen hij klein was, was hij gefascineerd door zijn uiterlijk. Wilde altijd kijken. Stond voor spiegels en was op de een of andere manier verbaasd. Op een keer toen hij als kind alleen thuis was, was hij voor de gangspiegel blijven staan en had hij zo lang naar zichzelf gestaard dat hij er uiteindelijk van overtuigd was dat hij naar iemand anders keek. Hij werd niet bang, maar ging verschillende keren terug om het opnieuw te proberen, maar het moment kwam niet terug. Een keer in het zomerhuisje zat hij op de grond in de keuken met zijn benen uitgestrekt op het tapijt, en hij keek naar zijn onderlichaam en kreeg plotseling het gevoel dat het niet van hem was. Dat waren de benen van iemand anders, alles onder zijn middel was slechts dood vlees, niet van hem. Het werd zo echt dat hij zich niet meer kon bewegen. Hij reikte naar een stuk hout uit de mand bij het fornuis en sloeg zichzelf tegen zijn bovenbenen en voeten om iets te voelen, om de lichaamsdelen die van hem waren terug te nemen.

Hij kijkt naar zichzelf in de spiegel.

Probeert zich voor te stellen hoe hij eruitziet als schedel. Hij loopt de woonkamer in. Kijkt rond in het appartement, dat overhoop is gehaald door de zoektocht van de drie broers naar herinneringen om mee te nemen. Fotoalbums opengeslagen op de vloer, kastdeurtjes wijd open in de keuken, schilderijen van de muur gehaald en op de grond neergezet. Het lijkt alsof er een stel inbrekers is langs geweest. Hij gaat de slaapkamer in en ziet het onopgemaakte bed, met de lakens die nog in elkaar gedraaid zijn van mama's slapeloosheid op het einde. Hij trekt zijn kleren uit, wacht een poosje en dan gaat hij in bed liggen. Hij wil niet naar huis. Hij wil daar slapen, in zijn moeders bed. Een asbak op het nachtkastje, peuken onderin en daartussen een reeks uitgedoofde, half opgerookte sigaretten. De asbak ziet eruit als een hanenkam, een herinnering aan de laatste weken toen mama niet eens meer kon roken.

Hij haalt mama's brief tevoorschijn. Onder het zwakke licht van het nachtlampje leest hij hem nog een keer. Hij hoort de stem van zijn moeder, die hij zo goed kende, en waarin hij het kleinste detail kon opmerken, nuances waarnam die ze zelf niet eens hoorde. Hij leest en pauzeert zoals hij weet dat mama dat zou doen. Hij neemt de tekst zorgvuldig en langzaam in zich op, alsof hij de brief niet meer terug zal zien en hem uit zijn hoofd moet leren. Dan legt hij de brief op zijn borst. Hij doet het licht uit. Hij is vier jaar oud, in een slaapkamer die hij zich niet kan herinneren, op een bed dat hij niet herkent. Mama trekt zijn pyjamajasje omhoog en kietelt hem over zijn buik. Ze zegt dat ze een mier is en laat haar middelvinger en wijsvinger over zijn buik gaan en Benjamin schatert het uit, en mama zegt dat er nog een mier aankomt en nu gaat ze met beide handen snel over zijn buik. Benjamin draait en kronkelt en schopt wild met zijn benen, zodat hij mama per ongeluk tegen haar hoofd raakt. Ze doet een paar passen achteruit en houdt haar hoofd vast, en mompelt iets in zichzelf. Benjamin gaat op de rand van het bed zitten. Hij zegt sorry, sorry mama, dat was niet de bedoeling. Ze zegt dat het niet geeft, houdt nog steeds haar hand tegen haar hoofd. Ze loopt naar hem toe, ziet dat hij huilt en knuffelt hem, houdt hem vast: 'Het geeft niet, lieverd. Het is goed.'

Benjamin keert zich om in bed. Het is nu eindelijk donker buiten, eindelijk nacht in de zomer. Hij haalt zijn telefoon tevoorschijn en belt Pierre. Die reageert na lang overgaan. Hij hoort meteen dat hij zichzelf niet is. Hij praat lijzig, met dikke tong.

'Alles draait,' zegt hij.

Pierre is net naar bed gegaan en heeft de slaappillen ingenomen. Hij kon niet in slaap komen en toen zag hij het stripje liggen en dacht dat hij die net zo goed kon nemen.

'Hoeveel heb je er ingenomen?' vraagt Benjamin.

'Eén,' zegt hij vlug, en dan voegt hij er peinzend en een beetje listig aan toe: 'Misschien, heel misschien heb ik er toch twee genomen.'

Pierre legt de hoorn neer, en het knettert. Benjamin hoort zijn langzame stappen over de vloer, hij pakt iets en komt terug.

'Twee!' roept hij. 'Ik heb het stripje hier. Ik heb er twee genomen, en toen besloot ik een wedstrijdje te doen met mezelf, te kijken hoelang ik wakker kan blijven.'

Hij begint te giechelen.

'Het ging best goed, maar nu...' Hij zucht, plotseling bedrukt. 'Nu begint alles te draaien.'

Benjamin luistert door de telefoon naar een verward gebabbel, dat dan stilvalt en hij hoort alleen nog Pierre's ademhaling.

'Hallo,' zegt Benjamin. 'Ben je er nog?'

'Wat is dit voor stomme lamp?' zegt Pierre. Hij is weer een paar seconden stil. 'Hoe zet je die in godsnaam uit?'

Ze beëindigen het gesprek en het telefoonscherm schijnt nog een tijdje zijn blauwe licht de kamer in, totdat het uitgaat en de kamer donker wordt. Hij probeert te doen wat zijn therapeut hem heeft geïnstrueerd te doen wanneer hij weer last had van slapeloosheid. Neem een gedachte, observeer die en doe er vervolgens afstand van. Neem de volgende gedachte, observeer die en doe daar ook afstand van. Maar het is de laatste stap die hij niet voor elkaar krijgt, de ene gedachte haakt in de andere, en hij dringt zich dieper in zijn associaties, vergeet wat hij opgedragen kreeg en moet opnieuw beginnen. Hij pakt zijn telefoon er weer bij en toetst het nummer in van Nils. Die antwoordt zoals altijd heel formeel door zijn achternaam te noemen.

‘Heb ik je wakker gemaakt?’ vraagt Benjamin.

‘Nee,’ antwoordt Nils. ‘Ik lig in bed. Zou net het licht uitdoen.’

Hij hoort vaag hoe bij Nils op de achtergrond klassieke muziek klinkt.

‘Ik heb mama’s brief nog eens overgelezen,’ zegt Benjamin.

‘Ja,’ zegt Nils zachtjes.

‘Het is zo gek...’

‘Wat?’

‘Dat ze dat niet kon zeggen toen ze nog leefde.’

‘Ik weet het.’

Hij klinkt zo kalm. Zo geaard in wat er net is gebeurd. Benjamin heeft altijd het gevoel gehad dat Nils zijn jeugd goed heeft doorstaan, omdat hij die nooit heeft toegelaten. Bij tijd en wijle heeft hij zich zelfs afgevraagd of Nils wel gelukkig kon zijn. Het lijkt erop, zo nu en dan, tijdens de sporadische keren dat ze elkaar ontmoeten. Maar op onbewaakte ogenblikken, wanneer zijn broer op een gegeven moment de koffie bij het aanrecht bijvult of wanneer hij voor een raam naar buiten staat te kijken, kan Benjamin het verdriet als een klein fosforschijnsel uit Nils’ ogen zien stralen.

‘Mag ik je iets vragen?’ zegt Benjamin.

‘Zeg het maar.’

‘Die dag van je eindexamenceremonie, weet je nog?’

‘Ja.’

‘De volgende ochtend ging je naar Midden-Amerika. Je zou die ochtend vroeg vertrekken. Weet je dat nog?’

‘Ja.’

‘Ik lag in bed te luisteren naar de geluiden voor mijn deur, en ik hoorde je vertrekken. Waarom ben je niet even mijn kamer in gekomen om afscheid te nemen?’

'Dat mocht niet.'

'Mocht niet?'

'Papa en mama zeiden dat je je niet goed voelde. Dat we je niet moesten storen.'

Het wordt stil aan de andere kant. De adem van de broers, de zachte muziek op de achtergrond.

'Tot morgen, Benjamin.'

'Tot morgen.'

'Het komt goed.'

'Ja.'

De late avond verandert in de vroege ochtend.

Hij doet het licht weer aan, gaat rechtop in mama's bed zitten en leest haar brief nog een keer. Een enkel velletje, de voor- en achterkant volgeschreven, met haar onmiskenbare handschrift, op sommige plaatsen onduidelijk, maar toch kristalhelder, zonder enige twijfel. Een tekst die het web spint tussen de decennia, die alles van hier naar het zomerhuisje verbindt, een eenvoudig briefje vol met alles wat ze allemaal op het puntje van hun tong hadden liggen, maar wat nooit werd uitgesproken.

De kamer wordt kleiner.

Hij sluit zijn ogen en misschien slaapt hij, hij denkt van wel, want als hij zijn ogen weer opendoet is de kamer helderder. Hij kijkt naar het raam, bovenaan het gebouw aan de overkant van de straat ziet hij een strookje zonlicht. Een klein geel hoekje op het grijze beton.

Hoofdstuk 23

De stroom

‘Ik weet niet hoe ik uit het water ben gekomen. Ik neem aan dat ik bewusteloos was. Mijn volgende herinnering is dat ik op het dek van een motorboot lag. Ik hoorde opgewonden stemmen om me heen, voelde handen op mijn rug. En ik herinner me dat ik het water dat in mijn longen zat, overgaf over mijn handen en dat het water warm was en dat ik dat een fijn gevoel vond.’

Hij had tijdens zijn verhaal naar de grond gestaard, maar nu keek hij eindelijk op en ontmoette de blik van de therapeut. Ze maakte aantekeningen op haar schrijfblok, die ze voor hem verborg tijdens de gesprekken, maar soms zag hij de wilde halen die ze met de inkt maakte, kleine haakjes, half afgemaakte zinnen, enkele onbegrijpelijke steekwoorden.

‘En dat was het eigenlijk wel,’ zei Benjamin. ‘Toen kwam ik hier terecht, bij jou.’

Het was de derde keer dat hij met haar afsprak. Twee uur per sessie, volgens een zorgvuldig afgebakend schema. Ze was heel duidelijk geweest. In het verleden bestond de behandeling van mensen die een zelfmoordpoging hadden gedaan bijna altijd uit medicijnen, had ze gezegd. Ze praatten allemaal over diagnoses en behandelingen. Maar nu wisten ze dat het verhaal van de patiënt centraal stond – ze had Benjamin een expert genoemd, een deskundige op het gebied van zijn eigen geschiedenis, en hij was er dwaas opgetogen over geweest, bijna ontroerd. Misschien omdat ze niet zei dat hij ziek was, integendeel: hij droeg inzichten bij zich die cruciaal waren. Ze was meestal stil als hij vertelde, soms stelde ze vervolgvragen. Sommige ervan duidden erop dat ze met zijn broers had gepraat, en dat vond hij niet erg – hij had toestemming gegeven. Uur na uur van zijn relaas. Dat was alles. Toen hij voor de eerste keer bij de receptie kwam, had hij tot zijn verbazing opgemerkt dat er twee verschillende ingangen waren. De een was bedoeld om door naar binnen te gaan en de ander om weer door te vertrekken. Het was ingenieus, als een sluizensysteem dat het risico anderen tegen te komen minimaliseerde. Toch kreeg Benjamin onmiddellijk het gevoel dat hij meer over de andere patiënten te weten kwam dan hem lief was. Hij had de eerste keer hoognodig naar de wc gemoeten en door de dunne wanden van het bezoekerstoilet kon hij de gesprekken horen. Vlak voordat hij doorspoelde, hoorde hij iemand in tranen uitbarsten. De receptieruimte was groot, een lange gang en achter de deuren speelden de zorgen zich op een rijtje af. Benjamin had zachtjes op de deur geklopt waar de receptioniste hem naartoe had verwezen en er klonk een stem van binnenuit: 'Ja?' op een verraste toon, alsof ze helemaal geen bezoek verwachtte. Vervolgens ging hij naar binnen. De therapeut was een grote vrouw die in een kleine kamer zat met twee diepe fauteuils en een bureau. En toen zaten ze tegenover elkaar en hij, de expert op het gebied van zichzelf, vertelde zijn verhaal en zij luisterde, en zo hadden de uren zich opgestapeld, en was er een portret van jeugd en tienertijd geschetst, en nu was hij klaar.

'Oké,' zei ze, glimlachend naar Benjamin.

'Oké,' zei Benjamin.

Ze boog zich over het notitieblok en maakte nog een aantekening. Het was twee weken geleden dat mama stierf. Twaalf dagen geleden dat hij besloot de zee op te zwemmen totdat hij niet meer verder kon zwemmen. Het eerste etmaal nadat hij eruit was gehaald, bracht hij door in het ziekenhuis. De volgende dag hadden ze hem gevraagd of hij van plan was om zichzelf opnieuw wat aan te doen, en toen hij ontkennend antwoordde, vertelde hij de waarheid. Ze vroegen of hij bereid was een gespecialiseerd psychiatrisch onderzoek te ondergaan en hij had bevestigend geantwoord. Hij mocht naar huis. Toen kwamen er dagen waarvan hij zich heel weinig herinnert. Hij was thuis en ging de deur niet uit. Hij herinnert zich dat zijn beide broers hem in het appartement opzochten. Hij herinnert zich dat Pierre een boomstamtaart bij zich had, hij had sinds zijn kindertijd geen boomstamtaart meer gezien. Hij herinnert zich niet zoveel van waar ze het over hadden, maar hij herinnert zich wel de taart. Pas een paar dagen later, toen hij aan zijn therapie begon, kwam hij langzaam weer tot zichzelf. Drie sessies, verspreid over een week, de gesprekken verankerden hem in de realiteit, aardden hem.

'Dit is de derde en laatste keer dat we elkaar zien,' zei de therapeut en ze keek discreet naar de wandklok die boven zijn hoofd hing. 'Ik wil dat we de resterende tijd besteden aan het terugkeren naar een specifieke gebeurtenis in je verhaal. Ik hoop dat je dat goed vindt.'

'Zeker,' antwoordde Benjamin.

'Ik zou graag willen dat we het nog wat meer hebben over wat er in het transformatorhuisje is gebeurd.'

Het zoemde in Benjamins broekzak, hij pakte zijn telefoon. Een bericht van het appgroepje dat Nils had gecreëerd op de avond dat zijn moeder stierf. Hij had de groep 'Mamma' genoemd en Pierre had die snel omgedoopt tot 'Mammie'. Benjamin begreep niet echt waarom. Voor de grap? Ze zouden haar nooit zo hebben genoemd toen ze nog leefde. Hij las het berichtje vlug door en legde de telefoon op het tafeltje naast de fauteuil.

'Je ziet er een beetje verstoord uit,' zei de therapeut.

'Nee, het is niets,' zei Benjamin. Hij dronk wat van het water dat op tafel stond. 'Nils schrijft dat hij wil dat "Piano Man" op de begrafenis wordt gedraaid,' zei Benjamin.

'Piano Man?' vroeg ze.

'Ja, dat liedje.'

Het was nog minder dan een dag tot de begrafenis. Nils, haast geobsedeerd, maakte tot het laatst toe plannen. Hij schreef in zijn berichtje dat het mama's lievelingsliedje was, en daarom zou het goed passen. Benjamin had ook een herinnering dat ze het voor de kinderen draaide toen ze klein waren. Ze had hun gemaand stil te zijn en gevraagd goed naar de tekst te luisteren en toen het afgelopen was, had ze 'mwah!' gezegd en een gebaar gemaakt met haar hand naar haar lippen, alsof ze een kus uit haar mond plukte en die de kamer in gooide. Het kon Benjamin niet schelen of het op de begrafenis werd gedraaid of niet. Maar een angst bekroop hem plotseling, omdat hij wist waar het berichtje het begin van was, hij wist dat Pierre Nils er nu niet mee weg zou laten komen. Er klonk weer gezoem. Benjamin boog zich naar voren en keek.

'Haha,' schreef Pierre.

En toen werden de aanvallen voorbereid. De drie puntjes in het berichtvenster sprongen op, gretige stipjes van Pierre's boosaardigheid en Nils' gekrenktheid die op het scherm ronddansten.

'Wat bedoel je?' schreef Nils.

'Sorry. Ik dacht dat je een grapje maakte. Een lied over een alcoholistische artiest die pianospeelt in sjofele hotelbars. Op mama's begrafenis. Maar je meent het dus serieus?'

'Mama vond het geweldig. Hoe kan het verkeerd zijn?'

'Mijn favoriete nummer is "Thunderstruck" van AC/DC. Denk je dat ik dat op mijn begrafenis wil?'

En dan stilte. Wéér een kleine verwonding om aan de reeks toe te voegen, en wéér een paar dunne draadjes tussen de broers die braken. Hij stak de telefoon in zijn zak.

'De begrafenis is morgen al?' vroeg de therapeut.

'Ja,' antwoordde hij.

De therapeut glimlachte licht. 'Dus,' zei ze, voorovergebogen in de fauteuil. 'Ik zou graag willen dat we nog wat doorgaan op het transformatorhuisje.'

'Oké,' antwoordde Benjamin.

Hij begreep de bedoeling ervan niet. Hij had alles wat hij zich van die dag herinnerde verteld. Hij had alles verteld wat hij zich van zijn jeugd herinnerde, dingen die hij met zijn broers had meegemaakt, maar nooit met iemand had besproken, zelfs niet met hen. Hij had verteld over berkentwijgjes en boterbloemen, en zelfs de moeilijkste herinneringen had hij gedeeld, dingen die hem veranderd hadden. De groentekelder. Midzomeravond. De dood van zijn vader. Het idee was dat hij daardoor zichzelf zou begrijpen, dat hij zichzelf zou zien als de som van zijn geschiedenis. Maar de verhalen lagen nu als legostenen voor hem en de therapeut uitgespreid, en Benjamin wist niet hoe hij ze in elkaar moest zetten. Hij snapte dat wat hij zichzelf had aangedaan na mama's dood een gevolg was van al het andere. Hij kon alleen niet begrijpen op welke manier.

'En ik denk dat we nu een grote stap moeten nemen,' zei de therapeut. 'Een stap die moeilijk kan zijn. Vind je dat goed?'

'Oké.'

'Ik wil dat je teruggaat naar het transformatorhuisje.'

Hij ziet het kleine gebouwtje op de open plek in het bos voor zich. Een pad leidde ernaartoe, een beetje vertrapt, misschien helemaal niet vertrapt, misschien ook geen pad. Het geluid van muggen en een vogel heel dichtbij, en verder weg, een sissend geluid vanuit het huisje, een zacht geruis van de elektriciteit die door de kabels binnenin scheerde, rondtuimelde en zich over de huisjes in het bos verspreidde. Van een afstand zag het gebouwtje er bijna idyllisch uit. Gewoon een klein huisje in het bos, met eromheen een tuin van elektriciteit, de palen in nette rijen met de zwarte hoeden die glommen in de middagzon. Het was bijna windstil. Hij herinnert zich dat hij achteraan liep, achter zijn broers, en hij herinnert zich dat hij de achterkant van hun jongensnekken voor zich zag.

'Je loopt daar met je broers en je nadert het transformatorhuisje en je opent de opengebroken poort,' zei de therapeut. 'Je bent nu aan de andere kant van het hek. Je gaat het gebouwtje in. Zie je het voor je?'

'Ja.'

Hij herinnert zich het zwarte vocht langs de muren. Het geraas van de elektriciteit die door de draden stroomde. Een flikkerende lamp aan het plafond die een zwakke gloed afgaf. Hij herinnert zich dat hij het vreemd vond, zoveel elektriciteit en toch kon die lamp aan het plafond niet feller branden? Zijn broers overbelicht in het zonlicht daarbuiten, ze werden bleek, hij hoorde hun stemmen, verre kreten gevangen in de wind. Nils maande hem naar buiten te komen. Hij zei dat het gevaarlijk was. Toen Benjamin de muur van elektriciteit naderde, werden de stemmen buiten scherper, maar niets bereikte hem meer. Het geroep slechts vage kreten in de verte, zoals de echo van de overkant van het meer op de windstille avonden dat hij en Pierre bij de waterkant steentjes stonden te gooien.

'Je staat in het gebouwtje,' zei de therapeut. 'Je hebt de hond in je armen en je staat heel dicht bij de kabels. Wat denk je nu?'

'Dat ik onoverwinnelijk ben.'

Hij herinnert zich dat hij midden in een razende golf van woeste stroom stond – en niet werd geraakt! Een gevoel dat hij kon doen wat hij wilde, want er kon hem toch niets overkomen. Hij bevond zich midden in het oog van de orkaan, alles om hem heen werd vernietigd, maar geen haar op zijn hoofd werd gekrenkt. Het was alsof de stroom die op de muren aanzwol nu aan hem toebehoorde, hij was de kern binnengedrongen, hij had overwonnen, alle macht hierbinnen was nu van hem.

'Je draait je naar de uitgang,' zei de therapeut. 'En je kijkt naar je broers. Je bent te dicht bij de kabels. Je raakt niets aan, maar je wordt toch door de elektriciteit getroffen.'

Hij herinnert zich de explosie en hij herinnert zich de seconden ervoor. Hij kon het geluid beheersen door zijn armen te bewegen. Hij hief zijn hand op naar de elektriciteit en de elektriciteit reageerde. Elke keer dat hij met zijn hand de kabels naderde, schreeuwden zijn broers harder. Hij vond het fijn om ze bang te zien. Hij plaagde ze, keek naar ze terwijl ze met hun handen om de tralies stonden. Toen werd de ruimte blauw, de hitte tegen zijn rug en de witte explosie. Hij vervaagde en verdween.

'Je komt bij op de grond van het gebouwtje,' zei de therapeut. 'Je weet niet hoelang je bewusteloos bent geweest. Maar uiteindelijk kom je bij. Zie je het voor je?'

'Ja.'

Hij herinnert zich zijn wang tegen de zanderige vloer. Zijn rug was er niet meer – wat was er nog meer verdwenen? Hij durfde niet te kijken, want hij wilde niet weten wat er nog meer aan hem ontbrak. Hij keek naar de uitgang, naar het hekwerk. Waar zijn mijn broers? Ze zagen de explosie, ze waren er getuige van toen hij uiteen werd gerukt, ze zagen hoe zijn lichaam verbrandde. En toch lieten ze hem in de steek. Hij herinnert zich dat hij wakker werd en weer in slaap viel. Hij keek naar buiten, de zon had zich in de tegenovergestelde richting bewogen, het werd vroeger in de middag.

'Je bent weer bij bewustzijn gekomen. Je wordt wakker. En nu ontdek je de hond. Ze ligt een eindje verderop op de grond. Je beweegt je naar haar toe, zit op de grond, neemt haar in je armen en houdt haar vast. Herinner je je dat nog?'

'Ja.'

Hij herinnert zich de schaamte.

De pijn was niets, die voelde hij niet meer. Zijn rug was weg, maar hij had het vermogen verloren om iets anders dan schaamte te voelen. Hij hield haar vast terwijl de zon in razende vaart buiten opkwam en weer onderging. Sterrenhemels in verschillende vormen die signalen stuurden naar het kleine gebouwtje. Geluiden uit het bos, luid en knarsend, als de dissonantie wanneer grote constructies doorbuigen en kapotgaan, milde, wilde winden die kwamen en weer gingen. Sparren bogen zich en kwamen tot bedaren, dieren bleven voor het gebouwtje staan, keken naar binnen en gingen verder. Hij die zich altijd half buiten de werkelijkheid had gevoeld, alsof hij vanuit een andere plek naar zichzelf keek, bevond zich nu niet alleen in de kern van zichzelf, maar ook in de kern van het universum. Hij hield haar stevig vast, drukte haar tegen zijn borst, ze was koud.

'Je houdt de hond vast,' zegt de therapeut. 'Je houdt haar vast en kijkt naar haar. Zie je haar?'

‘Ja,’ antwoordde Benjamin.

‘Wat zie je?’

Hij herinnert zich dat hij haar zachtjes heen en weer wiegde, behoedzaam alsof ze sliep. Hij herinnert zich dat hij over haar gezicht heen huilde en het leek alsof het haar tranen waren.

‘Het is geen hond die je ziet, hè?’ zegt de therapeut. ‘Als je haar nu voor je ziet, is het een klein meisje, toch?’

De werelden rolden voorbij voor het huisje. Hij keek naar buiten door de opening waar millennia voorbijgingen, en weer naar beneden naar haar, het kleintje, dat vanaf het begin met hem verbonden was, dat onder zijn bescherming stond, niet alleen die dag maar alle andere dagen, en hij zat daar op de grond en hield haar levenloosheid vast, woog het in zijn armen, en hij huilde omdat hij had gefaald in de enige taak waarvoor hij op aarde was gezet.

‘Het is toch je kleine zusje dat je in je armen houdt?’

Hoofdstuk 24

00.00 uur

Een politieauto werkte zich langzaam door de blauwe begroeiing, het kleine tractorpad af dat naar het erf leidde. Benjamin herinnert het zich nog goed, want hij zat geknield op het gazon en niets van wat er was gebeurd was tot hem doorgedrongen. En die politieauto en die blauwe lichten waren als een werkelijkheid die eiste om binnengelaten te worden, iets vanuit de buitenwereld dat wilde weten wat hij had gedaan.

Hij herinnert zich de twee politieagentes die uitstapten. Hij herinnert zich dat zijn moeder weigerde Molly los te laten toen ze haar wilden onderzoeken. Ze spraken met papa; hij herinnert zich het geluid van hun geroezemoes in de schemering, en papa wees discreet naar Benjamin, en toen kwamen ze allemaal naar hem toe, naderend vanuit verschillende richtingen. Hij herinnert zich dat de twee vrouwen aardig waren, ze legden een deken over hem heen in de zomeravondkoelte, stelden vragen en hadden geduld met hem als hij geen antwoord kon geven. Hij herinnert zich dat er na een tijdje nog een politieauto arriveerde. En daarna kwam er een ambulance. En vervolgens kwamen de voertuigen in een rij, een busje van het elektriciteitsbedrijf, andere auto's. Ze stonden scheef geparkeerd langs het hellende tractorpad. Mensen verdwenen in het bos, richting het transformatorhuisje, en kwamen weer terug. Vreemden stonden te telefoneren in de keuken.

Er waren ineens zoveel mensen. De plek die altijd verlaten was geweest, waar niemand anders dan het gezin ooit een voet zette, krioelde nu van de mensen en iedereen wilde in zijn hoofd, wilde zijn wandaad werkelijkheid maken met hun vragen.

Hij is weer gaan wandelen.

Van de receptie van de kliniek bij de oude tolpoorten aan de zuidkant, over de bruggen, door de lege steegjes van Gamla Stan en langs de kades helemaal tot aan het centrum. Hij heeft gelopen totdat het zomernacht werd en nu passeert hij opnieuw de metro-ingang met de kapotte roltrap, de terrasjes waar hij altijd met zijn moeder zat te drinken. Als hij bij mama's portiekdeur aankomt, staan zijn broers daar op hem te wachten.

'Heb je gehuild?' vraagt Nils.

'Nee, nee,' antwoordt Benjamin.

Ze lopen het trappenhuis in en voelen elkaars lichamen in de stilte van de krappe lift. Mama's naambordje is al verwijderd. Het is een ongevoeligheid die rijmt met het verdere contact dat Nils met de verhuurder had. Slechts enkele dagen nadat Nils had gemeld dat zijn moeder was overleden en dat ze het contract wilden opzeggen, ontving hij een berichtje van de huisbaas waarin hij zei dat ze het appartement nu hadden geïnspecteerd en hadden geconstateerd dat het helemaal geen 'lichte rookgeur' betrof, zoals Nils had beweerd toen hij de staat ervan had omschreven. Het moest als 'met rookschade' worden beschouwd en moest onmiddellijk worden gereinigd. Het appartement moest eerder worden geleegd dan gepland, en daarom zijn de broers nu hier, midden in de nacht, de dag vóór mama's begrafenis, om wat laatste aandenkens aan mama op te halen voordat het appartement morgen wordt leeggeruimd en alles verdwijnt.

Nils opent de deur en loopt dan rond om de lichten aan te doen. Het appartement begint op te lichten. Mama had alleen lampen uit de jaren vijftig aangeschaft en op schappen neergezet en aan het plafond gehangen. Al deze lichtbronnen in bruin, geel en oranje laten het appartement baden in iets wat doet denken aan de avondzon op een steiger in juni. De broers zwerven weg door het appartement om dingen te vinden om mama mee te herinneren, maar Benjamin blijft in de gang staan. Hij kijkt naar zijn broers, ziet hoe ze aarzelend boekenplanken afzoeken en bureauladen checken, en vindt dat ze lijken op hoe ze vroeger waren op Paasavond, de kleine pyjamajongetjes op zoek naar chocolade-eieren die papa tussen de meubels had verstopt. Nils vindt een klein houten beeldje dat hij van de plank pakt. Pierre krijgt mama's fotoalbums in het oog en gaat op de grond in de woonkamer zitten, meteen in beslag genomen, en is al snel het doel van het bezoek vergeten.

'Kijk hier eens naar,' zegt hij tegen Nils en houdt een van de foto's omhoog. Nils lacht, en gaat bij zijn broer zitten. Daar zitten ze samen op de grond, op sokken, als kinderen in grote lichamen, alsof ze tegen hun wil volwassen zijn geworden. Verwonderd kijken ze naar foto's van zichzelf als kind en proberen te begrijpen wat er is gebeurd. Benjamin loopt de keuken in. Er knarst iets op de vloer, marmeladevlekken die zachtjes glimmen in het licht van de plafondlamp. Overal kleine aandenkens aan mama. De kauwsporen op de puntige, met een mes geslepen potloden op de keukentafel. De steelpannen met witte bodems waar decennialang de melk in is verbrand. Lippenstift op de rand van het koffiekopje dat in de gootsteen staat. Een eenzaam bord met de contouren van tomatensaus. Hij opent de koelkast, nog weer een gele lichtbron die zijn gloed over de keukenvloer verspreidt, de deurvakken gevuld met medicijnen, kleine flesjes met bijsluiters die als vleugels eraan bevestigd zitten, pillenstripjes van wit plastic, stukjes aluminiumfolie en rode driehoeken die de kamer in seinen. Mama's aanwezigheid is compleet. Als hij tussen haar spullen rommelt, voelt hij zich schuldig over het feit dat hij erdoorheen gaat zonder eerst met haar te overleggen. Hij opent de vriezer. Elk oppervlak wordt ingenomen door eenpersoonsverpakkingen pierogi. Dit was de noodmaatregel van de broers van een paar maanden geleden om te zorgen dat mama meer at. Ze namen mama mee naar de supermarkt, liepen langs de vriezers om haar enthousiasme op te wekken, lieten haar verschillende maaltijden zien. Ze wilde alleen maar pierogi.

'Maar je kunt niet alleen maar pierogi eten,' zei Nils.

'Natuurlijk wel,' zei mama.

Ze kwamen thuis met drie boodschappentassen vol pierogi en toen ze alles in de vriezer laadden, stond mama ernaast en zei 'heerlijk' en 'geweldig' bij elke verpakking die ze erin propten. En hij herinnert zich de berichtjes die ze 's avonds stuurde wanneer ze verslag deed van haar inname – 'vandaag twee pierogi gehad!' – in kleine vlagen van hen te willen geruststellen. Maar net zo vaak wilde ze ook dat ze zich druk maakten. Ze gebruikte haar gezondheid als een manier om controle over hen uit te oefenen. 'Ik weeg 40 kilo!

Evenveel als een big.'

'Er is best veel eten, hier,' roept Benjamin het appartement in en Nils en Pierre komen overeind en lopen naar de keuken.

'Wauw,' zegt Nils. 'Zullen we die door drieën delen?'

'Wat bedoel je?' zegt Pierre.

'Zullen we de pierogi verdelen?' vraagt Nils.

'Je bedoelt dat je mama's eten mee naar huis wilt nemen om op te eten,' zegt Pierre. 'Meen je dat serieus?'

Nils pakt een pakje pierogi en houdt dat omhoog naar Pierre.

'Er ligt twintig kilo aan eten in de vriezer,' zegt hij. 'Alles pas gekocht en vers. Moet dat gewoon worden weggegooid omdat het aan mama doet denken, ofzo?'

'Nee, prima, neem jij die maar mee,' zegt Pierre.

'Ik zeg niet dat ik alles wil. We kunnen het verdelen.'

'Nee, dank je.'

Pierre loopt weg en Nils kijkt hem na als hij de badkamer in gaat. Nils en Pierre hebben kleine stapels gemaakt op de vloer van de woonkamer. Er staat wat serviesgoed, een kom en een klein schilderij. Op Pierre's stapel ziet Benjamin mama's spaarpot, een jampot die ze had omgespoeld en gevuld met kleingeld op de gangtafel had gezet. De pot zit vol met munten en her en der een bankbiljet. Het idee is dat de broers hier samenkomen om dingen met emotionele waarde mee te nemen. Wat Pierre met die pot doet, is mama's wisselgeld inpikken.

'Mag ik dit hebben?' vraagt Pierre vanuit de badkamer. Hij houdt een stripje van mama's slaappillen omhoog.

'Ga je gang,' zegt Nils.

Pierre gooit het pakje op zijn stapeltje. Benjamin kijkt weer naar de pot met geld. Een gevoel vanuit zijn jeugd, van oneerlijkheid tussen de broers. Hij wil tegen hem zeggen: het is niet een of ander kunstvoorwerp dat je mee naar huis wilt nemen, het is geld. Het is de erfenis. Maar hij kan Pierre's reactie niet voorspellen. Het is lang geleden dat hij zijn broers door en door kende. Al die jaren dat ze minimaal met elkaar omgingen, en nu dit intensieve contact, met een constante onderhuidse spanning. Hij weet niet hoe zijn broers echt zijn, buiten het praktische om, kan ze niet zien buiten de context van mama's dood. Hij herinnert zich een keer dat hij met zijn broers had afgesproken, op de sterfdag van papa. Ze hadden een tijdje in stilte voor het graf gestaan, en waren naar een cafeetje gegaan voor koffie en een broodje. Benjamin vroeg of het goed ging met zijn broers en ze reageerden kort en zonder enthousiasme, snelle bevestigende antwoorden tussen de happen door, en Benjamin vertelde hun voor de eerste keer dat het niet goed met hem ging. Ze toonden natuurlijk medeleven, maar het was duidelijk dat ze er niet over wilden praten. Benjamin zei dat hij dacht dat hij op volwassen leeftijd verdrietig was geworden over de dingen die hun allemaal in hun jeugd waren overkomen. Toen had Pierre gelachen en gezegd: 'Ik loop elke ochtend fluitend naar de douche.' Het was mogelijk dat dat helemaal waar was, Pierre zou dat misschien doen. Misschien is hij wel de enige van de broers die er nooit overheen is gekomen. Zou dat de reden kunnen zijn waarom hij zich tegenwoordig zo slecht voelt in hun nabijheid? En op de een of andere manier zijn de rollen tussen hen omgedraaid. Toen ze klein waren, waren het altijd hij en Pierre samen – Nils ergens aan de kant of drie meter erachter. Hij herinnert zich een keer in hun jeugd, toen ze in de auto zaten, alle drie, en Nils een stukje kauwgom ontdekte waar een van de broers genoeg van had gekregen en dat tegen de rugleuning van de voorstoel had geplakt. Hij had een pen gepakt en begon erin te spitten, wrikte de kauwgom los en stak die in zijn mond. Benjamin en Pierre keken vol walging toe, en vervolgens keken ze elkaar aan, trokken een discrete grimas, zoals ze zo vaak hadden gedaan, en Nils zei kalm: 'Denken jullie dat ik niet kan zien wat jullie doen?' Hij had het zich misschien verbeeld, maar de afgelopen week heeft hij het gevoel gehad dat hij van zijn broers dezelfde behandeling kreeg, dat ze blikken met elkaar uitwisselden die niet voor hem bestemd waren.

'Allemachtig!'

Het is Nils die vanuit de slaapkamer roept.

Pierre en Benjamin lopen naar hem toe. Hij staat bij mama's kleine bureautje dat voor het raam staat. Hij heeft de bovenste la eruit getrokken. In zijn hand heeft hij een envelop, die hij naar hen ophoudt, met het onmiskenbare handschrift van mama erop. Erop staat: *In geval van mijn overlijden.*

Ze gaan naast elkaar op mama's bed zitten, drie broers op een rij, en lezen haar brief.

Aan mijn zoons,

Terwijl ik deze brief schrijf, is het Molly's twintigste verjaardag. Ik ben op de gedenkplek geweest en heb er een bloem neergelegd. Het komt altijd dichterbij rond haar verjaardag, of als haar sterfdag nadert. Ik heb een parallel leven met haar geleid. Toen ze zeven werd, heb ik een taart gehaald en die in het park opgegeten en ik kon haar voor me zien. Ze reed rondjes om me heen op een fietsje, wiebelend en gelukkig, met de wind in haar haar. Toen ze een tiener werd, kon ik er soms over fantaseren dat ik haar door de deuropening van de badkamer zag, en stiekem naar haar keek terwijl ze zich opmaakte, voorovergebogen naar de spiegel, geconcentreerd. Ze zou uitgaan met vrienden.

Heimelijk blijf ik altijd doorgaan een ouder te zijn. Ik heb gelezen dat het normaal is en ik sta het mezelf toe. Het is niet iets droevigs, integendeel, misschien precies het tegenovergestelde. Ik kan haar zo gedetailleerd voor de geest halen dat het waarheid wordt. Ik mag heel eventjes weer de moeder van mijn dochter zijn.

Ze vertelden me dat rouw een proces is, met fasen. En aan de andere kant wacht het leven. Niet hetzelfde leven natuurlijk, maar een ander leven. Dat was niet waar. Rouw is geen proces, maar een toestand. Het verandert nooit maar blijft als een steen op zijn plaats zitten.

En rouw verstomt je.

Pierre en Nils. Ik heb me zo vaak voorgenomen met jullie te praten dat ik uiteindelijk dacht dat ik het ook echt had gedaan. Ik moet het gedaan hebben. Welke moeder zou dat niet hebben gedaan? Het spijt me voor alles wat ik nooit heb gezegd.
Benjamin. De zwaarste last heb jij moeten dragen. Het spijt me het meest voor jou. Ik heb je nooit iets verweten, geen enkele keer. Ik kon het gewoon niet tegen je zeggen. Als ik in mijn woordenloosheid door de jaren heen slechts één ding tegen je had kunnen zeggen, dan zou het dat zijn: het was niet jouw schuld.

Ik kijk soms naar je als we elkaar treffen. Je staat een beetje afzijdig, vaak in een hoekje, te observeren. Jij bent altijd degene geweest die overal op toezag, en je probeert nog steeds de verantwoordelijkheid voor de rest van ons op je te nemen. Soms kan ik ook over jou fantaseren, over wie je zou zijn geweest als dit niet was gebeurd. Ik denk vaak aan die middag toen je met Molly in je armen uit het bos kwam. Ik heb zulke duidelijke herinneringen aan haar, haar koude wang, haar krullen in de zon. Maar ik kan jou nooit volledig voor me zien. Ik weet niet waar je heen bent gegaan, weet niet wie voor jou zorgde.

Ik heb geen testament, want ik heb niets om door te geven. Ik geef niet om de details rond mijn dood. Maar ik heb nog een laatste wens. Breng me terug naar het zomerhuisje, en verstrooi mijn as bij het meer.

Maar ik wil niet dat jullie dat voor mij doen – ik weet dat ik het recht heb verspeeld om jullie iets te vragen. Ik wil dat jullie het omwille van jullie zelf doen. Ga met de auto, neem de langere weg. Dat is hoe ik jullie wil zien. Samen. Al die uren in de auto, in de afzondering van het meer, 's avonds in de sauna, als jullie alleen met elkaar zijn en niemand anders meeluistert. Ik wil dat jullie doen wat wij nooit hebben gedaan: met elkaar praten.
Ik laat jullie dit pas lezen als ik dood ben, want ik ben bang dat jullie zullen vinden dat wat ik jullie heb aangedaan onvergeeflijk is. Ik weet het niet, maar misschien kunnen we doen alsof ik nu bij haar mag zijn. Dat ik haar weer kan vasthouden. En dat jullie later komen, en dan krijg ik nog een nieuwe kans om van jullie te houden.

Mama

Benjamin legt de brief op zijn schoot. Pierre staat meteen op, loopt naar het balkon en tast ondertussen in zijn zakken naar het pakje sigaretten. Zijn twee broers volgen langzaam. Daar staan ze naast elkaar, degenen die zijn achtergebleven, en kijken uit over de slapende stad. Pierre inhaleert stevig, de sigaret een gloeiend puntje in het donker. Benjamin strekt zijn hand uit naar de sigaret en Pierre geeft hem aan. Hij neemt een trekje en geeft hem door aan Nils. Pierre lacht. Nils' vriendelijke glimlach in het zwakke licht. Ze laten de sigaret rondgaan en kijken elkaar daar op het balkon aan, en ze hoeven nu niet te praten. Een kort knikje, of misschien gewoon de gedachte aan een knikje. Ze weten het al, hebben de reis al in zich zitten, alsof die al heeft plaatsgevonden, de reis die hen naar het inslagpunt moet brengen, stap voor stap terug in hun geschiedenis, om voor een laatste keer te overleven.

Dankwoord

Vanaf het moment dat ik begon met schrijven, was het mijn droom om de kans te krijgen een boek in het buitenland te publiceren. Dat deze droom nu werkelijkheid is geworden, is iets wat ik aan veel mensen te danken heb.

Allereerst mijn uitgever Daniel Sandström, van uitgeverij Albert Bonniers Förlag. Het is geweldig om halverwege je leven iemand te ontmoeten met wie je meteen een dergelijke band voelt. Het heeft bijna iets mysterieus, alsof we elkaar al heel lang kennen, en alsof we al van jongs af aan met elkaar over lezen en literatuur hebben gesproken. Ik wil ook mijn redacteur Sara Arvidsson bedanken voor haar geweldige steun tijdens het schrijven van dit boek. Ik heb altijd graag aan teksten geknutseld en ik houd van het idee dat iets nooit echt af is, je kunt er altijd meer aan doen, en in Sara heb ik duidelijk mijn gelijke gevonden. Ik heb ook het geluk gehad omringd te zijn door vrienden die hebben aangeboden om mijn werk tijdens het schrijfproces te lezen. Ik zou vooral mijn vriend Fredrik Backman willen noemen. Ik weet niet hoeveel van zijn uren ik in beslag heb genomen. Honderd? Tweehonderd? Dat zijn volgende boek ietwat vertraagd is, zou mijn schuld kunnen zijn. Ik wil ook Sigge Eklund, Calle Schulman, Klas Lindberg, Josefine Sundström, Magnus Alselind en Fredrik Wikingsson bedanken.

Ook veel dank aan mijn agent Astri von Arbin Ahlander van Ahlander Agency. Alle schrijvers in Zweden willen graag met Astri werken, maar zij is heel kritisch in met wie ze samenwerkt. Daarom ben ik dankbaar dat ze in mij en mijn schrijven geloofde. Astri veranderde ook voor altijd mijn beeld van wat een agent precies doet. Ik dacht dat deze boeken aan de man bracht op boekenbeurzen en dat het daarmee afgehandeld was. Hoewel dat wel precies is wat Astri heeft gedaan – en het feit dat mijn boek nu aan zoveel landen is verkocht, is alleen de verdienste van haar en haar team – is ze ook een van de meest opmerkzame lezers die ik ken en haar gedachten met betrekking tot de tekst zijn tijdens het schrijfproces van onschatbare waarde geweest.

Ik wil ook alle internationale uitgevers bedanken die de broers enthousiast ontvingen en hen de mogelijkheid gaven een ongelooflijke reis rond de wereld te maken.

En tot slot wil ik de belangrijkste persoon in mijn leven, mijn vrouw Amanda, bedanken. Ze is mijn eerste en mijn laatste lezer. Ik breng geen zin de wereld in zonder dat zij er eerst naar kijkt. Ik kan niet zonder haar, niet in het leven en niet bij het schrijven.